REINO TRANSCENDENTE

Yaa Gyasi
REINO TRANSCENDENTE

Tradução de Waldéa Barcellos

Rocco

Título original
TRANSCENDENT KINGDOM

Copyright © 2020 *by* YNG Books, Inc.

Todos os direitos reservados.

Esta é uma obra de ficção. Nomes, personagens, lugares e incidentes são produtos da imaginação da autora ou foram usados de forma fictícia. Qualquer semelhança com pessoas reais, vivas ou não, acontecimentos, ou locais é mera coincidência.

Direitos para a língua portuguesa reservados
com exclusividade para o Brasil à
EDITORA ROCCO LTDA.
Rua Evaristo da Veiga, 65 – 11º andar
Passeio Corporate – Torre 1
20031-040 – Rio de Janeiro, RJ
Tel.: (21) 3525-2000 – Fax: (21) 3525-2001
rocco@rocco.com.br
www.rocco.com.br

Printed in Brazil/Impresso no Brasil

CIP-Brasil. Catalogação na publicação.
Sindicato Nacional dos Editores de Livros, RJ.

G999r
Gyasi, Yaa, 1989-
　　Reino transcendente / Yaa Gyasi ; tradução Waldéa Barcellos. – 1ª ed. – Rio de Janeiro : Rocco, 2021

　　Tradução de: Transcendent kingdom
　　ISBN 978-65-5532-089-3
　　ISBN 978-65-5595-059-5 (e-book)

　　1. Ficção ganesa. I. Barcellos, Waldéa. II. Título.

21-69300
CDD: 896.33853
CDU: 82-3(667)

Camila Donis Hartmann – Bibliotecária – CRB-7/6472

O texto deste livro obedece às normas do
Acordo Ortográfico da Língua Portuguesa.

Para Tina

O mundo está carregado da grandeza de Deus.
Vai chamejar — chispas em sacudidas folhas de metal*

GERARD MANLEY HOPKINS,
"A grandeza de Deus"

Nada entra no universo
e nada sai dele.

SHARON OLDS,
"As fronteiras"

---

* Trad. de Aíla de Oliveira Gomes

I

Sempre que penso em minha mãe, vejo uma cama de casal *queen size* com ela ali deitada, uma quietude de muita prática permeando o quarto. Por meses a fio, ela colonizou aquela cama como um vírus; na primeira vez, quando eu era criança, e depois, de novo, quando eu estava na pós-graduação. Na primeira vez, me mandaram para Gana, para esperar sua recuperação. Enquanto estava lá, eu caminhava pela feira de Kejetia com minha tia, quando ela agarrou meu braço e apontou para alguém.

– Olha, um maluco – disse ela em twi. – Está vendo? Um maluco.

Fiquei mortificada. Minha tia falava tão alto; e o homem, alto, com a poeira grudada no cabelo rastafári, estava perto o suficiente para ouvir.

– Estou vendo. Estou vendo – respondi, chiando baixinho.

O homem seguiu em frente, passando por nós, resmungando consigo mesmo enquanto agitava as mãos em gestos que só ele podia entender.

Minha tia fez que sim, satisfeita, e nós continuamos a andar em meio à multidão reunida naquele mercado instigador de agorafobia, até chegarmos à banca onde passaríamos o resto da manhã tentando vender bolsas de grife falsificadas. Nos três meses que passei lá, vendemos só quatro bolsas.

Nem mesmo agora consigo entender totalmente por que minha tia resolveu mostrar aquele homem para mim. Talvez ela achasse que não havia malucos nos Estados Unidos, que eu nunca tinha visto um até então. Ou talvez estivesse pensando em minha mãe, no verdadeiro motivo para eu estar enfurnada em Gana naquele verão, suando numa banca de feira, com uma tia que eu mal conhecia enquanto minha mãe se recuperava em casa no Alabama. Eu estava com onze anos e podia ver que minha mãe não estava doente, não de um jeito ao qual eu estivesse acostumada. Eu não entendia do que minha mãe precisava se curar. Não entendia, mas entendia, sim. E minha vergonha com o gesto constrangedor da minha tia estava tão relacionada a esse meu entendimento quanto ao homem que tinha passado por nós.

— *Assim*. É assim que é um maluco — era o que minha tia dizia. Mas o que eu ouvia era o nome da minha mãe. O que eu via era o rosto da minha mãe, tranquilo como um lago, com a mão do pastor pousada com delicadeza na sua testa, orando num sussurro tão baixo que fazia o quarto inteiro vibrar. Não tenho certeza se sei como é um maluco, mas até mesmo hoje, quando ouço a palavra, vejo uma tela dividida: de um lado, o homem de cabelo rastafári em Kejetia; do outro, minha mãe deitada na cama. Penso em como absolutamente ninguém reagiu àquele homem no mercado, nem por medo, nem por repulsa, nada, a não ser minha tia, que queria que eu olhasse. A mim pareceu que ele estava em perfeita paz, mesmo com seus gestos descontrolados, mesmo com seus resmungos.

Mas minha mãe, na cama, infinitamente imóvel, tinha um turbilhão por dentro.

2

Na segunda vez que aconteceu, recebi um telefonema enquanto estava trabalhando no laboratório em Stanford. Tinha precisado separar dois dos meus camundongos porque eles estavam se estraçalhando naquele ambiente do tamanho de uma caixa de sapatos em que os mantínhamos. Encontrei um pedaço de carne num canto da caixa, mas de início não soube dizer de qual camundongo ela era. Os dois estavam sangrando e aflitos, fugindo desesperados de mim quando eu tentava pegá-los, muito embora não tivessem para onde escapar.

— Ouça, Gifty, ela não vem à igreja há quase um mês. Tenho ligado para a casa, mas ela não atende. Às vezes, passo lá e me certifico de que ela tenha mantimentos e tudo o mais, mas acho... acho que está acontecendo de novo.

Eu não disse nada. Os camundongos haviam se acalmado bastante, mas eu ainda estava abalada pelo que tinha visto e preocupada com minha pesquisa. Preocupada com tudo.

— Gifty? — disse o pastor John.

— Ela devia vir ficar comigo.

Não tenho ideia de como o pastor pôs minha mãe no avião. Quando a apanhei no aeroporto internacional de San

Francisco, ela estava totalmente apática, sem energia no corpo. Imaginei o pastor John dobrando-a como se dobra um macacão, com os braços cruzados diante do peito formando um X, as pernas puxadas para cima até encontrarem os braços, e então ajeitando-a em segurança numa mala com uma etiqueta de FRÁGIL, antes de entregá-la à comissária de bordo.

Dei-lhe um abraço tenso, e ela se encolheu com meu toque. Respirei fundo.

— Você trouxe bagagem? — perguntei.
— *Daabi* — ela respondeu.
— Certo, sem bagagem. Ótimo, podemos ir direto para o carro. — A alegria sacarínica da minha voz me irritou tanto que mordi a língua para ver se a reprimia. Senti uma gotinha de sangue e a engoli.

Minha mãe me acompanhou até meu Prius. Em melhores circunstâncias, ela teria zombado do meu carro, algo estranho para ela depois de anos de *pick-ups* e cabines duplas no Alabama. "Gifty, meu coração ensanguentado", era como ela às vezes me chamava. Não sei onde aprendeu a expressão, mas achei provável que fosse usada, pelo pastor John e pelos vários pregadores a que ela gostava de assistir na TV enquanto cozinhava, para descrever de um jeito depreciativo pessoas que, como eu, tinham desertado do Alabama para viver entre os pecadores do mundo, presumivelmente porque o excessivo sangramento do nosso coração nos deixava fracos demais para aguentar a vida entre os escolhidos de Cristo, os intrépidos moradores do Cinturão da Bíblia. Ela adorava Billy Graham, que dizia coisas do tipo "Um verdadeiro cristão é aquele que consegue dar seu papagaio de estimação para a fofoqueira da cidade".

Que crueldade, pensava eu quando criança, a de se desfazer do seu papagaio de estimação.

O engraçado a respeito das expressões que minha mãe aprendia é que ela sempre as entendia de um jeito ligeiramente equivocado. Eu era o *seu* coração ensanguentado, não *um* coração ensanguentado. Algo era uma vergonha *criminosa*, não uma vergonha *clamorosa*. Seu leve sotaque sulista coloria seu sotaque ganense. Fazia com que eu pensasse em minha amiga Anne, que tinha o cabelo castanho, menos em alguns dias, quando a luz do sol batia exatamente de um jeito e, de repente, via-se o ruivo.

No carro, minha mãe mantinha o olhar fixo lá fora, através da janela do passageiro, calada como ela só. Tentei imaginar a paisagem como ela a poderia estar vendo. Quando cheguei à Califórnia pela primeira vez, tudo me pareceu tão lindo. Até mesmo a grama, amarelada, crestada pelo sol e pela seca aparentemente interminável, tinha parecido extraordinária. *Devo estar em Marte*, pensei, porque como é que isso poderia ser a América também? Visualizei as pastagens de um verde sem graça da minha infância, os pequenos morros que chamávamos de montanhas. A vastidão dessa paisagem do oeste era avassaladora. Eu tinha vindo para a Califórnia porque queria me perder, me encontrar. Na faculdade, tinha lido *Walden* porque um cara que eu achava lindo achava o livro lindo. Eu não entendia nada, mas grifava tudo, inclusive o seguinte: *Só quando estivermos perdidos, em outras palavras, só quando tivermos perdido o mundo, começaremos a nos encontrar e a nos dar conta de onde estamos e do infinito alcance de nossas relações.*

Se minha mãe ficou comovida com a paisagem também, eu não saberia dizer. Avançávamos aos trancos no trânsito, e me deparei com o olhar do homem no carro ao lado do nosso. Ele rapidamente olhou para outro lado, voltou a me encarar e desviou o olhar outra vez. Eu queria deixá-lo constrangido ou talvez só transferir parte da minha própria perturbação para ele. Por isso, continuei a encará-lo. Dava para eu ver pelo seu jeito de segurar o volante com força que ele estava tentando não olhar para mim de novo. As juntas dos seus dedos estavam descoradas, cheias de veias, com as bordas vermelhas. Ele desistiu, me lançou um olhar exasperado e disse "Qual é?" sem emitir nenhum som. Sempre achei que congestionamentos em pontes fazem com que todos se acerquem de seus próprios limites pessoais. Dentro de cada automóvel, um instantâneo de um ponto de ruptura, motoristas olhando lá para fora, na direção da água, e se perguntando *E se? Será que existe outra saída?* Voltamos a avançar lentamente. Na aglomeração de carros, o homem parecia próximo o suficiente para um toque. O que ele faria se pudesse tocar em mim? Se não tivesse de conter toda aquela raiva dentro do seu Honda Accord, para onde ela iria?

— Está com fome? — perguntei à minha mãe, finalmente voltando meu olhar para outro lado.

Ela deu de ombros, ainda olhando pela janela. Na última vez que isso aconteceu, ela perdeu mais de trinta quilos em dois meses. Quando voltei do meu verão em Gana, eu quase não a reconheci, essa mulher que sempre tinha considerado a magreza uma ofensa, como se uma espécie de preguiça ou de falha de caráter impedisse essas pessoas de apreciar o puro prazer de uma boa refeição. E, então, ela se juntou a elas. Suas bochechas murcharam; a barriga desinchou. Ela ficou oca, desapareceu.

Eu estava determinada a não deixar que isso voltasse a acontecer. Comprei on-line um livro de culinária ganense, para compensar os anos que passei evitando a cozinha da minha mãe, e ensaiei alguns pratos nos dias que antecederam sua chegada, na esperança de aperfeiçoá-los antes de vê-la. Comprei uma fritadeira de imersão, apesar de minha bolsa de pós-graduação não permitir no meu orçamento extravagâncias como *bofrot* ou bananas-da-terra. As frituras eram a preferência da minha mãe. A mãe dela tinha feito frituras numa carroça ao lado da estrada em Kumasi. Minha avó era de origem fânti, proveniente de Abandze, uma cidadezinha litorânea, e era conhecida por desprezar os axântis, tanto que se recusava a falar twi, mesmo depois de morar vinte anos na capital axânti. Se você queria comprar sua comida, tinha de ouvir a língua que ela falava.

— Chegamos — falei, me apressando para ajudar minha mãe a sair do carro. Ela foi andando um pouco à minha frente, embora nunca tivesse vindo àquele apartamento. Ela me visitara na Califórnia só umas duas vezes.

— Desculpa a bagunça — eu disse, mas não havia nenhuma bagunça. Pelo menos, não que meus olhos pudessem ver, mas meus olhos não eram os dela. Sempre que me visitava ao longo dos anos, ela passava o dedo por lugares que nunca tinha me ocorrido limpar, a parte de trás das persianas, as dobradiças das portas. E, então, me apresentava o dedo sujo, empoeirado, com ar de acusação, e eu não podia fazer nada além de encolher os ombros.

— A limpeza é divina — ela costumava dizer.

— A limpeza é quase divina — eu costumava corrigir, e ela amarrava a cara para mim. Que diferença fazia?

Mostrei para ela onde era o quarto, e, em silêncio, ela se aconchegou na cama e adormeceu.

3

Assim que ouvi o som de um ronco tranquilo, saí de mansinho do apartamento e fui dar uma olhada nos meus camundongos. Embora eu os tivesse separado, o dos ferimentos maiores estava todo encolhido de dor no canto da caixa. Enquanto o observava, eu não tinha certeza se ele viveria muito mais. Fui dominada por uma tristeza inexplicável e, quando meu colega de laboratório, Han, me encontrou vinte minutos depois, chorando no canto da sala, eu soube que seria mortificante demais eu admitir que a ideia da morte de um camundongo era a causa das minhas lágrimas.

— Encontro desagradável — disse a Han. Uma expressão de horror passou pelo seu rosto enquanto ele fazia um esforço patético para me reconfortar, e eu podia imaginar o que ele estava pensando: *mergulhei nas ciências exatas para não precisar estar na companhia de mulheres emotivas.* Meu choro se transformou numa risada alta e encatarrada; e a expressão de horror no seu rosto se aprofundou até suas orelhas ficarem vermelhas como uma placa de Pare.

Parei de rir, saí apressada do laboratório e entrei no banheiro, onde fiquei olhando para mim mesma no espelho.

Meus olhos estavam inchados e vermelhos; meu nariz parecia machucado, a pele em volta das narinas, seca e esfoliada por causa dos lenços de papel.

— Trate de se controlar — eu disse para a mulher no espelho, mas fazer isso me pareceu tão lugar-comum, como se eu estivesse representando uma cena de um filme, e então comecei a sentir que eu não tinha um eu que pudesse controlar, ou melhor, que tinha um milhão de eus, em quantidade excessiva para serem captados. Um estava no banheiro, desempenhando um papel; outro, no laboratório, com os olhos fixos no camundongo ferido, um animal pelo qual eu não nutria sentimento algum, mas cuja dor de alguma forma tinha me dividido. Ou tinha me multiplicado. Outro eu ainda estava pensando na minha mãe.

A briga entre os camundongos tinha me abalado ao ponto de eu verificar como eles estavam com maior frequência do que era necessário, na tentativa de me antecipar ao sentimento. Quando entrei no laboratório no dia em que minha mãe chegou, Han já estava lá, fazendo uma cirurgia nos seus camundongos. Como era de costume sempre que Han chegava ao laboratório antes de mim, o termostato estava bem baixo. Estremeci, e ele olhou para mim.

— Oi — disse ele.

— Oi.

Apesar de estarmos compartilhando aquele espaço havia meses, raramente dizíamos mais do que isso um ao outro, exceto no dia em que ele me encontrou chorando. Han agora sorria mais para mim, mas suas orelhas ainda ardiam num vermelho intenso se eu tentava avançar a conversa além daquele cumprimento inicial.

Dei uma olhada nos meus camundongos e nos meus experimentos. Nenhuma briga, nenhuma surpresa.

Voltei para o apartamento. No quarto, minha mãe ainda estava deitada por baixo de uma nuvem de cobertas. Um som como um ronronar emanava da sua boca. Eu morava sozinha havia tanto tempo que, mesmo aquele ruído delicado, pouco mais do que um zumbido, me perturbava. Havia me esquecido de como era morar com minha mãe, cuidar dela. Por muito tempo, na realidade, pela maior parte da minha vida, éramos só nós duas, mas essa união não era natural. Ela sabia e eu sabia; e nós duas procurávamos ignorar o que sabíamos ser a verdade: éramos quatro, depois três, depois duas. Quando minha mãe se for, por escolha ou não, restará apenas uma.

4

Querido Deus,
Venho me perguntando onde você está. Quer dizer, sei que está aqui, comigo, mas onde exatamente você está? No espaço?

Querido Deus,
A Mamba-Negra faz muito barulho na maior parte do tempo, mas, quando está furiosa, ela se movimenta bem devagar e em silêncio. E então, de repente, lá está ela. Buzz diz que é porque ela é uma guerreira africana e, por isso, precisa ser sorrateira.
A imitação que Buzz faz é muito engraçada. Ele vem vindo todo furtivo e então, de repente, faz parecer que seu corpo aumenta de tamanho, apanha alguma coisa do chão e diz. "O que é isso?" Ele já não faz imitações do Cara do Chin Chin.

Querido Deus,
Se você está no espaço, como consegue me ver e como é que eu lhe pareço? E qual é sua aparência, se é que você tem alguma? Buzz diz que nunca ia querer ser astronauta, e eu acho que eu também não ia querer, mas eu iria ao espaço se você estivesse lá.

5

Quando nós éramos quatro, eu era pequena demais para dar valor. Minha mãe costumava contar histórias sobre meu pai. Por ter mais de 1,90 m de altura, ele era o homem mais alto que ela jamais tinha visto. Ela achava que talvez ele até fosse o homem mais alto de toda a Kumasi. Ele ficava à toa por perto da banca de comida da mãe dela, fazendo piada sobre a teimosia de minha avó de só falar *fânti*; insinuando-se para ela lhe dar de graça um saquinho de *achomo,* que ele chamava de *chin chin,* como os nigerianos dali chamavam. Minha mãe estava com trinta anos quando eles se conheceram, trinta e um quando se casaram. Já era uma solteirona pelos padrões ganenses, mas ela disse que Deus a mandara esperar. E, quando conheceu meu pai, ela soube que estivera esperando por ele.

Ela o chamava de Cara do *Chin Chin,* como a mãe dela o chamava. E, quando eu era bem pequena e queria ouvir histórias sobre ele, batia no meu queixo até minha mãe me atender.

"Me fala do *Chin Chin*", era o que eu dizia. Quase nunca pensava nele como meu pai. O Cara do *Chin Chin* era seis anos mais velho que ela. Mimado pela própria mãe, ele não tinha sentido necessidade de se casar. Foi criado como católico; mas, uma vez que minha mãe se apropriou dele, ela o arrastou para o Cristo da sua igreja pentecostal. A mesma igreja onde os dois se casaram no calor sufocante, com tantos convidados que pararam de contar depois de duzentos.

Rezavam para ter um filho, mas mês após mês, ano após ano, não vinha nenhum bebê. Foi a primeira vez que minha mãe chegou a duvidar de Deus. *Depois que eu estiver acabada, e meu senhor, velho, terei esse prazer?*

"Você pode ter um filho com outra mulher", ela propôs, tomando a iniciativa a partir do silêncio de Deus, mas o Cara do *Chin Chin* riu, encerrando o assunto. Minha mãe passou três dias jejuando e rezando na sala de estar da casa da minha avó. Ela devia estar medonha como uma bruxa, com o cheiro horrível de um cachorro de rua, mas, quando saiu da sala de orações, ela disse a meu pai, "Agora"; e ele se chegou a ela, e os dois se deitaram. Daí a nove meses exatos, nasceu meu irmão, Nana, o Isaac da minha mãe.

Minha mãe dizia: "Você precisava ver o jeito do Cara do *Chin Chin* sorrindo para Nana." Ele usava o rosto inteiro. Os olhos se iluminavam, os lábios se repuxavam para trás até tocarem nas orelhas, as orelhas se levantavam. O rosto de Nana retribuía o cumprimento, sorrindo do mesmo jeito. O coração do meu pai era uma lâmpada, que ia perdendo o brilho com a idade. Nana era pura luz.

Nana começou a andar aos sete meses. Foi assim que eles souberam que ele seria alto. Ele era o queridinho do complexo onde moravam. Vizinhos pediam que ele fosse levado a festas. "Vocês poderiam trazer Nana?", eles perguntavam, querendo encher seu apartamento com o sorriso dele, com sua dança de bebê de pernas arqueadas.

Cada vendedor ambulante tinha um presente para Nana. Um saquinho de *koko*, uma espiga de milho, um tamborzinho.

Minha mãe se perguntava o que poderia estar fora do alcance dele. Por que ele não poderia ter o mundo inteiro? Ela sabia que o Cara do *Chin Chin* ia concordar. Nana, amado e amoroso, merecia o melhor. Mas o que era o melhor que o mundo tinha a oferecer? Para o Cara do *Chin Chin*, era o *achomo* da minha avó, o movimento de Kejetia, o barro vermelho, o *fufu* que sua mãe fazia, sovado com perfeição. Era Kumasi, Gana. Minha mãe não tinha tanta certeza disso. Uma prima dela morava nos Estados Unidos e mandava dinheiro e roupas para a família com alguma regularidade, o que sem dúvida queria dizer que havia dinheiro e roupas em abundância do outro lado do Atlântico. Com o nascimento de Nana, Gana tinha começado a parecer um lugar muito delimitado. Minha mãe queria espaço para ele crescer.

Eles discutiam sem parar, mas a natureza complacente do Cara do *Chin Chin* acabou deixando que minha mãe fizesse o que queria. E assim, daí a uma semana, ela se inscreveu para a loteria do *green card*. Era uma época em que não muitos ganenses estavam migrando para os Estados Unidos, ou seja, você poderia se inscrever na loteria e ganhar. Depois de alguns meses, minha mãe descobriu que tinha sido selecionada aleatoriamente para obter residência permanente nos Estados Unidos. Ela fez as malas com o pouco que possuía, fez uma trouxinha com o bebê Nana e se mudou para o Alabama, um estado do qual nunca tinha ouvido falar, mas onde planejava morar com a prima, que estava terminando o doutorado. O Cara do *Chin Chin* viria mais tarde, depois que tivessem juntado dinheiro suficiente para uma segunda passagem aérea e uma casa só para eles.

6

Minha mãe dormia o dia inteiro e a noite inteira, todos os dias, todas as noites. Ela era renitente. Sempre que podia, eu tentava convencê-la a comer alguma coisa. Tinha me acostumado a fazer *koko,* a comida preferida da minha infância. Precisei ir a três lojas diferentes para encontrar o tipo certo de painço, o tipo certo de palha de milho, o amendoim certo para salpicar por cima. Minha esperança era que o mingau fosse ingerido de modo inconsciente. Eu deixava uma tigelinha dele na mesinha de cabeceira de manhã, antes de ir para o trabalho. E, ao voltar para casa, encontrava uma película cobrindo a superfície, com a camada inferior tão endurecida que eu sentia o esforço quando a raspava dali para a pia.

Minha mãe estava sempre de costas para mim. Era como se ela tivesse algum sensor interno que lhe dizia quando eu entraria no quarto para deixar o *koko.* Dava para eu visualizar a montagem desse nosso filme: os dias especificados na parte inferior da tela; a mudança dos meus trajes; nossos atos, os mesmos.

Depois de cerca de cinco dias disso, entrei no quarto, e minha mãe estava acordada, de frente para mim.

— Gifty — ela disse quando deixei o prato de mingau. — Você ainda reza?

Teria sido mais generoso mentir, mas eu já não era generosa. Talvez nunca tivesse sido. Eu tinha uma vaga lembrança de uma generosidade infantil, mas talvez estivesse mesclando inocência e generosidade. Sentia tão pouca continuidade entre quem eu era quando pequena e quem eu era agora que não parecia fazer sentido sequer cogitar em demonstrar algo semelhante à compaixão para com minha mãe. Eu teria tido compaixão quando criança?

— Não — respondi.

Quando era criança, eu rezava. Estudava minha Bíblia e mantinha um diário com cartas dirigidas a Deus. Eu era paranoica com essa história do diário e criei codinomes para todas as pessoas na minha vida que eu queria que Deus castigasse.

A leitura do diário deixa bem claro que eu era uma verdadeira cristã do tipo "Pecadores nas Mãos de um Deus Irado", e eu acreditava no poder redentor da punição. *Pois o que se diz é que, quando chegar a devida Hora, ou a Hora marcada, seu Pé resvalará. E eles haverão de tombar, já que são puxados por seu próprio Peso.*

O codinome que dei a minha mãe foi a Mamba-Negra, porque nós tínhamos acabado de aprender sobre essas cobras na escola. O filme que a professora nos mostrou naquele dia apresentava uma cobra de mais de dois metros de comprimento que parecia uma mulher esguia num vestido colante de couro, deslizando pelo Saara em perseguição a um esquilo africano.

Na noite em que aprendemos sobre as cobras, escrevi no meu diário:

Querido Deus,
A Mamba-Negra vem sendo muito cruel comigo ultimamente. Ontem ela me disse que, se eu não limpasse meu quarto, ninguém ia querer se casar comigo.

Meu irmão, Nana, tinha o codinome de Buzz. Agora, não me lembro por que motivo. Nos primeiros anos dos meus diários, Buzz era meu herói:

Querido Deus,
Hoje Buzz correu atrás do caminhão de sorvete. Ele comprou um picolé tricolor para si mesmo e um sorvete dos Flintstones para mim.

Ou:

Querido Deus,
Hoje no centro recreativo, nenhuma das outras crianças quis ser meu parceiro na corrida de três pernas, dizendo que eu era pequena demais. Mas aí Buzz chegou e disse que ia correr comigo! E adivinha só! Nós vencemos, e eu ganhei um troféu.

Às vezes, ele me irritava, mas naquela época seus insultos eram triviais, inofensivos.

Querido Deus,
Buzz não para de entrar no meu quarto sem bater! Não suporto ele!

Mas, depois de alguns anos, minhas súplicas pela intervenção de Deus ficaram totalmente diferentes.

Querido Deus,
Quando Buzz voltou para casa ontem de noite, ele começou a berrar com AMN, e eu pude ouvir que ela chorava. Por isso, desci para olhar, apesar de que eu já deveria estar dormindo. (Peço perdão.) Ela disse para ele não fazer barulho para não me

acordar, mas aí ele pegou a televisão e a jogou no chão; abriu um buraco na parede com um soco, e sua mão ficou sangrando. E AMN começou a chorar. E ela olhou para cima e me viu. E eu voltei correndo pro meu quarto enquanto Buzz gritava "some daqui, sua puta enxerida". (O que é uma puta?)

Eu estava com dez anos no dia em que fiz esse registro. Eu era esperta o suficiente para usar os codinomes e prestar atenção a palavras novas para meu vocabulário, mas não era esperta o suficiente para saber que qualquer um que soubesse ler poderia decifrar meu código com facilidade. Eu escondia meu diário debaixo do colchão, mas, como minha mãe é uma pessoa que pensa em limpar por baixo do colchão, tenho certeza de que ela o encontrou em algum momento. Se encontrou, nunca mencionou isso. Depois do incidente da televisão quebrada, minha mãe subiu correndo para meu quarto e trancou a porta, enquanto Nana soltava sua fúria lá embaixo. Ela me agarrou e fez com que nós duas nos ajoelhássemos por trás da cama enquanto ela rezava em twi.

Awurade, bɔ me ba barima ho ban. Awurade, bɔ me ba barima ho ban. Senhor, protege meu filho. Senhor, protege meu filho.

— Pois devia rezar — disse minha mãe então, estendendo a mão para pegar o *koko*. Fiquei olhando enquanto ela tomava duas colheradas antes de devolver o prato para a mesinha de cabeceira.

— Está bom? — perguntei.

Ela deu de ombros e virou as costas para mim mais uma vez.

Fui para o laboratório. Han não estava lá, de modo que a temperatura da sala estava aceitável. Pendurei minha jaqueta no encosto de uma cadeira, me aprontei e peguei um par dos meus camundongos para prepará-los para a cirurgia. Raspei os pelos do alto de suas cabeças até ver o couro cabeludo. Com cuidado, fui perfurando o crânio, enxugando o sangue, até encontrar o vermelho vivo do cérebro. O peito dos roedores anestesiados se expandia e se esvaziava mecanicamente enquanto eles respiravam inconscientes.

Embora tivesse feito isso milhões de vezes, eu ainda me assombrava ao ver um cérebro. Saber que, se eu ao menos pudesse compreender esse pequeno órgão dentro desse camundongo minúsculo, essa compreensão ainda não daria informações sobre a total complexidade do órgão comparável dentro da minha própria cabeça. E, no entanto, eu precisava tentar compreender, extrapolar a partir daquela compreensão limitada para aplicá-la àqueles de nós que compúnhamos a espécie *Homo sapiens*, o mais complexo dos animais, o único animal que acreditava que tinha transcendido seu Reino, como costumava dizer um dos meus professores de biologia do ensino médio. Essa crença, essa transcendência, estava contida dentro desse órgão em si. Infinito, incognoscível, emotivo, talvez até mesmo mágico. Eu tinha trocado o pentecostalismo da minha infância por essa nova religião, essa nova busca, sabendo que nunca alcançaria o conhecimento total.

Depois de seis anos, eu estava terminando meu doutorado em neurociências na Escola de Medicina da Universidade de Stanford. Minha pesquisa era sobre os circuitos neuronais do comportamento de busca de recompensa. Uma vez, durante um encontro no meu primeiro ano de pós-graduação, eu tinha matado um cara de tédio tentando lhe explicar o que eu fazia o dia inteiro. Ele tinha me levado à Tofu House em Palo Alto; e, enquanto eu o via lutar com os *hashis*, perdendo alguns pedaços de *bulgogi* para o guardanapo no colo, contei-lhe tudo sobre o córtex pré-frontal medial, o *nucleus accumbens*, obtenção de imagem de Ca2+ com dois fótons.

— Sabemos que o córtex pré-frontal medial desempenha um papel decisivo na repressão do comportamento de busca de recompensa. A questão é que é muito precário nosso entendimento do circuito neuronal que permite que ele faça isso.

Eu o tinha conhecido no OkCupid. Ele tinha o cabelo louro da cor de palha, a pele perpetuamente na fase terminal de uma queimadura solar. Parecia um surfista do sul da Califórnia. Todo o tempo em que trocamos mensagens, eu me perguntava se eu era a primeira garota negra que ele já tinha convidado para sair, se ele estava ticando mais um item na sua lista de coisas novas e exóticas que gostaria de experimentar, como a comida coreana diante de nós, da qual ele já tinha desistido.

— Hã — disse ele. — Parece interessante.

Pode ser que ele tivesse esperado que eu fosse diferente. Havia só cinco mulheres no meu laboratório de 28 pessoas, e eu era uma das três doutorandas negras em toda a escola de medicina. Eu tinha dito ao surfista que estava fazendo um doutorado, mas não tinha dito em que área porque não queria assustá-lo. Podia ser óbvio que uma neurocientista fosse "inteligente", mas no fundo não era óbvio que ela fosse "sexy". Some-se a isso minha negritude, e talvez eu fosse uma anomalia exagerada demais para ele. Ele nunca mais me ligou.

Daí em diante, nos encontros, eu dizia que meu trabalho consistia em viciar camundongos em cocaína para depois tirá-la deles.

Dois em cada três faziam a mesma pergunta. "Quer dizer que você, tipo, tem uma tonelada de cocaína?" Jamais confessei que tínhamos passado da cocaína para Ensure. Era mais fácil de comprar e suficientemente viciante para os camundongos. Eu adorava o prazer de ter alguma coisa interessante e ilícita para dizer a esses homens, com a maioria dos quais eu dormiria uma vez e nunca mais voltaria a vê-los. Eu me sentia poderosa ao ver seus nomes aparecerem na tela do telefone, horas, dias, semanas depois que eles me tinham visto nua, depois que tinham fincado as unhas nas minhas costas, às vezes até ferindo minha pele. Ao ler suas mensagens, eu gostava de sentir as marcas que tinham deixado. Eu tinha vontade de mantê-los ali em suspenso, não mais que nomes na tela do celular; mas, depois de um tempo, eles paravam de chamar, seguiam em frente, e então eu me sentia poderosa naquele seu silêncio. Pelo menos, por um tempinho. Eu não estava acostumada ao poder nos relacionamentos, ao poder na sexualidade. Quando estava no ensino médio, nunca me chamaram para um encontro. Nem uma única vez. Eu não era maneira o suficiente, não era branca o suficiente.

Na faculdade, eu era tímida e insegura, ainda mudando a pele de um cristianismo que insistia em que eu me guardasse para o casamento, que me deixava com medo dos homens e do meu corpo. *Todo outro pecado que uma pessoa comete é fora do corpo, mas a pessoa sexualmente imoral peca contra seu próprio corpo.*

— Eu sou bonita, não sou? – perguntei um dia à minha mãe. Estávamos diante do espelho enquanto ela fazia a maquiagem para ir trabalhar. Não me lembro da idade que eu tinha, só que ainda não tinha permissão para me pintar. Precisava fazer isso às escondidas, quando minha mãe não estava por perto, mas isso não era assim tão difícil. Minha mãe trabalhava o tempo todo. Ela nunca estava por perto.

— Isso é pergunta que se faça? – Ela agarrou meu braço e me puxou com violência na direção do espelho. – Olhe – disse ela, e eu de início achei que estava zangada comigo. Tentei olhar para outro lado, mas, cada vez que baixava os olhos, minha mãe me dava um puxão para eu voltar a prestar atenção. Ela me puxou tantas vezes que achei que ia deslocar meu braço.

— Olhe o que Deus fez. Olhe o que eu fiz — disse ela em twi.

Ficamos nos olhando no espelho por um bom tempo. Ficamos ali nos olhando até soar o despertador da minha mãe, o que lhe dizia que estava na hora de sair de um trabalho para ir ao outro. Ela acabou de passar o batom, beijou seu reflexo no espelho, e foi embora apressada. Eu continuei ali olhando para mim mesma depois que ela saiu, beijando meu próprio reflexo.

Observei meus camundongos meio grogues voltarem à vida, recuperando-se da anestesia e atordoados com os analgésicos que eu lhes dera. Eu tinha injetado um vírus no *nucleus accumbens* e implantado uma lente no cérebro deles para poder ver seus neurônios disparando enquanto fazia meus experimentos. Às vezes, eu me perguntava se eles percebiam o peso a mais que levavam na cabeça, mas procurava não ter esse tipo de pensamento, procurava não os humanizar, porque me preocupava a ideia de que isso tornasse a execução do meu trabalho mais difícil para mim. Fiz a limpeza da minha estação de trabalho e fui para o escritório tentar escrever alguma coisa. Supostamente eu devia estar trabalhando numa dissertação, que se presumia ser minha última para eu terminar o doutorado. A parte mais difícil, a organização dos números, geralmente demorava cerca de algumas semanas, mas eu vinha empurrando com a barriga, me arrastando. Repetia meus experimentos tantas vezes que até me parecia impossível a ideia de parar, de escrever, de me formar. Tinha posto um pequeno aviso na parede acima da minha mesa para me incentivar a tomar jeito. TRATE DE ESCREVER VINTE MINUTOS POR DIA, OU ENTÃO. *Ou então, o quê?,* eu me perguntava. Qualquer um podia ver que se tratava de uma ameaça vazia. Depois de vinte minutos, rabiscando à toa, peguei o registro do diário de anos atrás que eu guardava escondido nas entranhas da minha escrivaninha para ler naqueles dias em que estivesse frustrada com meu trabalho, em que estivesse me sentindo deprimida, sozinha, inútil e desesperançada. Ou quando eu desejava ter um emprego que me pagasse mais do que a bolsa de dezessete mil dólares que eu precisava esticar para cobrir um trimestre inteiro nessa caríssima cidade universitária.

Querido Deus,
Buzz vai ao baile do colégio e está usando um terno! É azul--marinho, com a gravata cor-de-rosa e um lenço cor-de-rosa no bolso. AMN precisou mandar fazer o terno porque Buzz é tão alto que na loja não tinha nada que servisse. Passamos a tarde inteira tirando fotos dele, e nós todos estávamos rindo e nos abraçando; e AMN chorava e não parava de dizer, "Como você é bonito!". E a limusine veio apanhar Buzz para então ir pegar a convidada dele. E ele passou a cabeça pelo teto solar e acenou para nós. Ele estava normal. Por favor, Deus, que ele fique assim para sempre.

Três meses depois, meu irmão morreu de uma overdose de heroína.

7

Na época em que eu queria ouvir toda a história dos motivos de meus pais terem imigrado para os Estados Unidos, ela já não era uma história que minha mãe quisesse contar. A versão que chegou a mim — que minha mãe queria dar o mundo a Nana, que o Cara do *Chin Chin* tinha relutado em concordar — nunca me pareceu suficiente. Como muitos americanos, eu sabia pouquíssimo sobre o resto do mundo. Eu tinha passado anos contando mentiras rebuscadas aos colegas da escola sobre como meu avô era um guerreiro, um domador de leões, um chefe de uma tribo.

— Na verdade, eu sou uma princesa — eu disse a Geoffrey, um aluno na minha turma no jardim de infância que estava sempre com o nariz escorrendo. Geoffrey e eu nos sentávamos a uma mesa, sozinhos, bem nos fundos da sala de aula. Sempre desconfiei de que minha professora me pusera ali como uma espécie de castigo, como se tivesse me designado aquele lugar para eu ser obrigada a olhar para a lesma de ranho no centro do lábio superior de Geoffrey e sentir meu não pertencimento com ainda maior intensidade. Eu me ressentia com tudo isso e me esforçava ao máximo para torturar Geoffrey.

— Não é, não – disse Geoffrey. – Uma negra não pode ser princesa.

Fui para casa e perguntei à minha mãe se isso era verdade, e ela me mandou calar a boca e parar de importuná-la com perguntas. Era o que ela dizia a qualquer hora em que lhe pedisse para contar histórias; e, naquela época, tudo o que eu fazia era pedir que contasse histórias. Queria que suas histórias sobre a vida que levava em Gana com meu pai fossem cheias de reis, rainhas e maldições, que explicassem por que meu pai não estava ali, em termos muito mais grandiosos e elegantes do que a história simples que eu conhecia. E, se nossa história não pudesse ser um conto de fadas, eu até estava disposta a aceitar um relato como os do tipo que eu via na televisão, naquele tempo em que as únicas imagens que chegava a ver da África eram as de pessoas atingidas pela guerra e pela fome. Mas nas histórias da minha mãe não havia guerra; e, se havia fome, era de um tipo diferente, a simples fome daqueles que tinham recebido um alimento, mas queriam outro. Uma fome simples, impossível de saciar. Eu também tinha uma fome, e as histórias que minha mãe me servia nunca eram exóticas o suficiente, nunca desesperadas o suficiente, nunca eram suficientes para me fornecer a munição que eu achava que precisava para enfrentar Geoffrey, sua lesma de ranho, minha professora do jardim de infância e aquela cadeira no fundo da sala.

Minha mãe me contou que o Cara do *Chin Chin* veio ao encontro dela e de Nana nos Estados Unidos, alguns meses depois que eles se mudaram para o Alabama. Foi a primeira vez que viajou de avião. Ele pegou um *tro-tro* para Accra, levando só uma mala e um saquinho do *achomo* da minha avó. Enquanto sentia os corpos das centenas de outros passageiros no ônibus fazendo pressão contra ele, com suas pernas cansadas e doloridas de ficar em pé por quase três horas, ele era grato por ser alto, por poder respirar profundamente o ar fresco que pairava acima de todas as cabeças.

Em Kotoka, os funcionários do portão de embarque o tinham incentivado e lhe desejado boa sorte quando viram seu destino. "Manda me buscar, *chale*", eles disseram. No JFK, o pessoal da Alfândega e Imigração confiscou seu saco de *chin chin*.

Naquela época, minha mãe ganhava dez mil dólares por ano, trabalhando como cuidadora doméstica para um homem chamado sr. Thomas.

"Não posso acreditar que os panacas dos meus filhos me impingiram uma negra", ele costumava dizer. O sr. Thomas tinha mais de oitenta anos e estava nos estágios iniciais da doença de Parkinson, mas os tremores não o impediam de ser desbocado. Minha mãe limpava seu traseiro, dava-lhe comida, assistia ao *Jeopardy!* com ele, sorrindo desdenhosa quando ele errava praticamente todas as respostas. Os panacas dos filhos do sr. Thomas tinham contratado cinco outras cuidadoras antes da minha mãe. Todas tinham largado o serviço.

"VOCÊ. FALA. INGLÊS?", gritava o sr. Thomas todas as vezes que minha mãe lhe trazia as refeições saudáveis para o coração, pelas quais os filhos pagavam, em vez do *bacon* que ele tinha pedido. O serviço de cuidadoras domésticas tinha sido o único lugar que contratou minha mãe. Ela deixava Nana com a prima, ou o levava junto para o trabalho, até o sr. Thomas começar a chamá-lo de "macaquinho". Daí em diante, na maioria das vezes, ela deixava Nana sozinho enquanto cumpria as doze horas do seu turno noturno, rezando para ele dormir até de manhã.

O Cara do *Chin Chin* teve mais dificuldade para encontrar trabalho. O serviço de cuidadores domésticos o contratou, mas muita gente se queixava quando o via entrar pela porta.

— Acho que as pessoas tinham medo dele — minha mãe me disse uma vez, mas se recusou a me dizer por que tinha chegado a essa conclusão. Ela quase nunca admitia a existência do racismo. Até mesmo o sr. Thomas, que nunca chamou minha mãe de outra coisa que não fosse "aquela negra", era, aos olhos dela, só um velho com a mente confusa.

Mas quando caminhava com meu pai, ela via como o povo americano mudava diante de homens negros altos. Ela o via tentar se encolher de tamanho, com as costas longas e altivas se curvando enquanto ele andava com minha mãe pelo Walmart, onde foi acusado de furto três vezes em quatro meses. A cada vez, eles o levavam para uma salinha perto da saída da loja. Eles o encostavam na parede e apalpavam seu corpo inteiro, com as mãos subindo por uma perna da calça e descendo pela outra. Com saudades da terra natal, humilhado, ele parou de sair de casa.

Foi então que minha mãe encontrou a Primeira Igreja da Assembleia de Deus na Bridge Avenue. Desde sua chegada aqui, ela deixara de ir à igreja, preferindo trabalhar todos os domingos, porque o domingo era o dia da semana que os moradores do Alabama queriam ter de folga para os dois atos sagrados — ir à igreja e assistir ao futebol. O futebol americano não significava nada para minha mãe, mas ela sentia falta de um lugar de culto. Meu pai fazia com que ela se lembrasse de tudo o que devia a Deus, fazia com que se lembrasse do poder contido em suas orações. Queria fazê-lo sair daquela situação medonha; e para isso precisava ela mesma sair da sua própria.

A Primeira Igreja da Assembleia de Deus era uma pequena construção de tijolos, não maior do que uma casa de três quartos. Lá na frente, havia um grande letreiro que exibia mensagens bonitinhas destinadas a atrair as pessoas. Às vezes, as mensagens eram perguntas. *Você já se encontrou com Ele?* ou *Sabe quem é Deus?* ou *Está se sentindo perdido?* Às vezes, eram respostas. *Jesus é a razão do Natal!* Não sei se as mensagens do letreiro foram o que atraiu minha mãe, mas sei que a igreja se tornou seu segundo lar, seu mais profundo local de culto.

No dia em que ela entrou, a música estava tocando pelos alto-falantes do templo. Enquanto a voz da cantora a chamava, minha mãe foi avançando lentamente rumo ao altar. Minha mãe obedecia. Ela se ajoelhou diante do Senhor e orou, orou e orou. Quando ergueu a cabeça, com o rosto molhado de lágrimas, ela achou que poderia se acostumar a viver nos Estados Unidos.

8

Quando eu era criança, achava que seria dançarina, líder de adoração em alguma igreja pentecostal, esposa de pastor ou atriz glamorosa. No ensino médio, minhas notas eram tão boas que o mundo pareceu reduzir o leque dessa decisão para mim: médica. Lugar-comum para uma imigrante, só que me faltavam os pais controladores. Minha mãe não se importava com o que eu fizesse e não teria me forçado a nada. Desconfio de que hoje ela sentiria mais orgulho se eu tivesse ido parar atrás do púlpito da Primeira Assembleia de Deus, cantando mansamente o número 162 do hinário enquanto a congregação acompanhava titubeante. Naquela igreja, todos tinham uma voz horrível. Quando atingi a idade de frequentar a "igreja dos grandes", como as crianças do culto infantil a chamavam, eu tinha pavor da ideia de ouvir o soprano gorjeante da líder de adoração todas as manhãs de domingo. Ela me assustava de uma forma que me era familiar. Como quando eu tinha cinco anos, e Nana, onze, e nós encontramos um filhote de passarinho que tinha caído do ninho. Nana pôs as palmas das mãos em concha e o envolveu, e nós dois fomos correndo para casa. A casa estava vazia. Sempre estava vazia, mas nós sabíamos que precisávamos agir rápido porque, se nossa mãe chegasse e encontrasse o passarinho, ela o mataria direto ou o levaria embora e o largaria em algum pequeno trecho de mata, deixando-o lá para morrer. Além disso, ela nos contaria exatamente o que tinha feito. Nunca foi o tipo de mãe que mentia para os filhos para eles se sentirem melhor. Passei toda a minha infância enfiando dentes debaixo do meu travesseiro à noite e encontrando dentes ali de manhã. Nana deixou o passarinho comigo enquanto servia uma tigelinha de leite para ele. Quando o segurei, senti seu medo, o tremor interminável do corpinho redondo, e comecei a chorar. Nana levou o bico até a tigela e tentou fazê-lo beber, mas ele se recusava, e o calafrio que estava no passarinho passou para mim. Era assim que a voz da líder de adoração me soava – como o corpo agitado de um passarinho aflito, uma criança que, de repente, sentia medo. Tirei essa carreira da minha lista de imediato.

Esposa de pastor vinha em seguida na minha lista. A esposa do pastor John não fazia muita coisa, ao que eu pudesse ver, mas resolvi treinar para a posição, orando pelos bichinhos de estimação de todos os meus amigos. Havia o peixinho ornamental de Katie, para o qual realizamos um funeral no vaso sanitário. Eu disse minha oração enquanto assistíamos à mancha cor-de-laranja girar em turbilhão e desaparecer. Havia o *golden retriever* de Ashley, um cachorro agitado, cheio de energia. Buddy gostava de derrubar as latas de lixo que os vizinhos deixavam fora todas as noites de terça-feira. Chegava a manhã de quarta, e nossa rua estava coalhada de restos de maçãs, garrafas de cerveja, caixas de cereais. Os lixeiros começaram a reclamar, mas Buddy continuava fiel à sua verdade, sem se deixar dissuadir. Um dia, a sra. Caldwell encontrou junto do seu lixo um par de calcinhas que não lhe pertenciam, confirmando uma suspeita que já tinha. Ela saiu de casa na semana seguinte. Na noite de terça, depois que ela partiu, o sr. Caldwell se sentou ali fora ao lado da lata de lixo numa cadeira de jardim, com um rifle pousado no colo.

— Se esse cachorro chegar perto do meu lixo outra vez, vocês vão precisar de uma enxada.

Ashley, temendo pela vida de Buddy, pediu para que eu orasse por ele, por eu já ter criado para mim uma certa reputação na área de atividades fúnebres ligadas a animais de estimação.

Ela trouxe o cachorro enquanto minha mãe estava trabalhando e Nana estava treinando basquete. Pedi que viesse quando ninguém estivesse em casa porque eu sabia que o que estávamos fazendo era um pouco ambíguo, no que dizia respeito a sacramentos. Abri um espaço na sala de estar, ao qual me referi como o templo. Buddy sacou que alguma coisa estava esquisita assim que começamos a cantar "Santo, Santo, Santo", e se recusava a ficar parado. Ashley conseguiu segurá-lo no chão enquanto eu punha minha mão na sua cabeça, pedindo a Deus que fizesse dele um cachorro da paz em vez de um da destruição. Considerei essa oração atendida todas as vezes que vi Buddy em perfeita saúde, vivo, mas ainda não tinha certeza se eu estava destinada à religião.

Foi minha professora de biologia no ensino médio que me incentivou na direção da ciência. Eu tinha quinze anos, a mesma idade de Nana quando nós descobrimos que ele era dependente. Minha mãe estava limpando o quarto dele quando percebeu. Ela trouxera uma escada da garagem para poder tirar o pó do lustre e, quando pôs a mão no globo de vidro, encontrou alguns comprimidos espalhados. Oxicodona. Reunidos ali, pareciam insetos mortos, que um dia tinham sido atraídos para a luz.

Anos mais tarde, depois que todos os convidados do funeral tinham finalmente ido embora, deixando uma esteira de *jollof, waakye* e sopa de manteiga de amendoim, minha mãe me diria que se culpava por não ter feito mais naquele dia em que limpou o lustre. Eu deveria ter respondido com alguma palavra generosa. Deveria tê-la consolado, ter-lhe dito que a culpa não era dela; mas, em algum lugar, logo abaixo da superfície de mim mesma, eu a culpava. Eu me culpava também. A culpa, a dúvida e o medo já tinham se instalado no meu corpo jovem, como fantasmas assombrando uma casa. Estremeci, e naquele único segundo que o tremor levou para passar pelo meu corpo, parei de acreditar em Deus. Aconteceu de repente, assim, uma reavaliação com a duração de um tremor. Num minuto, havia um Deus, com o mundo inteiro em suas mãos; no minuto seguinte, o mundo estava despencando, incessantemente, rumo a um fundo cada vez mais distante.

A sra. Pasternack, minha professora de biologia, era cristã. Todo mundo que eu conhecia no Alabama também era, mas ela dizia coisas do tipo "Acho que somos feitos da poeira das estrelas e que Deus fez as estrelas". Ridículo para mim naquela época, estranhamente reconfortante agora. Naquela época, meu corpo inteiro parecia estar em carne viva o tempo todo, como se, caso você me tocasse, a ferida aberta da minha carne latejaria. Agora, criei uma casca, endureci. Naquele ano, a sra. Pasternack disse mais uma coisa que eu nunca esqueci: "A verdade é que não sabemos o que não sabemos. Nem mesmo sabemos as perguntas que precisamos fazer para descobrir; mas, quando aprendemos uma coisinha ínfima, uma luz fraca se acende num corredor escuro, e de repente uma nova pergunta surge. Passamos décadas, séculos, milênios, tentando responder aquela única pergunta para que mais uma luzinha fraca se acenda. Isso é a ciência, mas também é tudo o mais, não é mesmo? Tente. Experimente. Faça milhares de perguntas."

★ ★ ★

O primeiro experimento que me lembro de ter realizado foi o do Ovo Nu. Era para minha aula de física no final do ensino fundamental. E eu me lembro dele, em parte, porque precisei pedir a minha mãe que incluísse xarope de milho na lista do mercado, e ela passou a semana inteira resmungando sem parar por causa disso.

— Por que sua professora não compra o xarope de milho para você, se ela quer que você faça essa bobagem? — ela perguntou.

Contei para a professora que eu achava que minha mãe não ia comprar o xarope de milho; e, com uma piscada de olho, minha professora me deu de presente um frasco tirado do fundo do seu armário. Achei que isso agradaria minha mãe. Afinal, era o que ela vinha pedindo, mas, pelo contrário, ela ficou mortificada.

— Ela vai pensar que nós não temos como comprar o xarope de milho — disse ela.

Aqueles foram os anos mais difíceis, o início dos anos de só-nós-duas. Não tínhamos como comprar xarope de milho. Minha professora frequentava nossa igreja. Ela sabia de Nana, sabia do meu pai. Sabia que minha mãe cumpria turnos de doze horas todos os dias, menos no domingo.

Começamos o experimento do Ovo Nu no início da semana, pondo nossos ovos em vinagre. O vinagre dissolveu a casca devagar, de tal modo que, na aula de quarta-feira, nós já tínhamos um ovo nu, amarelo da cor de urina e maior do que um ovo normal. Pusemos o ovo nu num vidro novo e derramamos xarope de milho por cima. O ovo que vimos no dia seguinte tinha murchado e ficado achatado. Pusemos o ovo reduzido em água colorida e ficamos assistindo enquanto o azul se expandia, com a cor se espalhando pelo ovo, fazendo com que ele crescesse cada vez mais.

O experimento era uma forma de nos ensinar os princípios da osmose, mas eu estava abalada demais para aproveitar a ciência por trás daquilo tudo. Enquanto via o ovo absorver a água azul, eu só conseguia pensar em minha mãe sacudindo o frasco de xarope de milho na minha direção, com o rosto quase roxo de raiva.

— Trate de devolver isso, devolver, DEVOLVER! – disse ela, antes de se atirar no chão e ficar chutando o ar, num ataque de fúria.

Naquela época, nós duas, mãe e filha, éramos nós mesmas um experimento. A questão era e continua sendo a mesma: Será que vamos ficar bem?

Alguns dias, quando eu chegava do laboratório, entrava no meu quarto, o quarto da minha mãe, e lhe contava tudo o que tinha feito naquele dia, só que eu não falava em voz alta. Eu só pensava. *Hoje, vi o cérebro de um camundongo dar um lampejo verde*, eu pensava; e, se ela se mexesse, isso queria dizer que tinha me ouvido. Aquilo fazia com que me sentisse como uma criança bobinha, mas eu fazia assim mesmo.

Han me convidou para uma festa na casa dele, foi o pensamento que direcionei para minha mãe numa noite. *Mexa-se se você achar que devo ir.* Quando ela levantou a mão para coçar o nariz, peguei minha jaqueta e saí.

Han morava num desses conjuntos de apartamentos, uniformes e labirínticos, que dão a impressão de um presídio ou de um quartel militar na sua mesmice. Descobri que estava indo ao 3H em vez de ao 5H. Todas as curvas levavam a mais um grupo de apartamentos no estilo das missões espanholas, com os indefectíveis telhados de telhas de barro que estavam por toda parte no sudoeste dos E.U.A. e na Califórnia.

Quando, por fim, cheguei ao 5H, a porta estava entreaberta. Han me recebeu com um abraço atípico.

— Giftyyyyy – disse ele, me levantando um pouco do chão. Tinha bebido, mais uma raridade no caso dele; e, embora eu nunca tivesse notado antes, agora eu percebia: as pontas das suas orelhas estavam vermelhas, exatamente como no dia em que ele me encontrou chorando no laboratório.

— Acho que nunca tinha te visto de short, Han – comentei.

— Dá uma olhada nos meus pés descalços – replicou ele, mexendo os dedos dos pés. – O regulamento do laboratório realmente a impediu de me ver em toda a minha beleza natural. – Eu ri, e ele ficou ainda mais ruborizado. – Fique à vontade – disse ele, acenando para eu entrar.

Circulei pela sala de estar, batendo papo com meus colegas. Nossa idade ia dos 22 aos 47. De modo semelhante, nossa formação era muito diversificada – robótica, biologia molecular, música, psicologia, literatura. Todos os caminhos levavam ao cérebro.

Eu era péssima na maioria das festas, mas nas desse tipo me saía bem. É notável como você pode parecer legal quando é a única pessoa preta numa sala, mesmo se você não tiver feito nada de legal. Eu não era íntima de ninguém ali; decerto não íntima o suficiente para falar sobre minha mãe. Mas antes do fim da noite, o álcool tinha soltado minha língua, e eu comecei a me sentir à vontade para falar sobre o assunto que eu mais queria abordar.

— Você acha que um dia vai voltar a exercer a psiquiatria? – perguntei a Katherine. Ela era uma das integrantes mais antigas do meu laboratório, pesquisadora em pós-doutorado, que tinha se formado em Oxford, feito a pós-graduação em medicina na UCSF, antes de começar o doutorado aqui. Tínhamos uma amizade hesitante, baseada principalmente no fato de nós duas termos crescido em famílias de imigrantes e de sermos duas das únicas mulheres no departamento. Eu sempre tinha a impressão de que Katherine queria me conhecer melhor. Ela era simpática e aberta, aberta demais para meu gosto. Uma vez, na sala de convivência, Katherine me confidenciou que tinha remexido nas coisas do marido e encontrado pequenas letras "o" escritas na agenda dele, nos dias em que ela estava ovulando. E achava que talvez ele estivesse tentando "armar" para ela ter um filho antes da época que os dois tinham planejado. Foi extremamente franca com essa informação, como se estivesse falando de uma tosse da qual não conseguia se livrar, mas eu fiquei uma fera, toda moralista. Disse para deixá-lo, mas isso ela não fez. E agora, enquanto eu falava com ela, Steve, o marido, estava no outro lado da sala de estar de Han, bebericando sangria, com a cabeça inclinada levemente para trás, de modo que eu podia ver seu pomo de adão se mexer com a descida da bebida. Sabendo o que eu sabia sobre Steve, eu não podia olhar para ele, para seu pomo de adão, e não ver uma espécie de ameaça, mas lá estava ele, falando, bebendo, normal.

— Penso o tempo todo em voltar a clinicar — disse Katherine. — Com a medicina, eu podia ver que estava ajudando pessoas. Um paciente chegava, tão destroçado pela ansiedade que coçava os braços até eles ficarem em carne viva; e meses depois, nenhum arranhão. Isso é gratificante. Mas com a pesquisa? Quem sabe?

Minha mãe tinha detestado a terapia. Ela chegou com os braços em carne viva e saiu com os braços em carne viva. Desconfiava dos psiquiatras e não acreditava em doença mental. Era isso mesmo o que dizia. "Não acredito em doença mental." Afirmava que a doença mental, assim como todas as outras coisas que ela não aprovava, era uma invenção do Ocidente.

Eu lhe falei do livro *Mudanças*, de Ama Ata Aidoo, em que a personagem Esi diz *"você não pode andar por aí afirmando que uma ideia ou um objeto foi importado para o interior de uma determinada sociedade, a menos que você também possa concluir que, até onde lhe seja dado saber, não existe e nunca existiu nenhuma palavra ou expressão no idioma nativo daquela sociedade que descreva aquela ideia ou aquele objeto"*.

Abodamfo. Bodam nii. Era essa a expressão para "maluco", a expressão que ouvi minha tia usar naquele dia na feira de Kejetia para designar o homem de cabelo rastafári. Minha mãe não aceitava essa lógica. Depois que meu irmão morreu, ela se recusava a chamar sua doença de depressão. "Os americanos é que ficam deprimidos na televisão e choram", dizia ela. Minha mãe raramente chorava. Lutou contra o sentimento por um tempo, mas aí, um dia, não muito depois do experimento do Ovo Nu, ela subiu na cama, se enfiou debaixo das cobertas e não quis se levantar. Eu tinha onze anos. Eu sacudia seus braços, com ela ali deitada na cama. E lhe levava comida antes de ir a pé até a escola. Limpava a casa para que, quando ela finalmente acordasse, não ficasse irritada comigo por deixar a casa imunda. Achava que estava me saindo bem. Por isso, quando a encontrei, afundando na banheira, com a torneira aberta, o chão inundado, minha primeira sensação foi a de ter sido traída. Nós estávamos nos saindo bem.

Olhei para a barriga de Katherine. Ainda inexistente, depois de todos esses meses. Será que Steve ainda estava marcando a agenda com pequenas letras "o"? Será que ela lhe contara o que sabia sobre essa sua traição, ou será que guardou consigo, presa no punho fechado do seu coração, a ser aberto somente quando alguma coisa entre os dois estivesse verdadeiramente destruída? Eu mesma nunca tinha feito terapia e, quando chegou a hora de escolher um campo de estudo, não escolhi psicologia. Escolhi biologia molecular. Acho que, quando as pessoas vinham a saber do meu irmão, elas supunham que eu enveredara pela neurociência por um senso de dever para com ele, mas a verdade é que eu tinha começado esse trabalho não por querer ajudar as pessoas, mas porque me parecia a coisa mais difícil que se podia fazer, e eu queria fazer o que fosse mais difícil. Queria arrancar de mim qualquer fraqueza mental, como que separando fáscia do músculo. Durante o ensino médio, nunca bebi uma gota de álcool porque convivia com o temor de que a dependência era como um homem com uma capa escura, à minha espreita, aguardando que eu saísse da calçada bem iluminada e entrasse num beco. Eu tinha visto o beco. Assisti quando Nana entrou no beco e assisti quando minha mãe o seguiu. E eu tinha tanta raiva deles por não serem fortes o suficiente para permanecer no lugar iluminado. Por isso, escolhi o que era difícil.

Na faculdade, eu costumava zombar da psicologia — uma ciência inexata. Certo, ela tratava do cérebro e da cognição, mas também lidava com o humor: sentimentos e emoções criados pela mente humana. Esses sentimentos e emoções me pareciam inúteis se eu não podia localizá-los em dados, se eu não podia ver como o sistema nervoso funcionava ao dissecá-lo. Eu queria entender *por que* os sentimentos e as emoções surgiam, que parte do cérebro os causava e, mais importante, que parte do cérebro podia bloqueá-los.

Fui uma criança muito convicta da minha superioridade moral. No início, nos meus tempos de cristianismo, quando eu dizia coisas do tipo "Vou orar por vocês" aos meus coleguinhas que liam livros sobre bruxas e magos. Depois, naqueles primeiros anos na faculdade, quando eu desdenhava de qualquer pessoa que chorasse pelo fim de um relacionamento, que gastasse dinheiro à toa, que se queixasse de coisas sem importância. Àquela altura, minha mãe já tinha se "curado através da oração", como dizia o pastor John. Estava curada, mas do mesmo jeito de um osso fraturado que se consolidou e ainda dói aos primeiros sinais de chuva. Sempre havia os primeiros sinais de chuva, atmosféricos, silenciosos. Ela sempre sentia dor. Quando eu estava fazendo a faculdade em Harvard, ela vinha me visitar toda entrouxada para se proteger do inverno, mesmo que estivéssemos na primavera. Eu olhava para seu casaco, o cachecol bem enrolado na cabeça, e me perguntava quando eu tinha parado de a considerar uma mulher forte. Sem dúvida, existe força em vestir-se para uma tempestade, mesmo quando não há nenhuma tempestade por vir?

A festa estava terminando. As orelhas de Han pareciam que queimariam quem as tocasse.

— Você não deveria jogar pôquer — eu lhe disse. Àquela altura quase todos já tinham ido embora. Eu não queria ir para casa. Fazia tanto tempo que não bebia, e queria ficar mais um pouco naquele calorzinho.

— Hã? — indagou Han.

— As orelhas te denunciam. Elas ficam vermelhas quando você bebe ou quando fica envergonhado.

— Então, talvez eu só deva jogar pôquer quando tiver bebido ou estiver envergonhado — ele replicou, rindo.

Quando afinal cheguei de volta ao apartamento, havia sinais de que minha mãe se levantara da cama. Uma porta de armário na cozinha estava aberta, um copo na pia. Estávamos nos saindo bem.

9

O Cara do *Chin Chin* arrumou um serviço de zelador numa creche. Ele recebia por baixo do pano, sete dólares por hora, uma hora por dia, cinco dias por semana. Depois de comprar um passe mensal para o ônibus, ele praticamente não ganhava nada, mas era alguma coisa a fazer.

— O emprego tirou ele de cima do sofá — minha mãe disse.

As crianças gostavam dele. Escalavam seu corpo alto como se ele fosse uma árvore, todo ele galhos-membros e tronco-torso. Ficavam encantadas com seu sotaque. Ele lhes contava histórias, fazendo de conta que era um dos dois homens-árvores vivos na floresta de Kakum. Que tinha começado a vida como uma sementinha que foi rolando do mato baixo para dentro da floresta, que todos os dias borboletas do tamanho de um prato de comida vinham bater suas asas sobre a terra onde ele estava plantado, tentando criar raízes. O vento gerado pelas asas esvoaçantes remexia a terra, convidando-o a crescer, crescer, crescer, e ele cresceu. Vejam como ele era grande. Vejam como era forte. Ele jogava para o alto uma das crianças e as pegava de novo, fazendo cócegas feito louco. As crianças só queriam mais. Metade delas naquele Halloween foi vestida de borboleta naquele primeiro ano, apesar de seus pais não saberem por que motivo.

Àquela altura, Nana tinha entrado no jardim de infância; e todos os dias, depois de terminar de limpar a creche, o Cara do *Chin Chin* pegava o ônibus até a escola de Nana, e os dois iam a pé para casa, enquanto Nana contava cada coisinha mágica e entediante que tinha feito na escola naquele dia. E o Cara do *Chin Chin* acolhia essas coisas com um interesse fora do alcance da compreensão da minha mãe.

Quando ela voltava para casa do trabalho, com os pés inchados, os braços doloridos, as orelhas ardendo com os impropérios do sr. Thomas, Nana já estaria na cama. O Cara do *Chin Chin* faria comentários como, por exemplo, "Veja só. Eles passam o fio pelos furos do macarrão, para fazer um colar. Você consegue imaginar uma coisa dessas em Gana? Um colar feito de comida? Por que eles não comem o macarrão e fazem colares de alguma coisa útil?".

Minha mãe tinha ciúme da proximidade entre Nana e o Cara do *Chin Chin*. Isso ela nunca admitiu para mim, mas eu podia ver só pelo seu jeito de me contar aquelas histórias ao longo dos anos. Ela nunca guardou uma única coisa que fosse, que Nana ou eu tivéssemos feito na escola. Nana parou de lhe dar coisas, e ele nunca lhe contou suas histórias, preferindo guardá-las para o Cara do *Chin Chin*. Depois que Nana morreu, acho que minha mãe desejou ter guardado alguma coisa dele, algo mais do que suas lembranças, mais do que sua camiseta de basquete, guardada fedorenta no armário, alguma história que fosse só dela para ela se deliciar.

Quando o Cara do *Chin Chin* punha Nana para dormir naquelas noites, ele contava ao meu irmão a mesma história que contava às crianças da creche, que ele era um dos dois homens-árvores vivos da floresta de Kakum. Foi Nana quem me contou essa história.

— E eu acreditava, Gifty — disse ele. Não lembro com que idade eu estava, só que eu era pequena e estava em uma fase em que nunca comia e vivia com fome. — Verdade, eu acreditava que o cara era uma árvore.

— E quem era o outro homem-árvore vivo? — perguntei.

— Hã?

— Ele disse que era um dos dois homens-árvores vivos. Quem era o outro? Será que era a Mãe? —

A expressão que tomou conta do rosto de Nana — de contemplação sombria, de orgulho profundo — me surpreendeu.

— Não, não podia ter sido a Mãe. Se o Pai era uma árvore, a Mãe era uma rocha.

Han tinha deixado o termostato muito baixo. Soprei o ar e achei que pude ver a nuvem da minha respiração pairando ali. Eu tinha uma jaqueta que deixava no laboratório. Tratei de vesti-la e me sentei para trabalhar. Meus camundongos estavam cambaleando nas caixas como bêbados na cadeia. A analogia era adequada, mas eu ainda ficava triste ao imaginá--los daquele jeito.

Pela milionésima vez, pensei no filhote de passarinho que Nana e eu tínhamos encontrado. Nunca conseguimos fazer com que bebesse; e, depois de uns quinze minutos de tentativas fracassadas, nós o levamos lá para fora e tentamos fazê-lo voar. Isso também ele se recusou a fazer. Nossa mãe chegou e nos encontrou espantando-o com as mãos, enquanto ele olhava para nós sem entender, tropeçava, caía.

— Agora ele nunca mais vai voar — ela disse. — A mãe dele não vai reconhecê-lo porque vocês tocaram nele, e ele ficou com seu cheiro. Não importa o que vocês façam agora, ele vai morrer.

Nana chorou. Ele amava animais. Mesmo nos seus últimos meses de vida, eu ainda o ouvia implorando um cachorro à nossa mãe. O que ele teria pensado de mim? Desse trabalho que faço?

Peguei um dos camundongos. Sua cabeça estava ligeiramente caída pela barra que eu tinha prendido a ela. Eu o coloquei sob o microscópio para poder ver melhor meu trabalho. O vírus que injetei no seu cérebro tinha me permitido introduzir um DNA estranho nos seus neurônios. Esse DNA continha opsinas, proteínas que faziam os neurônios mudar seu comportamento em resposta à luz. Quando eu fazia a luz pulsar na área correta, os neurônios entravam em ação.

— É como se fosse um show de luzes LED para cérebros de camundongos — expliquei um dia a Raymond.

— Por que você faz isso? — ele perguntou.

— Faço o quê?

— Deprecia seu trabalho desse jeito.

Era meu primeiro ano de pós-graduação e nosso terceiro encontro. Raymond era um doutorando em Literatura e Pensamento Moderno que estudava movimentos de protesto. Ele também era lindo, escuro como o anoitecer, com uma voz que me fazia tremer. Eu me esquecia de mim mesma quando estava com ele, e nenhuma das minhas táticas habituais de sedução — ou seja, depreciar meu trabalho — parecia surtir o menor efeito sobre ele.

— É só que é mais fácil de explicar desse jeito.

— Bem, vai ver que você não precisa facilitar para mim — disse Raymond. — Você escolheu uma carreira difícil. Também é boa no que faz, certo? Ou nem estaria aqui. Tenha orgulho da sua carreira. Explique as coisas do jeito difícil.

Ele me deu um sorriso, e tive vontade de apagar aquele sorriso do seu rosto com um tapa, mas eu queria outras coisas ainda mais.

Quando contei para minha mãe que eu ia seguir carreira na ciência, ela simplesmente deu de ombros. "Tudo bem, certo." Era um sábado. Eu tinha vindo de Cambridge para visitá-la e havia prometido que iria à igreja com ela no dia seguinte. Talvez tenha sido a promessa, palavras das quais me arrependi assim que saíram da minha boca, que me fez anunciar minha intenção de carreira daquele jeito – como se estivesse atirando uma bola para ela depois de gritar "Pense depressa!". Achei que ela ia fazer objeções, dizer alguma coisa do tipo, Deus é a única ciência de que precisamos. Desde o funeral de Nana, eu tinha encontrado jeitos criativos de evitar a igreja, apesar das eventuais súplicas da minha mãe. De início, eu simplesmente inventava desculpas para escapar – estava menstruada, tinha um trabalho escolar a terminar, precisava rezar sozinha. Por fim, ela captou a mensagem e recorreu a me lançar longos olhares de censura antes de sair de casa com suas melhores roupas de domingo. Foi então que alguma coisa relacionada com minha saída de casa para estudar na faculdade fez com ela mudasse, com que se tornasse menos rígida. Àquela altura, eu já mostrava que tinha saído à minha mãe, calejada, calejada demais para entender que ela estava lidando com as complexas nuances da perda – do filho, uma perda física, inesperada; da filha, algo mais lento, mais natural. Quatro semanas depois do início do meu primeiro ano de faculdade, ela encerrou um telefonema com um "Eu te amo", pronunciado no murmúrio relutante que ela reservava para o inglês. Ri tanto que comecei a chorar. Um "Eu te amo" da mulher que uma vez tinha chamado essa expressão de *aburofo nkwaseasɛm*, tolice de gente branca. De início, ela me repreendeu por rir, mas em pouco tempo já estava rindo junto, uma grande gargalhada de corpo inteiro que inundou meu quarto do dormitório. Mais tarde, quando contei à minha companheira de quarto, Samantha, por que eu estava rindo, ela insinuou que não era engraçado. Isso de amar sua família. Samantha, rica, branca, moradora da região, cujo namorado de vez em quando vinha dirigindo da Universidade de Massachusetts e me deixava deslocada na sala comunitária, era ela mesma a encarnação de *aburofo nkwaseasɛm*. Comecei a rir de novo.

A primeira coisa que percebi quando voltei com minha mãe naquele dia à Primeira Assembleia de Deus foi o quanto ela tinha crescido desde a minha infância. A igreja ocupava duas lojas num centro comercial aberto para a rua e estava aguardando – aparentemente com impaciência, a julgar pela quantidade de orações que as pessoas fizeram nesse sentido – que a papelaria de família logo ao lado desistisse e vendesse o espaço. Reconheci algumas pessoas, mas a maioria dos rostos era de gente nova. Minha mãe e eu chamávamos ainda mais a atenção em meio a todos esses novos membros – uma igreja lotada de sulistas brancos, robustos, de calças cáqui e camisas polo em tom pastel, minha mãe vibrante com seu estampado *ankara*.

O salão ficou em silêncio enquanto o pastor John caminhava até o púlpito. Suas têmporas tinham encanecido desde a última vez que o vi. Ele uniu as mãos, que sempre tinham me parecido dois tamanhos maiores do que o natural, como se Deus tivesse trocado as mãos do pastor John com as de outro homem e, ao se dar conta do erro, olhou para si mesmo no espelho e deu de ombros. "*Eu sou o que sou.*" Eu gostava de imaginar outro homem, maior, andando por aí, com as mãos pequenas do pastor John. Gostava de pensar que esse homem também tinha se tornado um pregador religioso com uma congregação que cabia na palma da sua mão.

— Deus Pai, nós te agradecemos por este dia. Nós te agradecemos por trazeres nossos filhos e filhas de volta à igreja depois de algum tempo ausentes, por os teres conduzido em segurança de volta a teus pés após suas temporadas na faculdade. Deus, te pedimos que preencha sua cabeça com tua Palavra, que não permitas que sejam vítimas dos comportamentos do mundo secular, que tu...

Amarrei a cara para minha mãe enquanto o pastor John continuava a fazer vagas referências a mim, mas ela olhava direto à frente, imperturbável. Depois do sermão, enquanto ele cumprimentava os membros da congregação à medida que íamos saindo, o pastor John apertou minha mão, com um pouco mais de força do que seria aceitável.

— Não precisa se preocupar nem um pouco — ele disse. — Sua mãe está se saindo bem. Está se saindo muito bem. Deus é fiel.

— Você está se saindo muito bem — eu disse ao camundongo enquanto o anesteziava. Embora tivesse repetido esse processo dezenas de vezes sem problemas, eu ainda sempre dizia uma pequena oração, uma súplica ínfima para que funcionasse. A pergunta que eu estava tentando responder, para usar os termos da sra. Pasternack, era a seguinte: Poderia a optogenética ser usada para identificar os mecanismos neuronais envolvidos em doenças psiquiátricas em que ocorrem problemas com a busca de recompensa, como na depressão, na qual há um excesso de repressão na busca do prazer, ou na dependência de drogas, na qual não há repressão suficiente?

Em outras palavras, daqui a muitos, muitos anos, quando tivermos descoberto um modo para identificar e isolar as partes do cérebro que estão envolvidas nessas doenças, uma vez que tenhamos vencido todos os obstáculos necessários para tornar essa pesquisa útil para animais que não sejam camundongos, poderia esse conhecimento científico funcionar nas pessoas que mais precisam dele?

    Ele poderia levar um irmão a largar uma agulha? Poderia tirar uma mãe de cima de uma cama?

10

Minha mãe ficou surpresa ao se descobrir grávida de mim. Ela e o Cara do *Chin Chin* tinham parado de tentar muito antes. Tudo era tão caro nos Estados Unidos; a infertilidade era em si uma espécie de bênção. Mas então vieram as náuseas matinais, os seios sensíveis, a distensão da bexiga. Ela soube. Estava com quarenta anos e não se sentia totalmente feliz com aquilo a que todos ao redor se referiam como seu "milagre".

— Você não foi um bebê dos melhores — disse-me ela minha vida inteira. — Na barriga, já era muito desagradável, mas ao sair você foi um pesadelo. Trinta e quatro horas de sofrimento. Eu pensava, Senhor, o que fiz para merecer esse tormento?

Nana foi o primeiro milagre, o verdadeiro milagre, e a glória do seu nascimento fez com que tudo o mais perdesse o brilho. Já eu, nasci na penumbra que sua sombra deixou para trás. Isso eu entendia, mesmo quando criança. Minha mãe se certificava de que eu entendesse. Ela era o tipo de mulher direta, não uma pessoa exatamente cruel, mas bem perto da crueldade. Quando criança, eu me orgulhava da capacidade de poder diferenciar. Nana ainda estava por aqui, e por isso eu podia suportar que ela me dissesse que eu tinha sido um bebê horrível. Eu podia suportar porque eu entendia o contexto; Nana era o contexto. Quando ele morreu, tudo o que era direto se tornou cruel.

Quando eu era bem pequena, minha mãe começou a me chamar de *asaa*, a frutinha milagrosa que, quando comida antes, torna doce o que for azedo. No contexto certo, *asaa* é uma frutinha milagrosa. Fora de contexto, ela não é nada, não faz nada. O fruto azedo permanece.

Naqueles anos iniciais da nossa família de quatro membros, havia frutos azedos por toda parte, mas eu era *asaa* e Nana era o contexto, e com isso nós tínhamos doçura em abundância. Naquela época, minha mãe ainda trabalhava para o sr. Thomas. Algumas das minhas lembranças mais remotas são das mãos dele permanentemente trêmulas se estendendo para as minhas nos dias em que minha mãe me levava para vê-lo. "Onde está meu docinho?", ele balbuciaria, com as palavras lutando para sair pela porta oscilante dos seus lábios. Àquela altura, o sr. Thomas gostava da minha mãe, talvez mais do que gostava dos próprios filhos, mas sua língua afiada jamais se abrandou, e eu nunca o ouvi dizer uma palavra gentil para ela.

O Cara do *Chin Chin* tinha um trabalho fixo como zelador de duas das escolas dos últimos anos do ensino fundamental. Ele ainda era amado pelas crianças e trabalhava bem e com afinco. Minhas lembranças dele, embora poucas, são agradáveis em sua maioria. Mas as lembranças de pessoas que você mal conhece costumam ser acolhidas com certa simpatia quando elas estão ausentes. São os que permanecem que são julgados com maior rigor, simplesmente por terem ficado por perto para serem julgados.

Dizem que, quando bebê, eu era barulhenta e tagarela, exatamente o contrário da pessoa tímida e calada que acabei me tornando. A fluência verbal em crianças pequenas vem sendo há muito tempo usada como um indicador da inteligência futura, e, embora isso se aplique a mim, é na mudança de temperamento que estou interessada. O fato de que, quando ouço ou vejo a mim mesma em fitas daqueles primeiros anos da minha vida, muitas vezes tenho a impressão de que estou observando uma pessoa totalmente diferente. O que aconteceu comigo? Que tipo de mulher eu poderia ter me tornado se toda aquela tagarelice não tivesse dado uma meia-volta, virando-se para dentro?

Há gravações de mim daquela época distante, fitas e mais fitas de áudio da minha fala rápida, em perfeito twi, ou, antes disso, meus balbucios sem sentido. Numa das fitas, Nana está tentando contar ao Cara do *Chin Chin* uma história.

"O crocodilo inclina a cabeça para trás e abre aquela bocarra e..." Dou um gritinho agudo.

"Uma mosca pousa no olho do crocodilo. Ele tenta..."

"Papa, papa, papa!", eu grito.

Se você escutar a fita detidamente, quase dá para ouvir a paciência do Cara do *Chin Chin* diante da crescente frustração de Nana e das minhas interrupções absurdas. Ele está tentando prestar atenção em ambos, mas é claro que nenhum de nós dois consegue o que realmente quer: sua atenção completa e total, sem meios-termos.

Eu ainda não falava palavras de verdade, mas mesmo assim há uma insistência nos meus balbucios sem sentido. Eu tenho algo importante a dizer. Há um desastre no horizonte; e, se ninguém me escutar, o desastre acontecerá, e meu pai e Nana só poderão culpar a si mesmos. A insistência na minha voz é bem real. É devastador escutá-la, mesmo todos esses anos depois. Não estou fingindo que há um desastre iminente; eu realmente acredito que ele existe. A certa altura, emito um som grave, gutural, animalesco, um som tão nitidamente biológico em seu propósito de atrair a atenção e a empatia dos animais meus semelhantes; mas os animais meus semelhantes – meu pai e meu irmão – não fazem nada a não ser falar sem me ouvir. Eles falam sem me ouvir porque estamos em segurança, numa pequena casa alugada no Alabama, não perdidos numa floresta tropical escura e perigosa, não numa jangada no meio do mar. Por isso, o som não faz sentido, é um som deslocado, o rugido de um leão na savana. Quando ouço a fita agora, parece-me que esse é, em si, o desastre que eu previa, um desastre bastante comum para a maioria dos bebês de hoje em dia: que eu era uma gracinha de bebê, que tinha nascido barulhenta, carente, selvagem, mas as condições da selva mudaram.

Na fita, Nana volta a contar sua história, mas não adianta. Eu fico cada vez mais desesperada, não deixando que ele diga uma palavra sequer. Finalmente, ouve-se um pequeno estalo, Nana gritando "Cala a boca, cala a boca, CALA A BOCA".

"Não bata na sua irmã", diz o Cara do *Chin Chin*. E então ele começa a falar com Nana em tom bem baixo, baixo demais para se ouvir na fita, mas dá para sentir a raiva por trás daqueles sons abafados. A raiva tem toques de compreensão. Ele está dizendo, *É, ela é insuportável, mas é nossa e por isso precisamos suportá-la.*

Minha mãe estava comendo de novo, embora não na minha frente. Cheguei do laboratório umas duas vezes e encontrei no lixo latas vazias de sopa de tomate em pedaços Amy's. Por isso, comecei a comprar montes delas no Safeway perto do campus.

Eu mesma não estava comendo muito por essa época, os tempos magros e poucos saudáveis da pós-graduação. Todas as minhas refeições vinham em caixas ou latas, anunciando-se com o apito do micro-ondas. De início, eu ficava envergonhada com minha dieta. Também não ajudava que a caixa que sempre me atendia no meu Safeway mais próximo fosse de uma beleza extraordinária. A pele azeitonada escura, com uma parte da cabeça raspada, que eu só detectava cada vez que ela ajeitava o cabelo por trás da orelha. Sabiha era o que anunciava seu crachá, sempre torto e preso pouco acima do seio esquerdo. Não dava para eu aguentar. Comecei a imaginar suas reações interiores ao conteúdo do meu carrinho de compras. Aquele olhar de "Vai jantar Frango ao Gergelim da Lean Cuisine de novo, é?" que eu tinha certeza de que ela, uma vez, tinha me lançado. Decidi diversificar minhas compras indo a mercados diferentes na área. Agora que minha mãe estava ficando comigo, eu me sentia menos constrangida com as latas de sopa que mal cabiam no carrinho. Se alguém perguntasse, eu já estava armada com uma desculpa. "Minha mãe está doente", eu me imaginava dizendo àquela linda caixa.

— Você se incomoda se eu jantar aqui com você? — perguntei à minha mãe. Levei dois pratos de sopa para o quarto dela, meu quarto, e me sentei numa cadeira da mesa de jantar que eu tinha arrastado para ali. O cômodo era decorado com tanta economia que até mesmo a palavra "decorado" era forte demais para descrevê-lo. Havia uma cama, uma mesinha de cabeceira, agora a cadeira. Havia também um cheiro, aquele odor desagradável da depressão, vigoroso, confiável como um móvel.

Como era típico, minha mãe estava de costas para mim, mas eu tinha resolvido conversar com ela de qualquer modo. Deixei seu prato na mesinha de cabeceira e esperei que ela se virasse. Tomei minha sopa fazendo barulho, chupando o líquido da colher, porque eu sabia como ela detestava esse tipo de ruído, e eu queria ver se despertava alguma coisa nela. Até a raiva seria melhor do que isso. Ela estava morando comigo havia uma semana e tinha pronunciado talvez cinco frases. Eu também não tinha falado muito. Não sabia do que falar. O que se diz às costas de uma mulher, às costas da sua mãe? A curva, a inclinação, a carne flácida, tudo isso agora me era mais reconhecível do que seu rosto, que no passado era a coisa neste mundo que eu mais procurava. Seu rosto, com o qual o meu tinha ficado parecido, era o alvo do meu estudo naquelas noites que passávamos no seu banheiro, falando sobre nossa vida enquanto ela se pintava, aprontando-se para o trabalho. Naqueles anos de só-nós-duas, depois que voltei de Gana, eu examinava seu rosto em busca de qualquer indício de colapso, tentando me tornar uma especialista nos matizes de tristeza que reconhecia em seus olhos. Ela estava de novo ali, à espreita, a tristeza sombria, profunda, ou era só a do tipo trivial, a que todos nós sentimos de tempos em tempos, aquela que vem e, mais importante, vai? Fazia quase três dias que eu não via o rosto da minha mãe, mas eu a tinha estudado o suficiente para saber que tipo de tristeza eu encontraria nele.

No conhecido "Experimento do Rosto Inexpressivo" de Edward Tronick, da década de 1970, bebês e mães são postos sentados, encarando-se. De início, eles interagem prontamente e com alegria. O bebê aponta, e os olhos da mãe acompanham seu dedo. O bebê sorri, e a mãe responde com um sorriso. Eles riem, eles se tocam. Então, depois de alguns minutos dessas atividades, o rosto da mãe fica totalmente impassível. O bebê tenta todos os mesmos movimentos que tinham obtido uma resposta instantes antes, mas agora sem sucesso. A mãe não demonstra reconhecer sua presença.

Assisti a esse experimento pela primeira vez na minha aula de psicologia do desenvolvimento na faculdade, e ele fez com que eu me lembrasse das fitas de áudio gravadas na minha infância, só que os vídeos desse experimento eram muito mais perturbadores. Ao contrário do que acontecia nas minhas fitas, nesses vídeos não é feita nenhuma tentativa de amenizar o sofrimento da criança, e a criança está nitidamente sofrendo. A expressão no seu rosto é de uma sensação de pura traição, realmente elementar, essa traição. Talvez ainda mais traiçoeiro seja o fato de que é logo a mãe que está ignorando o bebê, não um irmão ou um pai. É aquela única pessoa que, sem a menor dúvida, é a que mais importa em termos biológicos e emocionais nessa etapa da vida. Naquele dia na aula, enquanto assistíamos à desconfiança do bebê se manifestando na projeção, enquanto meus colegas e eu fazíamos anotações, de repente ouvimos um gemido. Não era o bebê no vídeo. Era uma colega, uma garota que eu nunca tinha percebido antes, embora ela se sentasse a apenas algumas cadeiras de distância de mim. Ela saiu da sala abruptamente, derrubando meu caderno ao passar, e eu soube que ela sabia o que o bebê sabia. Ela tinha estado no mesmo deserto.

Minha mãe e eu agora reencenávamos o Experimento do Rosto Inexpressivo, agora reformulado como o Experimento das Costas Voltadas, só que eu estava com 28 anos, e ela estava a apenas semanas de completar 69. O dano causado por suas costas voltadas para mim seria mínimo. Eu já tinha me tornado a pessoa que ia me tornar, uma cientista que entendia que o que atingia sua mãe era, de fato, uma doença, mesmo que ela se recusasse a reconhecê-lo. Mesmo que ela se recusasse a ouvir médicos, a medicina, sua própria filha. Ela aceitava orações e somente orações.

— Eu ainda rezo às vezes — eu disse para as costas da minha mãe. Não era exatamente uma mentira, apesar de não ser também a verdade. Na última vez que tinha falado, ela me perguntou sobre orações. Por isso, eu me dispus a abrir mão da verdade total, se isso significasse que ela voltaria a falar. Talvez a religião fosse o único poço de onde brotaria água.

Regozijai-vos sempre, orai sem cessar. Eu costumava me preocupar com essa passagem quando era criança.
— É possível? — perguntei a minha mãe. — Orar sem cessar?
— Por que você não experimenta?
Foi o que fiz. Nas primeiras tentativas, eu me ajoelhava aos pés da cama. Começava fazendo uma lista de todas as coisas pelas quais eu era grata. Minha família, meus amigos, minha bicicleta azul, sanduíches de sorvete, Buddy, o cachorro. Eu levantava os olhos e nem um minuto tinha se passado. Continuava com a lista, pessoas que eu achava que Deus poderia aperfeiçoar um pouquinho, animais que eu achava que Deus tinha acertado em criar e alguns que eu achava que ele não tinha acertado. Em pouco tempo, estava distraída, e minha mente tinha se afastado tanto que eu descobria que, em vez de orar, estava pensando no que tinha acontecido no meu programa preferido da televisão na noite anterior.
— Acho que não é possível — informei à minha mãe. Ela estava na cozinha, transferindo óleo usado para uma garrafa vazia. Tinha o hábito de pôr a ponta da língua para fora da boca quando estava coando coisas. Anos mais tarde, no banheiro, enchendo um recipiente com sabonete líquido, eu me flagrei no espelho com aquela mesma expressão, e aquilo me surpreendeu. O que eu temia, me tornar minha mãe, estava acontecendo fisicamente, apesar de mim mesma.

— *Aos homens isto é impossível, mas a Deus tudo é possível* — ela disse.

— Mateus 19:26.

Minha vida inteira, minha mãe fazia testes comigo sobre versículos bíblicos. Às vezes, os versículos eram obscuros, tão obscuros que tenho certeza de que ela os procurava instantes antes de me perguntar, mas eu me orgulhava de acertá-los. Agora, de vez em quando, um versículo me ocorre nos momentos mais estranhos. Estou abastecendo o carro ou andando pelos salões de uma loja de departamentos, e uma voz diz, *Provai e vede como o Senhor é bom, Abençoado o homem que nele se refugia!* E eu respondo, *Salmos 34:8*.

— O que é a oração? — perguntou minha mãe.

Essa pergunta me deixou perplexa na ocasião e ainda me deixa. Fiquei ali parada, olhando para minha mãe, esperando que ela me desse as respostas. Naquela época, eu abordava minha religiosidade da mesma forma que abordava meus estudos: meticulosamente. Passei o verão depois do meu aniversário de oito anos, lendo minha Bíblia de ponta a ponta, façanha que minha mãe admitiu nunca ter realizado. Acima de qualquer outra coisa, eu queria ser boa. E queria que o caminho para essa bondade fosse claro. Imagino que seja por isso que eu me saía tão bem em matemática e em ciências, matérias em que as regras são explicadas passo a passo, em que, se você fizesse alguma coisa exatamente como ela deveria ser feita, o resultado seria exatamente como o esperado.

— Se você estiver vivendo uma vida dedicada a Deus, uma vida com moral, tudo o que fizer pode ser uma oração — disse minha mãe. — Em vez de tentar orar o dia inteiro, viva sua vida como uma oração. — Fiquei decepcionada com a resposta. Ela pôde ver no meu rosto. — Se você acha difícil orar, por que não tenta escrever para Deus? Lembre-se, tudo o que fazemos é oração. Deus lerá o que você escrever, e ele responderá a seus escritos como orações. Da sua caneta aos ouvidos de Deus.

Mais tarde naquela noite, eu escreveria meu primeiro registro num diário e ficaria encantada com a sensação de clareza mental que tive, como até mesmo o simples ato de escrever a Deus me dava a impressão de que ele estava ali, lendo, escutando. Ele estava ali, em tudo. Então por que a oração não poderia ser uma vida vivida? Fiquei olhando enquanto minha mãe continuava a passar o óleo usado pela peneira. Vi a peneira segurar os pedaços endurecidos e queimados que restavam da comida do dia. Fiquei olhando a língua da minha mãe dar uma espiada pelo canto da boca, uma lesma saindo da sua concha. Esse peneirar era uma oração?

Tomei ruidosamente a última colherada de sopa. Minha mãe não se mexeu. Não se virou. Fiquei olhando a curva das suas costas subir e descer, subir e descer. Isso era uma oração?

II

Querido Deus,
Hoje Buzz e eu apostamos corrida até o carro depois da igreja. Ele venceu, mas disse que estou ficando mais veloz. Melhor ele se cuidar. Da próxima vez, chego na frente.

Querido Deus,
Por favor, abençoe Buzz e AMN. E por favor permita que Buzz tenha um cachorro. Amém.

12

Na estimulação cerebral profunda, ou ECP, as áreas do cérebro que controlam o movimento são estimuladas com impulsos elétricos. A cirurgia é, às vezes, realizada em pacientes com a doença de Parkinson, sendo o objetivo melhorar suas funções motoras. Eu assisti a uma dessas cirurgia durante meu primeiro ano de pós-graduação, porque queria saber como o procedimento funcionava e se ele poderia ou não ser útil na minha própria pesquisa.

Naquele dia, o paciente era um homem de 67 anos que tinha recebido o diagnóstico da doença de Parkinson seis anos antes. Sua resposta à medicação tinha sido discreta, e o neurocirurgião, um colega que tinha passado um ano sabático no meu laboratório, fazendo pesquisas, manteve o paciente acordado enquanto colocava cuidadosamente um eletrodo no núcleo subtalâmico e ligava a bateria do gerador de impulsos. Eu estava observando quando o tremor do paciente, mais pronunciado na mão esquerda, parou. Foi algo espantoso de se ver, como se as chaves de um carro tivessem sido perdidas enquanto o motor ainda estava ligado, vibrando, vibrando. E então, chaves encontradas, ignição desligada, vibração paralisada.

— Como se sente, Mike? — perguntou o médico.

— Bastante bem, — disse o homem, e então repetiu, incrédulo: — Ei, estou me sentindo bastante bem.

Daí a segundos, Mike estava chorando. Um choro inconsolável, desesperado, como se o Mike Bastante Bem não passasse de uma fantasia da nossa imaginação. Pude ver com meus próprios olhos um dos problemas com a ECP e outros métodos semelhantes: o fato de que impulsos magnéticos e elétricos não têm como diferenciar um neurônio de outro. O cirurgião afastou o eletrodo no cérebro de Mike um décimo de centímetro para tentar corrigir a onda de tristeza que, de repente, o tinha dominado. E funcionou, mas e se não tivesse funcionado? Um décimo de centímetro era tudo o que separava "bastante bem" de uma tristeza inimaginável. Um décimo de centímetro num órgão sobre o qual sabemos tão pouco, apesar de nossos esforços constantes por entendê-lo.

Um dos aspectos empolgantes da optogenética é que ela nos permite escolher neurônios particulares como nosso alvo, proporcionando uma especificidade muito maior do que a ECP. Parte do que me interessava nos estudos da doença de Parkinson era minha pesquisa sobre optogenética, mas ali também entravam minhas lembranças do sr. Thomas. Quando eu estava com três anos, o velho morreu. Eu só viria a descobrir o que era Parkinson muitos anos mais tarde, no ensino médio, quando a leitura sobre a doença num livro escolar fez surgir uma imagem do homem para quem minha mãe costumava trabalhar.

Há uma fotografia da minha família no funeral dele. Estamos em pé perto do caixão. Nana parece estar ao mesmo tempo entediado e com raiva, os primeiros sinais de uma expressão que minha família viria a conhecer bem durante sua adolescência. O Cara do *Chin Chin* está me segurando no colo, cuidando para não amassar meu vestido preto. Minha mãe está ali ao lado dele. Ela não parece exatamente triste, mas ali há alguma coisa. Essa é uma das únicas fotografias de nós quatro juntos.

Acho que me lembro daquele dia, mas não sei se simplesmente transformei as histórias da minha mãe em lembranças ou se fiquei tanto tempo olhando para essa fotografia que minhas próprias histórias começaram a brotar.

Acho que me lembro do seguinte: o Cara do *Chin Chin* e minha mãe brigaram naquele dia de manhã. Ele não queria ir ao funeral, mas ela insistiu. Por mais que o sr. Thomas tivesse sido horrível, ele ainda era um idoso e, portanto, merecedor de respeito. Nós todos nos amontoamos em nossa *minivan* vermelha. Minha mãe dirigiu, o que era raro quando eles dois estavam juntos no carro; e suas mãos seguravam o volante com tanta força que eu podia ver a pulsação nas suas veias.

Os panacas dos filhos do sr. Thomas estavam lá, todos os três. Os dois filhos, que tinham mais ou menos a mesma idade do meu pai, estavam chorando, mas a filha foi quem chamou mais atenção. Ela estava impassível, com o olhar fixo no pai no caixão, com um inconfundível ar de desprezo. Ela se aproximou da minha família quando chegou nossa vez de ver o corpo.

— Ele era um homem medonho — disse ela à minha mãe. — E não tenho pena por ele ter morrido, mas sinto pena por você ter tido de aturá-lo todos esses anos, acho.

Foi ela quem tirou nossa foto, se bem que eu não saiba por que alguém ia querer guardar uma lembrança daquele momento. No caminho de volta para casa, meus pais não conseguiam parar de comentar o que ela dissera. Era um pecado falar mal dos mortos daquele jeito; pior que um pecado, era uma maldição. Enquanto meus pais conversavam sobre o assunto, minha mãe foi ficando cada vez mais aflita.

— Para o carro — disse ela, porque agora era meu pai que estava dirigindo. — Para o carro.

O Cara do *Chin Chin* passou para o acostamento da estrada e se voltou para minha mãe, esperando.

— Precisamos orar.

— E isso não pode esperar? — ele perguntou.

— Esperar o quê? Que aquele homem salte da sepultura e venha atrás de nós? Não, precisamos orar agora.

Nana e eu já sabíamos nossa parte. Abaixamos a cabeça; e, depois de uns instantes, o Cara do *Chin Chin* fez o mesmo.

— Deus Pai, oramos por aquela mulher que falou mal do pai dela. Pedimos para que não a castigue por dizer aquelas coisas e para que não nos castigue por ouvi-las. Senhor, permita que o sr. Thomas esteja em paz. Em nome de Jesus, amém.

"Em nome de Jesus, amém", o final mais comum para uma prece. Na realidade, tão comum que eu, quando criança, achava que nenhuma prece estava completa sem aquelas palavras. Eu ia jantar na casa de alguma amiga e esperava que seu pai desse graças pelo alimento. Se essas quatro palavras não fossem ditas, eu não pegava no garfo. Eu as sussurrava sozinha antes de comer.

Nós usávamos essas quatro palavras para encerrar preces nos jogos de futebol de Nana. Em nome de Jesus, nós pedíamos a Deus que permitisse que nossos meninos derrotassem seus adversários. Nana estava com cinco anos quando começou a jogar e, quando eu nasci, ele já tinha uma reputação no campo. Era veloz, alto, ágil e levou seu time, os Foguetes, às finais estaduais por três anos seguidos.

O Cara do *Chin Chin* adorava futebol. Dizia que o futebol era o esporte mais harmonioso que existia, que era executado com elegância e precisão, como uma dança. Ele me pegava no colo, enquanto dizia isso, e dançava comigo pelas arquibancadas atrás do antigo colégio, onde Nana jogava a maiora de suas partidas. Nós íamos a todas elas, eu e o Cara do *Chin Chin*. Minha mãe, geralmente no trabalho, vinha quando podia, trazendo uma caixa térmica com uvas e sucos de fruta Capri Sun.

Um dos jogos de Nana se destacou para mim. Ele estava com dez anos então, e já tinha começado a crescer como uma plantinha na primavera. Em sua maioria, os garotos que eu conheci quando menina eram mais baixos do que nós, garotas, até mais ou menos os 15 ou 16 anos, quando eles passavam por algum patamar invisível durante as férias de verão e voltavam para a escola, no ano letivo seguinte, com o dobro do nosso tamanho, com a voz dissonante como quando se procura sintonizar o rádio do carro, em busca do som certo, do som mais nítido. Mas isso não aconteceu com Nana. Nana sempre foi mais alto do que todos os outros. Para conseguir que ele entrasse para a equipe de futebol naquele primeiro ano, minha mãe precisou apresentar a certidão de nascimento dele para provar que não era mais velho do que os outros garotos.

O dia desse jogo específico tinha sido quente e abafado, um daqueles típicos dias de verão do Alabama, em que o calor dá a sensação de ser uma presença física, um peso. Depois de cinco minutos de jogo, já dava para ver gotículas de suor voando do cabelo dos garotos, cada vez que eles sacudiam a cabeça. É claro que os sulistas estão acostumados a esse tipo de calor, mas, mesmo assim, carregar esse peso por aí afeta cada um. Às vezes, quando não se tem cuidado, ele derruba a pessoa.

Um dos garotos da outra equipe escorregou numa tentativa descuidada de marcar um gol. Não teve sucesso. Ele ficou ali deitado na grama cerca de um segundo, como que atordoado.

— Levanta logo daí — um homem gritou. Havia só algumas arquibancadas no campo de futebol porque ninguém no Alabama realmente se importava com esse esporte. Era coisa de crianças, uma atividade para os meninos antes de estarem prontos para o futebol americano. O homem estava no outro lado das arquibancadas, mas a distância não era tão grande assim.

O jogo continuou. Nana era atacante, e dos bons. No intervalo, ele já tinha feito dois gols. A outra equipe, um.

Quando o apito soou, os garotos vieram se reunir ao técnico no banco, que ficava só uma fileira à nossa frente. Nana pegou um punhado de uvas e com cuidado, metodicamente, começou a tirá-las do cacho e jogá-las na boca enquanto o técnico falava. Do outro lado, o homem que tinha gritado antes agarrou o filho pelas raízes do cabelo empapado de suor.

— Não me vá deixar essa negrada ganhar. Não deixe que marquem um gol que seja contra vocês, está me ouvindo?

Todo mundo ouviu. Nós só tínhamos passado pouco mais de meia hora na presença desse homem, e, no entanto, já estava claro que ele gostava que o ouvissem.

Eu era pequena demais para entender a palavra que o homem usou, mas já tinha idade suficiente para perceber a mudança na atmosfera. Nana não se mexeu, nem o Cara do *Chin Chin,* mas, mesmo assim, todos estavam com os olhos fixos em nós três, os únicos pretos no campo naquele dia. Será que "negrada" era só um erro gramatical, ou o coletivo supostamente incluía a mim e a meu pai? O que nós ganharíamos? O que aquele homem corria o risco de perder?

O técnico de Nana pigarreou e, sem muito empenho, murmurou algumas palavras de incentivo, numa tentativa de distrair todos eles. O apito soou, e os garotos das duas equipes voltaram correndo para o campo, mas não Nana. Ele olhou para o Cara do *Chin Chin* na arquibancada, sentado ali comigo no colo. O olhar de Nana era uma pergunta, e eu não podia ver o rosto do meu pai, mas logo soube qual tinha sido a resposta.

Nana entrou correndo no campo e, pelo resto do segundo tempo, ele era pouco mais do que um borrão, movimentando-se não com a elegância que meu pai associava ao futebol, mas com pura fúria. Uma fúria que viria a defini-lo e consumi-lo. Ele marcou um gol atrás do outro, até mesmo tirando a bola dos seus próprios colegas de equipe em certos momentos. Ninguém tentou pará-lo. A cólera daquele pai raivoso estava evidente no vermelho intenso do seu rosto, mas nem mesmo ele disse mais nada, embora eu tenha certeza de que seu filho pagou o pato por esse ódio no carro quando voltavam para casa.

No final da partida, Nana estava exausto. Sua camisa, tão molhada de suor que ficou grudada no corpo, tão colada que dava para ver o contorno das suas costelas enquanto ele respirava ofegante.

O Cara do *Chin Chin* se levantou quando o juiz soprou o apito final. Ele levou as mãos à boca e deu um longo grito de comemoração. "*Mmo, Mmo, Mmo. Nana, wayɛ ade.*" Ele me pegou no colo e saiu dançando comigo pelas arquibancadas, nossa dança nem um pouco elegante nem precisa, mas confusa, exuberante, vistosa. Ele não parava de gritar seu elogio – Bom trabalho, bom trabalho, bom trabalho – até que Nana, envergonhado, abriu um sorrisinho. A fúria fugiu dali. Embora o que ocasionou esse momento fosse algo tenebroso, o momento em si foi de alegria. Entrando no carro naquele dia, Nana e eu estávamos tão felizes, refletindo o calor do orgulho do nosso pai, encantados com os feitos de Nana.

Para quem olhasse para nós naquela hora, duas crianças risonhas, brincalhonas, e seu afetuoso pai coruja, seria fácil supor que nós praticamente tínhamos nos esquecido do que aquele homem gritara. Que nos esquecíamos de que tínhamos com que nos preocupar. Mas a lembrança ficou, a lição da qual eu nunca consegui me livrar de verdade: a de que eu sempre precisaria provar alguma coisa e que nada que não fosse um brilho deslumbrante seria suficiente para prová-la.

13

Quando Nana começou a jogar futebol, meus pais começaram a brigar por causa de comida. Como era típico dos esportes de equipe, havia um rodízio de fornecimento de lanches. De três em três semanas, minha família era a encarregada de fornecer as laranjas, as uvas e os sucos de frutas Capri Sun, que todas as mães chamavam de "Combustível de Foguete", para os outros dezesseis meninos da equipe.

No intervalo, os Foguetes chupariam todo o sumo dos gomos das laranjas, deixando a polpa da fruta. "Tanto desperdício", dizia minha mãe sempre que comparecia a uma partida e encontrava as laterais do campo coalhadas de gomos, pequenas minas terrestres de fruta não consumida, de privilégio.

Minha família estava sempre sintonizada para esse tipo de desperdício: carne de frango deixada grudada no osso por comensais educados demais para comer com as mãos; fatias de pão sem casca para crianças que davam uma única mordida e deixavam o resto. Eu estava numa idade em que experimentei ser luxenta com a comida para ver se colava, empurrando todos os tomates para a beira do prato numa recusa muda. Minha mãe deixou que isso durasse dois dias. No terceiro, ela pôs uma varinha em cima da mesa e me encarou até eu baixar os olhos. Não precisou dizer nada. Eu tinha levado uma surra de vara só uma vez na vida, no dia em que sussurrei "diabo" no silêncio do santuário da Assembleia de Deus. A palavra ecoou por todo o santíssimo santuário; o eco encontrou minha mãe; minha mãe encontrou a vara. Depois, suas mãos tremiam tanto que achei que ela nunca mais faria aquilo. Por isso, quando a varinha apareceu na mesa naquela noite, desconfiei de que ela estivesse blefando. Eu olhava para ela, olhava para a varinha, olhava para o relógio. À meia-noite, seis horas depois de eu ter começado a jantar, com lágrimas nos olhos e pavor no coração, comi o último tomate.

Nana nunca tinha sido luxento. Para alimentar aquela sua altura, ele comia tudo o que podia. Nada estava a salvo. Minha mãe sabia exatamente quanto tinha custado cada migalha de comida na nossa casa. A cada ida ao mercado, ela se sentava à mesa da cozinha e examinava detidamente as notas, marcando números e preparando listas. Se o Cara do *Chin Chin* estivesse lá, ela gritava algum número para ele e acrescentava: "Alimentar essas crianças vai nos deixar sem ter onde morar!"

Ela e o Cara do *Chin Chin* começaram a diluir o suco de laranja com água. Como químicos executando um experimento cansativo, eles guardavam os galões vazios, enchiam cada um até um quarto do volume com suco de laranja e completavam com água, até que a cor do líquido ali dentro já não pudesse ser chamada de laranja, até a bebida já não poder ser chamada de suco. Nana e eu paramos de beber aquilo, mas Nana não parava de comer. Cereal, barras de granola, frutas, sobras de arroz e ensopado. Ele comia e não parava de comer. E parecia ficar mais alto a cada bocado. Meus pais começaram a esconder qualquer comida que pudesse ser escondida. Abra uma gaveta e olhe bem lá atrás, e você poderia encontrar um pacote de biscoitos. Aninhadas entre pilhas de roupas no *closet* deles, estavam as bananas.

— A gente vai fazer assim — disse Nana, um dia, quando acabaram os Cheerios e nossos pais estavam ambos trabalhando; e nós tínhamos sido deixados sozinhos, com nossa fome. — Vamos dividir a tarefa. Você procura nos lugares baixos, e eu, nos altos.

Abrimos todas as gavetas, olhamos em cima de todas as prateleiras, e juntamos nosso butim no meio da sala de estar. Lá estavam todas as coisas que tínhamos esperado encontrar escondidas, e muitas outras que nem mesmo sabíamos que tínhamos. Aos quatro anos de idade, eu já era louca por Malta. Gostava de sugar a espuma amarga do alto da garrafa e beber o refrigerante em grandes goles. Eu teria tomado um todos os dias, em cada refeição, mas me disseram que ele era só para festas, que não se tomava em dias normais. Só que agora ali estava ele, com todos os outros frutos proibidos. Nana e eu nos atiramos aos comes e bebes, abafando risinhos. Nós só tínhamos uma hora antes que o Cara do *Chin Chin* voltasse para casa, e sabíamos que toda aquela comida precisava ser devolvida ao local exato onde a tínhamos encontrado. Nana comeu chocolate e Cheerios, eu beberiquei um Malta devagar, apreciando o doce sabor da cevada. E durante o jantar naquela noite, sentados um em frente ao outro à mesa, enquanto nossos pais nos serviam pratos de sopa rala, nossos olhos se encontravam e nós abríamos um sorriso, compartilhando nosso segredo delicioso.

— Quem fez isso? — perguntou minha mãe, tirando do lixo a embalagem vazia de uma barra de granola. Apanhados com a boca na botija. Nana e eu tínhamos tomado cuidado, mas estava claro que não tinha sido o suficiente. Nem mesmo o lixo estava a salvo dos olhos penetrantes da nossa mãe. – Quem fez isso? Onde vocês encontraram isso?

Comecei a chorar, nos denunciando. Eu estava prestes a confessar todos os nossos crimes, mas o Cara do *Chin Chin* interveio.

– Deixe as crianças em paz. Você quer que elas morram de fome? É isso o que você quer?

Minha mãe tirou alguma coisa da bolsa. Uma conta? Um recibo?

– Nós todos vamos morrer de fome se não começarmos a ganhar mais dinheiro. Não temos mais condição de viver assim.

– Foi você que quis vir para cá, está lembrada?

E assim por diante.

Com muita delicadeza, Nana pegou minha mão e me levou para fora da sala. Fomos para o quarto dele, e ele fechou a porta. Pegou na estante um livro de colorir e me passou o giz de cera. Em pouco tempo, eu já não estava tentando escutar.

– Muito bem, Gifty – ele disse quando lhe mostrei meu trabalho. – Muito bem – e lá fora continuava o turbilhão do caos.

14

Mais para a metade do meu primeiro ano de pós-graduação, Raymond e eu começamos a nos relacionar em termos mais sérios. Eu não conseguia me cansar dele. Ele tinha um cheiro de vetiver, almíscar e do óleo de jojoba que usava no cabelo. Horas depois que eu o deixava, encontrava vestígios dessas fragrâncias nos meus dedos, meu pescoço, meus seios, todos aqueles lugares em que tínhamos nos roçado, nos tocado. Depois da nossa primeira noite na cama, eu soube que o pai de Raymond era pastor numa igreja episcopal metodista africana na Filadélfia, e dei uma risada.

– Então, é por isso que eu gosto de você – eu disse. – Você é filho de um pastor.

– Você gosta de mim, é? – perguntou ele, com aquele voz grave, aquele sorriso malicioso, enquanto vinha na minha direção para podermos começar de novo.

Foi meu primeiro relacionamento de verdade, e eu estava tão apaixonada que tinha a sensação de ser um lírio-do-vale ambulante, uma rosa de Sarom. *Qual uma macieira entre as árvores da floresta tal é meu amado entre os jovens. Deleito-me em me sentar à sua sombra, e seu fruto é doce ao meu paladar.*

Minha amiga Bethany e eu costumávamos ler trechos do Cântico dos Cânticos uma para a outra, agachadas por baixo dos bancos azul-claros no templo vazio da Primeira Assembleia de Deus. Parecia ilícito ler acerca de toda aquela carne — seios como filhotes de gazela, pescoços como torres de marfim — nas páginas desse livro sagrado. Era uma excitação incongruente, sentir aquela onda de desejo crescer entre minhas pernas enquanto Bethany e eu dávamos risinhos abafados ao ler esses versículos. *De onde vem todo esse prazer?*, eu costumava pensar, com a voz ficando cada vez mais rouca a cada capítulo. Raymond foi o mais próximo que consegui chegar de reaver aquela sensação, o prazer lado a lado com um senso de proibido. O simples fato de ele querer estar comigo já fazia com que eu sentisse que estava saindo impune de alguma trapaça.

Ele morava no *campus,* num prédio baixo de Escondido Village, e logo eu estava passando lá a maior parte do meu tempo. Ele gostava de preparar refeições suntuosas, assados de panela que passavam cinco horas no fogo, acompanhados de pão caseiro e saladas de lascas de rabanetes e funcho. Convidava todos os colegas da área de Literatura e Pensamento Moderno, e eles tinham conversas sérias e detalhadas sobre coisas de que eu nunca tinha ouvido falar. Eu só fazia que sim e sorria diante das menções ao uso da alegoria em *Estrelas do novo toque de recolher [Stars of the New Curfew]* de Ben Okri, ou do trauma entre gerações em meio a comunidades diaspóricas.

Depois, eu lavava a louça como minha mãe me ensinou, desligando a água enquanto ensaboava os utensílios, tentando me livrar da sujeira sofisticada que a culinária de Raymond sempre deixava para trás.

— Você fica tão calada — disse ele, chegando por trás para me abraçar pela cintura e dar um beijo no meu pescoço.

— É que não li nenhum desses livros de que 'cês todos estavam falando. — Com um sorriso largo, ele me girou para eu ficar de frente para ele. Eu quase nunca deixava escapar um "'cês todos"; e, quando deixava, Raymond parecia saboreá-lo como uma gota de mel na língua. Essas palavras raramente usadas, de modo inconsciente, eram a única prova restante dos meus anos no Alabama. Eu tinha passado uma década enterrando meticulosamente tudo o mais.

— Então fala sobre seu trabalho. Conta pra gente como os camundongos vão indo. Só quero que o pessoal te conheça um pouco mais. Quero que todo mundo veja o que eu vejo — disse ele.

O que ele via era o que eu me perguntava. Geralmente eu o enxotava dali para poder terminar de lavar a louça.

Aquele ano era o do início dos experimentos finais para minha tese. Coloquei os camundongos numa câmara de teste de comportamento, uma estrutura de paredes transparentes, com uma alavanca e um tubo de metal. Treinei os animais para procurarem a recompensa. Quando eles acionavam a alavanca, o tubo se enchia com Ensure. Logo eles estavam acionando a alavanca sempre que possível, bebendo a recompensa com abandono. Assim que captaram essa parte, eu alterei as condições. Quando acionavam a alavanca, às vezes ganhavam Ensure, mas às vezes levavam um leve choque na pata.

O choque na pata era aleatório, de modo que não havia um padrão que eles pudessem descobrir. Os camundongos só precisavam decidir se queriam continuar a acionar a alavanca, continuar a correr o risco de um choque na busca do prazer. Alguns camundongos pararam imediatamente de acionar a alavanca. Depois de um choque ou dois, eles fizeram o equivalente a jogar a toalha e nunca mais chegaram perto da alavanca. Outros pararam, mas isso demorou para acontecer. Eles gostavam do Ensure o bastante para continuar se agarrando à esperança de que os choques parariam. Quando perceberam que os choques não paravam, esses camundongos relutaram, mas desistiram. E então havia o último grupo de camundongos, os que nunca paravam. Um dia atrás do outro, um choque atrás do outro, eles acionavam a alavanca.

Meus pais começaram a brigar todos os dias. Brigavam por causa de dinheiro, como nunca havia o suficiente. Brigavam por causa da falta de tempo, manifestações de carinho, por causa da minivan, da altura da grama por cortar, das Escrituras. *Mas no princípio da criação, Deus os fez homem e mulher. Por isso, deixará o homem pai e mãe, e se unirá à sua mulher; e os dois serão uma só carne. Assim, já não são dois, mas uma só carne. Portanto, o que Deus uniu, que ninguém separe.*

O Cara do *Chin Chin* não tinha deixado só o pai e a mãe; tinha deixado também sua terra, e ele não permitia que minha mãe se esquecesse disso.

— Na minha terra, os vizinhos cumprimentam a gente em vez de virar a cara para outro lado como se não te conhecessem.

— Na minha terra, come-se o alimento recém-colhido. O milho, duro na espiga, não mole como o espírito dessa gente.

— Na minha terra, não existe palavra para meio-irmão, meia-irmã, tia ou tio. Só existe irmã, irmão, mãe, pai. Nós não nos dividimos.

— Na minha terra, as pessoas podem não ter dinheiro, mas têm felicidade em abundância. Em abundância. Ninguém aqui nos Estados Unidos é feliz.

Essas minipalestras sobre Gana eram proferidas com frequência cada vez maior. Minha mãe relembrava delicadamente a meu pai que Gana era a terra dela também, nossa terra. Ela fazia que sim e concordava. Os Estados Unidos *são* um lugar difícil, mas veja tudo o que conseguimos construir aqui.

Às vezes, Nana entrava no meu quarto, fingindo ser ele.

— Na minha terra, não comemos os M&M's vermelhos — dizia ele, jogando os vermelhos na minha direção.

Para Nana e para mim, era difícil ver os Estados Unidos como nosso pai via. Nana não se lembrava de Gana, e eu nunca tinha ido lá. Southeast Huntsville, na região norte do Alabama, era tudo o que conhecíamos, a localização física de nossa vida consciente inteira.

Havia lugares no mundo onde vizinhos nos cumprimentariam em vez de olhar para outro lado? Lugares onde meus colegas de turma não zombariam do meu nome, não me chamariam de carvão, macaca, alguma coisa pior? Eu não conseguia imaginar. Eu não podia me permitir imaginar, porque, se imaginasse, se visualizasse esse outro mundo, eu teria tido vontade de ir para lá.

Deveria ter sido óbvio para nós. Deveríamos ter percebido que aquilo estava chegando, mas não víamos o que não queríamos ver.

— Vou visitar meu irmão na minha terra — disse o Cara do *Chin Chin*, e nunca mais voltou.

Naquelas primeiras semanas, ele ligava de vez em quando.

— Queria que você visse como o sol brilha aqui, Nana. Você se lembra? Lembra?

Nana voltava correndo da escola para casa todas as terças-feiras para chegar a tempo do telefonema às 15:30.

— Quando você volta? — perguntou Nana.

— Logo, logo.

Se minha mãe sabia que "logo, logo" era uma mentira, ela não deixou transparecer. Acho que, se era mentira, era uma mentira na qual queria acreditar. Ela passava a maior parte das manhãs ao telefone com ele, falando em voz baixa enquanto eu tagarelava com minha boneca preferida. Eu estava com quatro anos e não tinha a menor noção da situação aflitiva em que ele nos deixara, nem da dor profunda que minha mãe devia estar sentindo. Se considerei minha mãe calejada, o que fiz muitas vezes, é importante que eu me lembre do que é um calo: o tecido endurecido que se forma sobre um ferimento. E que ferimento foi a partida do meu pai. Naqueles telefonemas com o Cara do *Chin Chin*, minha mãe era sempre tão meiga, recorrendo a uma fonte de paciência que eu nunca teria tido se estivesse no seu lugar. Pensar naquela situação agora ainda me deixa uma fera. Que esse homem, meu pai, tivesse voltado para Gana numa atitude tão covarde, deixando seus dois filhos e sua mulher sozinha para se virar num país difícil, num estado intimidante. Que ele tivesse nos deixado acreditar, tivesse a deixado acreditar que ele talvez voltasse.

Minha mãe nunca falou mal dele. Nem uma única vez. Mesmo depois que "logo, logo" se transformou em "talvez", que se transformou em "nunca".

— Odeio ele — disse Nana anos mais tarde, depois que o Cara do *Chin Chin* cancelou ainda mais uma visita.

— Não odeia, não — retrucou minha mãe. — Ele não voltou porque está envergonhado, mas isso não quer dizer que não se importa com você. E como você poderia odiá-lo quando ele se importa tanto? Ele gosta de você, gosta de mim e de Gifty. Gosta de Gana. Como se pode odiar um homem desses?

Os camundongos que não conseguem parar de acionar a alavanca, mesmo depois de terem levado dezenas de choques, são, em termos neurológicos, os que me interessam mais. Quando minha mãe veio morar comigo na Califórnia, minha equipe e eu estávamos no processo de identificar quais neurônios disparavam ou não disparavam sempre que os camundongos decidiam acionar a alavanca, apesar de saberem dos riscos. Estávamos tentando usar luz azul para fazer com que os camundongos parassem de acioná-la, para "ligar", por assim dizer, os neurônios que não estavam funcionando direito na tarefa de avisar aos camundongos para se afastarem do risco.

No jantar seguinte que Raymond ofereceu, falei sobre o experimento da alavanca. Ele tinha feito *cassoulet*, substancioso com carne de porco, pato e cordeiro, rebrilhando com óleo e tão delicioso e pecaminoso que todos na sala suspiraram alto às primeiras garfadas.

— Quer dizer que é uma questão de autocontrole — disse uma colega, Tanya. — Como eu não consigo me impedir de comer mais desse *cassoulet*, mesmo sabendo que minha cintura não vai me agradecer por isso. — Todos riram enquanto Tanya esfregava a barriga como o Ursinho Puff ao encontrar um pote de mel.

— Bem, sim — respondi. — Mas é um pouco mais complicado que isso. Como se até mesmo a ideia de um "você" que não consegue "se" controlar não chega a tocar no cerne da questão. A química cerebral desses camundongos mudou a tal ponto que eles, de fato, não estão no controle do que podem ou não controlar. Eles não são "eles mesmos".

Todos fizeram que sim, enfaticamente, como se eu tivesse dito algo de uma profundidade extrema; e então um deles mencionou o *Rei Lear*. *Não somos nós mesmos quando a natureza, sendo oprimida, ordena à mente que sofra com o corpo.* Eu não lia Shakespeare desde o ensino médio, mas concordei em silêncio com eles, fingindo por amor a Raymond estar interessada na conversa.

Depois que foram embora naquela noite, deixando toda aquela louça para trás, pude ver que ele estava feliz de me ver finalmente interagindo com seus amigos. Eu também queria estar feliz, mas tinha a impressão de que, de algum modo, estava mentindo. Sempre que eu ouvia seus amigos falando sobre questões como a reforma penitenciária, a mudança climática, a epidemia de opioides, naquele jeito ao mesmo tempo inteligente porém totalmente vazio de pessoas que acreditam ser importante o simples fato de se pronunciar, de ter uma opinião, eu me encrespava. E me perguntava, *Qual era o sentido de toda aquela conversa? Que problemas nós resolvemos ao identificar problemas, ao realçá-los?*

Eu me despedi, fui correndo para casa e vomitei. E nunca mais pude comer esse prato.

15

Quando eu ainda estava no ensino fundamental, a pastora encarregada das crianças na minha igreja nos disse que o pecado se definia como qualquer coisa que você pensasse, dissesse ou fizesse que fosse contrária a Deus. Ela pegava duas marionetes que pareciam uns monstrinhos e fazia com que demonstrassem o pecado. O monstro roxo batia no monstro verde, e nossa pastora dizia, "Ei, bater é pecado". O monstro verde esperava até o monstro roxo ficar de costas para ele e então roubava um Hershey's Kisses da mão do monstro roxo. Todo mundo achava esse lance hilariante, tanto assim que nossa pastora precisava nos relembrar que roubar era pecado.

Eu era uma boa menina, respeitosa, decidida a não pecar; e a definição que nossa pastora nos deu me deixou confusa. Era bastante fácil não fazer nada de errado ou não dizer nada de errado. Mas não pecar em pensamento? Não pensar em mentir, roubar ou em bater no seu irmão quando ele entra no seu quarto decidido a te torturar, será que isso chegava a ser possível? Nós temos controle sobre nossos pensamentos?

Quando eu era criança, essa era uma questão religiosa, uma questão de saber se era possível levar uma vida sem pecado; mas é claro que é também uma questão neurocientífica. Naquele dia, quando a pastora das crianças usou seus bonecos para nos falar do pecado, percebi, com uma forte sensação de embaraço, que meu objetivo secreto de me tornar tão virtuosa quanto Jesus era na realidade impossível, e talvez até mesmo constituísse uma blasfêmia. Meu experimento de rezar-sem-parar tinha praticamente me provado a impossibilidade de controlar meus pensamentos. Eu conseguia controlar uma camada, a camada mais disponível, mas havia sempre uma subcamada à espreita. Essa subcamada era mais verdadeira, mais imediata, mais essencial do que qualquer outra coisa. Ela falava baixinho, mas com constância, e as coisas que dizia eram exatamente as coisas que me permitiam viver e ser. Agora compreendo que temos uma vida subconsciente, vibrante e vital, que atua apesar de "nós mesmos", nosso eu consciente.

No evangelho de Mateus, Jesus diz, *"Amarás o Senhor teu Deus com todo o teu coração, com toda a tua alma e com toda a tua mente"*. Aqui há uma separação. Teu coração, a tua parte que sente. Tua mente, a tua parte que pensa. Tua alma, a tua parte que é. Quase nunca ouço neurocientistas falarem da alma. Em razão do nosso trabalho, muitas vezes nos inclinamos a pensar na parte dos seres humanos que é a essência vital, inexplicável, de nós mesmos, como o funcionamento do nosso cérebro — misterioso, elegante, essencial. Tudo o que não entendemos a respeito do que torna uma pessoa uma pessoa pode ser desvendado uma vez que entendamos esse órgão. Não há separação. Nosso cérebro é nosso coração que sente, nossa mente que pensa e nossa alma que é. Mas, quando eu era criança, chamava essa essência de alma e acreditava em sua supremacia diante da mente e do coração, sua imutabilidade e ligação com o próprio Cristo.

Na semana anterior à morte do cachorro Buddy, seu pelo dourado começou a cair em tufos. Você fazia carinho nele e saía com punhados daquele seu brilho. Estava claro que ele se aproximava do fim. Mas, antes que partisse, fui até a casa de Ashley e orei por ele. "Querido Deus, abençoa esse cachorro e permite que sua alma repouse em paz", falei. E Ashley e eu nos ajoelhamos junto a Buddy e choramos no seu corpo macio. Tive uma visão de Buddy no consultório do veterinário, com sua alma saindo da carcaça dourada e flutuando rumo ao Céu. Naquela época, era reconfortante acreditar numa alma, num eu separado, visualizar a alma de Buddy viva e bem, mesmo que ele não estivesse.

Às vezes, minha vida agora parece tão contrária aos ensinamentos religiosos da minha infância que eu me pergunto o que aquela garotinha que fui um dia pensaria da mulher que me tornei – uma neurocientista que ocasionalmente se permite equiparar a essência do que os psicólogos chamam de mente, que os cristãos chamam de alma, com o funcionamento do cérebro. Eu, de fato, dei a esse órgão uma espécie de supremacia, na crença e na esperança de que todas as respostas para todas as perguntas que tenho possam e devam estar contidas ali. Mas a verdade é que não mudei muito. Ainda faço tantas das mesmas perguntas, como "Temos controle sobre nossos pensamentos?", mas agora procuro um jeito diferente de respondê-las. Procuro novos nomes para velhos sentimentos. Minha alma ainda é minha alma, mesmo que eu raramente a chame assim.

Tenho só algumas lembranças do Cara do *Chin Chin,* de antes de ele ir embora. E mesmo essas são memórias que podem ter sido criadas a partir das histórias da minha mãe. Nana tinha dez anos e se lembrava de tudo sobre nosso pai. Eu não parava de lhe fazer perguntas sobre seu cabelo, a cor dos seus olhos, o tamanho dos seus braços, sua altura, seu cheiro. Tudo. No início, Nana respondia com paciência, sempre terminando com "Logo, você vai ver com seus próprios olhos".

 Naquele primeiro ano, quando todos nós achávamos que o Cara do *Chin Chin* ia voltar, fizemos tudo o que era possível para manter a vida igual, para fazer da nossa casa um lugar que nosso patriarca reconhecesse quando retornasse. Minha mãe, que sempre foi a disciplinadora, à exceção dos casos extremos, às vezes, quando ocorriam esses casos extremos, se descobria gritando, "Esperem só até seu pai chegar em casa!". Essas palavras ainda inspiravam medo em nós, ainda bastavam para nos convencer a nos comportarmos.

 Nana começou a jogar ainda mais futebol. Fez testes para a liga juvenil e conseguiu entrar para a equipe. Eles treinavam todos os dias, e seus jogos poderiam ser em Atlanta, Montgomery, Nashville. Isso significava uma pressão enorme nos ombros da minha mãe, já que se pressupunha que todos os pais pagassem pelo equipamento, pelos uniformes e pelas despesas de viagem. Ainda pior, os pais deveriam acompanhar a equipe pelo menos em uma viagem para as partidas fora de casa.

 No dia do jogo em Nashville, ela não tinha ninguém para ficar comigo. Já tinha tirado seu dia de folga. Àquela altura, ela estava trabalhando como cuidadora doméstica para duas famílias, os Reynolds e os Palmer; e, embora nenhuma das duas famílias a maltratasse tanto quanto o sr. Thomas, seu trabalho era dobrado, mas o pagamento não acompanhava. Como o trabalho do meu pai tinha horários mais regulares, era ele que cuidava de mim quando minha mãe ia da residência dos Reynolds para a dos Palmer e vice-versa. Quando ele foi embora, minha mãe recorreu a contratar uma senhora de Barbados, cuja filha minha mãe conhecia da empresa de cuidadores. Eu adorava essa velhinha, mas desde então já me esqueci do seu nome. Ela cheirava a gengibre fresco e hibisco. E durante anos, o mais leve cheiro de um desses dois me trazia a imagem dela. Eu adorava me sentar no seu colo e me aconchegar no travesseiro da sua barriga gorducha, sentindo sua expansão quando ela respirava. A qualquer hora, ela estava com balas de gengibre à mão; e caía no sono tantas vezes que para mim era bem fácil vasculhar sua bolsa e roubar uma. Se acordasse e me pegasse em flagrante, ela batia em mim, ou dava de ombros e ria, e eu ria também. Era um joguinho entre nós, e geralmente eu ganhava. Mas, no dia da partida em Nashville, a senhora tinha voltado a Barbados para comparecer ao enterro de uma amiga.

Fui a Nashville no ônibus da equipe, no colo da minha mãe, que tinha preparado uma caixa térmica com laranjas, uvas, sucos Capri Sun e garrafinhas de água. Na véspera, ela tinha lavado à mão a camiseta de Nana porque uma mancha de grama não tinha saído na máquina de lavar. Ela não confiava em máquinas de lavar roupa. Também não confiava em lava-louças. "Quando você quiser uma coisa bem-feita, faça você mesma", ela costumava dizer.

A equipe de Nana se chamava os Tornados. Nela, havia outro garoto negro e dois coreanos, de modo que Nana não precisava se preocupar em aguentar todo o impacto dos insultos de pais racistas e furiosos. Ele ainda era o melhor da equipe, ainda era o motivo para tantos pais receberem cartões vermelhos, mas para ele era um consolo não se sentir tão só.

Na viagem de ônibus naquele dia, eu me recusava a ficar parada. Esse foi o verão antes de eu entrar para o jardim de infância, quase um ano depois que o Cara do *Chin Chin* foi embora, e eu podia sentir a aproximação do fim da minha liberdade. Eu estava mais incontrolável do que de costume.

Em mais de uma ocasião, eu tinha sido levada para minha casa por alguma vizinha depois de alguma travessura, e já fazia tempo que minha mãe tinha parado de me dizer para esperar até meu pai voltar. Eu corria para cima e para baixo no corredor do ônibus. Puxei o cabelo do menino sentado na minha frente até ele dar um grito. Eu me debatia como um peixe nos braços da minha mãe até ela me soltar. A viagem de Huntsville a Nashville só demora duas horas, e eu estava decidida a fazer cada passageiro sentir cada minuto dela.

Minha mãe não parava de pedir desculpas às outras acompanhantes e de me lançar um olhar que eu conhecia bem. Era seu olhar de *"não posso te dar uma surra diante de todos esses brancos, mas você não perde por esperar"*. Eu não me importava. Se uma surra era inevitável, por que parar? Passei os quinze últimos minutos da viagem cantando a plenos pulmões "The Wheels on the Bus", enquanto a equipe de futebol tampava os ouvidos e gemia. Nana fingia que eu não existia. Àquela altura, ele já era um *expert* nisso.

Dois juízes com chapéus de caubói nada práticos esperavam por nós quando entramos no estacionamento dos campos de futebol.

Os garotos e seus pais se apressaram a descer do ônibus, sem dúvida ansiosos por se livrarem de mim, mas eu já tinha parado com minha cantoria e voltado ao meu eu mais calmo e tranquilo. Nana estava sentado ao lado da janela da saída de emergência, com a cabeça encostada na barra vermelha de um jeito que parecia desconfortável.

— Vamos, Nana — alguns dos garotos disseram enquanto iam saindo, mas Nana não se levantou. Ele ficou batendo a cabeça de leve naquela barra vermelha, sem parar, até todos saírem, e ficarmos, finalmente, só nós três. Minha mãe, Nana e eu. Minha mãe se sentou espremida no assento ao lado dele e me puxou para seu colo. Ela pegou o queixo dele na mão e fez com que ele olhasse para ela.

— Nana, qual é o problema? – disse ela, em twi. Nana estava com lágrimas nos cantos dos olhos, que ameaçavam se derramar, e estava com uma expressão que somente vi em garotos jovens, um rosto que é como a fachada de um homem, escondendo um menino que precisou crescer depressa demais. Já vi esse ar de falsa valentia em meninos empurrando carrinhos de compras, levando irmãos para a escola, comprando cigarros para os pais que ficavam esperando dentro do carro. Agora fico desolada ao ver essa expressão, ao reconhecer a mentira da masculinidade montada nos ombros de uma criança pequena.

Nana segurou o choro. Ele se endireitou um pouquinho no assento, tirou do rosto, com delicadeza, a mão da nossa mãe e a devolveu ao seu colo.

— Não quero mais jogar futebol – disse ele.

Bem nessa hora, um dos juízes entrou no ônibus. Ele viu que nós três estávamos apertados naqueles assentos pequenos e nos deu um sorriso acanhado, tirando aquele chapéu de caubói da cabeça e cobrindo o coração com ele, como se minha família fosse o hino nacional, e o ônibus escolar amarelo, um estádio.

— Senhora, estamos prestes a começar a partida, e um grupo de garotos lá fora está dizendo que seu melhor jogador ainda está no ônibus.

Minha mãe nem mesmo olhou na direção do juiz. Ela não tirou os olhos de cima de Nana. Nós todos ficamos totalmente calados e imóveis; e, por fim, o homem captou a mensagem, pôs o chapéu de novo na cabeça e desceu do ônibus.

— Você adora futebol – disse minha mãe, assim que ouviu o som das travas do juiz pisando no cascalho do estacionamento.

— Não adoro, não.

— Nana — disse ela, num tom brusco. E então parou e deu um suspiro tão longo que eu me perguntei onde ela vinha guardando todo aquele ar. Ela poderia ter dito a ele que tinha perdido o valor daquela diária para acompanhar essa viagem, que já estava correndo risco com a família Reynolds por ter faltado ao trabalho duas semanas antes, quando eu não parava de vomitar e precisei ser levada à emergência do hospital. Ela poderia ter lhe dito que a conta daquele atendimento de emergência tinha sido mais alta do que calculara, muito embora nós tivéssemos plano de saúde, que na noite em que abriu aquele envelope ficou sentada à mesa da sala de jantar, chorando no uniforme de cuidadora, para que nós não a ouvíssemos. Ela poderia ter lhe contado que já tinha começado a aceitar trabalho extra, limpando casas, para poder pagar as taxas da liga de futebol avançado, que essas taxas não eram reembolsáveis e que ela também não conseguiria recuperar o tempo perdido. Todo aquele tempo que passara trabalhando para poder pagar uma viagem num ônibus com uma filha bagunceira e um filho que, de algum modo, naquelas duas horas da viagem, tinha se dado conta de que seu pai não ia voltar.

— Vamos descobrir outro jeito de voltar para casa — ela disse. — Não precisamos ficar aqui nem mais um segundo, Nana, certo? Você não precisa jogar se não quiser.

Fomos andando até a estação da Greyhound, com nossa mãe segurando nossas mãos o tempo todo. Pegamos aquele ônibus de volta para casa, e acho que Nana não emitiu um único som. Acho que eu também não. Dava para sentir que alguma coisa tinha mudado entre nós três, e eu estava tentando aprender qual poderia seria meu papel nessa nova configuração da minha família. Aquele dia marcou o final das minhas travessuras, o início dos meus tempos de boazinha. Se nossa mãe ficou zangada ou frustrada conosco, comigo por ser uma peste, com Nana por mudar de ideia, ela não deixou transparecer. Ela nos envolveu nos seus braços durante aquela longa viagem de volta para casa, com uma expressão inescrutável. Quando chegamos, ela pôs todo o material de futebol de Nana em uma caixa, que lacrou e abandonou nas profundezas da nossa garagem, para nunca mais ser vista.

16

Convidei Katherine para almoçar no pequeno restaurante tailandês no subsolo do prédio da psicologia. Fiz meu pedido à mulher grosseira, que às vezes fazia com que comer ali parecesse algum tipo de castigo, por mais que a comida fosse ótima, e saí para me sentar no pátio enquanto esperava que Katherine chegasse.

Era um lindo dia, ensolarado. O tipo de dia ao qual eu muitas vezes nem dava valor por morar num lugar em que a beleza da escola, da natureza, parecia não resultar de esforço algum. Isso estava em forte contraste com meu tempo na Costa Leste, onde a beleza era conquistada a duras penas, onde cada dia luminoso tinha de ser saboreado, com as lembranças desses dias sendo armazenadas como bolotas de carvalho enterradas por esquilos diligentes, só para se conseguir atravessar aqueles invernos massacrantes.

Naquele meu primeiro inverno em Massachusetts, com a neve chegando até os joelhos, eu tinha sentido saudade do Alabama com uma intensidade que não imaginara possível. Eu ansiava pelo calor e pela luminosidade como outras pessoas anseiam por café e cigarros. Abatida e sem energia, consegui com o atendimento de saúde mental uma lâmpada de fototerapia para o transtorno afetivo sazonal, e ficava olhando para ela horas a fio, na esperança de que ela me iludisse a acreditar que eu estava de volta ao lugar onde suponho que meus antepassados tenham de início sido instilados com essa necessidade de calor – em Gana, numa praia pouco acima da Linha do Equador.

Katherine chegaria com meia hora de atraso. Comecei a comer e assisti a duas alunas da graduação discutindo diante do bicicletário do outro lado do caminho. Estava claro que elas eram um casal. Uma delas enrolou a trava U-lock da bicicleta no pulso enquanto a outra gritava: "Eu tenho que entregar um trabalho pronto às três, Tiffany. Você sabe disso." Parecia que não sabia, ou talvez ela só não se importasse. Em questão de segundos, estava montada na bicicleta e saindo em disparada, enquanto a outra simplesmente ficou parada ali, atordoada. Ela olhou ao redor, procurando ver se alguém tinha presenciado a briga. Eu deveria ter desviado o olhar, ter lhe permitido alguma privacidade naquela situação embaraçosa, mas não desviei. Nós olhamos uma nos olhos da outra, e ela ficou com o rosto tão vermelho que eu quase pude sentir o calor emanando dele. Sorri para ela, mas isso só pareceu fazer com que se sentisse pior. Lembrei-me de como era ter aquela idade, estar tão consciente de si mesma e do teatro das suas pequenas vergonhas particulares. "Eu também tenho meus problemas", eu quis dizer. "Tenho problemas piores do que um trabalho a ser entregue às três, piores até mesmo do que Tiffany." Ela olhou para mim com os olhos contraídos, como se tivesse ouvido meus pensamentos, e então foi embora furiosa.

Por fim, Katherine chegou.

— Desculpa, desculpa — disse ela, sentando-se no lugar diante de mim. — O Caltrain simplesmente resolveu não funcionar hoje por algum motivo.

Mesmo naquele estado ofegante, exausta, ela era linda. O cabelo preto e comprido amontoado de qualquer maneira no alto da cabeça, aqueles dentes perfeitamente alinhados por aparelho — um sinal que denunciava uma pessoa que tinha sido criada com dinheiro e atenção. Eles rebrilhavam cada vez que ela sorria. Olhei de relance para sua barriga. Nada.

— Tudo bem — respondi e então me fechei. Eu tinha convidado Katherine sob o pretexto de querer falar sobre nosso trabalho. Havia tão poucas mulheres na nossa área; e, embora fosse importante ter mentoras e modelos de referência, eu tinha feito pouquíssimo para me relacionar com as outras mulheres no departamento. Eu era a típica aluna de pós-graduação, fazendo de tudo para atrair a atenção dos cientistas bambambãs, os que tinham descoberto isso aqui, tinham recebido aquele prêmio. Eu queria meu nome mencionado na mesma frase que o nome deles, meu trabalho comentado nas mesmas publicações científicas.

Katherine, por brilhante que fosse, gostava de usar um blusão de moletom com a palavra *steminist** de um lado ao outro da frente. Todos os anos, ela se encarregava de um estande na feira de carreiras de graduação, para mulheres que estivessem cogitando uma carreira na ciência. Na minha primeira semana em Stanford, quando ela me perguntou se

---

* STEMINIST — partidária de um movimento que deseja aumentar a presença da mulher na S (ciências), na T (tecnologia), na E (engenharia) e na M (matemática). (N. da T.)

eu queria participar do grupo de mulheres em STEM liderado por ela, eu disse "não" sem pensar duas vezes.

Na faculdade, eu tinha feito um professor rir quando lhe perguntei se ele seria meu orientador no ano em que declarei minha área de concentração. É verdade que eu nunca tinha estudado com ele; e é verdade que ele era o principal especialista em microbiologia no campus; mas, mesmo assim, naquele décimo de segundo de riso antes que ele se controlasse e dissesse, "Mas, claro que sim, querida", eu só tinha querido me transformar em poeira, afundar no chão e desaparecer para sempre.

Eu não queria ser considerada uma mulher na ciência, uma mulher preta na ciência. Queria ser considerada uma cientista, ponto final. E me deixava atônita que Katherine, cujo trabalho saía nas melhores publicações científicas, ficasse satisfeita em chamar atenção para o fato de ser mulher. Até mesmo a questão de um bebê, das pequenas letras "o" de ovulação que seu marido tinha marcado na agenda no exato instante em que a carreira de Katherine estava pronta para decolar, era um lembrete do enorme peso que carregávamos nos ombros simplesmente por sermos mulheres.

Eu não queria carregar esse peso, e não estava realmente interessada em conversar com ela sobre a pesquisa que ela estava fazendo. Eu queria falar era sobre minha mãe, o zumbido da sua respiração durante o sono, sua perda de peso, seus olhos vazios, suas costas encurvadas. Minhas visitas na hora do jantar não tinham contribuído em nada para tirá-la da toca. Depois de três dias, eu tinha desistido daquela abordagem e experimentei outra. Liguei para o pastor John e fiquei segurando o fone junto da orelha da minha mãe enquanto ele orava.

– Deus Pai, nós te pedimos que levantes essa mulher desse sono – disse ele. – Jesus, nós imploramos que tu animes seu espírito. Faz com que ela se lembre de que todas as suas cruzes pertencem a ti.

Ele ficou falando nesse sentido por algum tempo, e minha mão começou a tremer enquanto eu segurava o fone. Pelo resultado, tanto faria se eu estivesse recitando algum encantamento para ela. Depois que ele terminou, eu desliguei o telefone e me deixei cair na beira da cama, com a cabeça afundada nas mãos. Eu queria chorar, mas não conseguia. Atrás de mim, a respiração da minha mãe prosseguia com seu leve zumbido. O som me lembrou o vídeo da Mamba-Negra que eu tinha visto quando criança, embora aquela cobra não tivesse emitido nenhum som. O zumbido era o único aspecto vivo da minha mãe, e por isso eu me tornara grata a ele, não importava o que fosse.

Qual era a decisão ética a tomar? Era certo eu deixá-la ficar naquela cama, namorando a morte, até mesmo ensaiando para sua chegada? Eu revirava essa pergunta na minha cabeça todos os dias, simulando as situações possíveis, as coisas que eu poderia fazer, que deveria fazer. Eu conhecia os estatutos para a internação involuntária na Califórnia, e minha mãe não cumpria aqueles requisitos. Ela não estava ameaçando se ferir ou ferir a qualquer outra pessoa. Não estava ouvindo vozes ou tendo visões. Estava se alimentando, embora só esporadicamente e apenas quando ela sabia que eu não estava em casa para vê-la comer. Fazia só uma semana, mas os dias se arrastavam, pesados como chumbo. Ela me dizia que estava "cansada" e que precisava de "descanso". Isso eu já tinha ouvido antes, mas, sempre que pensava em chamar alguém para intervir, eu me lembrava da última vez e não tinha coragem para tanto. Na última vez, ao sair do hospital depois da internação, ela tinha olhado para mim e dito "Nunca mais", e eu sabia o que queria dizer.

Eu deveria ter contado tudo isso para Katherine. Ela era uma médica admirável, uma pessoa cheia de empatia, mas, quando eu tentava abordar o tópico da minha mãe, as palavras viravam cinzas na minha boca.

— Tudo bem com você, Gifty? — perguntou Katherine. Ela estava me dando o que devia ser seu olhar de psiquiatra, atento e indagador. Não consegui sustentar seu olhar.

— Tudo bem, só estou um pouco estressada. Quero apresentar esse trabalho antes do final do trimestre, mas parece que não consigo me forçar a trabalhar ultimamente — respondi. Fiquei contemplando as palmeiras enquanto um vento rápido soprava, fazendo com que as folhas balançassem. Katherine fez que sim, mas seu olhar não se alterou.

— Certo — disse ela, baixinho. — Espero que você esteja se cuidando direito.

Concordei em silêncio, mas eu nem mesmo sabia o que significara cuidar direito de mim, como isso seria. Eu só estava conseguindo cuidar direito de uma coisa, meus camundongos, e até mesmo eles tinham tido sua briguinha sangrenta poucas semanas atrás. Eu, minha mãe, meus camundongos — nós todos estávamos um pouco desgastados, mas continuávamos tentando de qualquer jeito que nos ocorresse. Pensei no dia de inverno no meu ano de caloura em Harvard, quando por fim procurei o atendimento de aconselhamento e saúde mental para pedir uma lâmpada de fototerapia.

— Acho que é o tempo. É só que fico me sentindo triste. Não o tempo todo — eu disse à recepcionista, embora ela só tivesse me perguntado meu nome. Quando me entregou a lâmpada, ela perguntou se eu queria começar a ser atendida por um profissional.

– O primeiro ano pode ser difícil – disse ela. – Vocês estão longe de casa, as aulas são mais rigorosas do que eram na escola. Pode ajudar conversar com alguém.

Abracei a lâmpada junto ao peito e fiz que não. O rigor, a dificuldade, era isso o que eu queria.

17

Meu segundo ano em Harvard foi especialmente cruel. Minha lâmpada de fototerapia tinha perdido sua magia, e eu passei grande parte daquele inverno lutando para chegar às aulas passando pela neve que alcançava a minha cintura. Eu tinha ensinado minha mãe a fazer chamadas de vídeo pelo computador, e assim às vezes eu ligava para ela, pensando em lhe contar como estava infeliz; mas então seu rosto me aparecia na tela, confuso e irritado com a tecnologia, e eu perdia minha determinação, sem querer acrescentar meus problemas aos dela.

Para piorar a situação, eu mal estava conseguindo me manter à tona no curso de Ciência Integrada. Eu me saía bem nas provas e nos trabalhos de casa, mas o curso tinha um componente de laboratório de projetos, que exigia o trabalho em pequenos grupos; e todos os dias, enquanto ficava ali calada nas aulas, eu via meus pontos de participação despencarem. "Seria realmente benéfico para a turma ouvir suas ideias", meu professor às vezes escrevia no alto dos meus trabalhos. Mais tarde, no meu quarto no dormitório, eu ensaiava os tipos de coisas que eu poderia dizer, falando ao meu reflexo de todas as minhas ideias de projetos, mas então chegava a hora da aula, os olhos do meu professor se voltavam para mim, e eu me trancava. Meu grupinho começou a me ignorar. Às vezes, quando a turma se dividia para trabalhar nos projetos, meu grupo formava uma roda, comigo do lado de fora. Eu usava os ombros para conseguir entrar ou, o que era mais frequente, esperava que alguém percebesse.

A maior parte do semestre foi se passando desse jeito. Yao, que tinha se estabelecido como o líder do nosso pequeno grupo, dava ordens a todos, distribuindo as tarefas para a noite e rejeitando qualquer ideia proposta pelas mulheres. Ele era tirânico, misógino, mas os demais integrantes do grupo — Molly, Zach, Anne e Ernest — eram divertidos, tranquilos. Eu gostava de estar com eles, apesar de apenas me tolerarem.

Zach era o palhaço. Com 1,55 m de altura, ele era mais baixo do que Molly e eu, mas usava seu humor e sua inteligência para preencher qualquer ambiente onde se encontrasse. Na maior parte dos dias, ele passava metade do nosso tempo como grupo experimentando piadinhas conosco como se fôssemos juízes num *reality show* para comediantes independentes. Para nós, era difícil saber quando ele estava falando sério ou quando estava desenvolvendo uma piada sofisticada. Por isso, embora ele fosse engraçado, todos encaravam com certo desconforto qualquer coisa que ele dissesse.

— Passei por uns caras na quadra que estavam distribuindo umas Bíblias pequenas, da cor laranja — disse Zach um dia.

— Eles são tão entrões — replicou Molly. — Quase enfiaram uma no meu bolso. — Molly era tanto inteligente quanto de uma beleza impressionante, mas sua opinião costumava ser descartada porque sua voz, com sua entonação de indagação, fazia com que as pessoas partissem do pressuposto de que poderiam ignorar qualquer coisa que ela tivesse a dizer.

— Se eles tocassem em você, você poderia gritar denunciando assédio sexual — falou Ernest. — Quer dizer, não seria a primeira vez que alguém tivesse usado o cristianismo como disfarce para uma agressão sexual. Afinal de contas, estamos em Boston.

— Ufa! Qual é, cara? — disse Yao. E se voltou para Zach. — Você aceitou a Bíblia?

— Sim, aceitei. E subi no colo de John Harvard e comecei a mexer com ela para lá e para cá gritando "DEUS NÃO EXISTE! DEUS NÃO EXISTE!".

— Como você sabe que Deus não existe? — perguntei, interrompendo suas risadas. Todos se voltaram para me encarar. *A muda fala?*, seus rostos diziam.

— Hein, você não está falando sério, está? — disse Anne. Ela era a mais inteligente do nosso grupo, apesar de que Yao jamais admitiria isso. Antes dessa ocasião, eu às vezes a flagrava me observando, aguardando para ver se meu silêncio abrigava algum brilhantismo, mas agora ela olhava para mim como se eu por fim tivesse confirmado suas suspeitas de que eu era uma rematada idiota, um erro do processo de admissão à faculdade.

Eu gostava de Anne, do seu jeito de se sentar relaxada, escutando como o restante do grupo se atrapalhava, antes de intervir no último segundo com a resposta certa, a ideia mais perspicaz, deixando Yao resmungando amuado. Senti certo embaraço por ter conquistado sua ira, mas também não pude me conter. Dobrei a aposta.

— Eu só acho que não é certo debochar da crença dos outros — eu disse.

— Desculpa, mas acreditar em Deus não é só ridículo. É perigoso pra cacete também — disse Anne. — A religião foi e é usada para justificar tudo, desde a guerra até a legislação contrária aos LGBT. Não estamos falando de alguma coisinha inofensiva.

— Não tem que ser assim necessariamente. A crença pode ser poderosa, profunda e transformadora.

Anne fez que não.

— A religião é o ópio do povo — disse ela, e eu lhe lancei um olhar fulminante.

— Os opioides são o ópio do povo — retruquei. Eu sabia a impressão que estava causando. Louca, doida.

Anne olhava para mim como se eu fosse um lagarto mudando de pele bem diante dos seus olhos, como se ela finalmente estivesse me vendo, alguma centelha de vida. Ela não insistiu.

Yao pigarreou e conduziu o grupo para um tópico mais seguro, mas eu já tinha me exposto. Uma caipira sulista, uma crente agressiva. Pensei nos grupos de estudantes religiosos do campus que passavam alguns dos seus dias pendurando panfletos nas salas de convivência dos dormitórios, convidando as pessoas para o culto. Esses panfletos precisavam competir com as centenas de outros panfletos, para maratonas de dança, festas de fraternidades, apresentações de poesia falada. Eles não tinham a menor chance. E, embora eu não tivesse destrinchado como me sentia acerca do cristianismo da minha infância, eu conhecia, sim, meus sentimentos para com minha mãe. Sua devoção, sua fé, isso me comovia. Eu queria proteger seu direito de encontrar consolo de qualquer modo que lhe parecesse adequado. Será que ela não merecia pelo menos isso? Nós precisamos passar por esta vida de algum jeito.

Minha explosão rompeu a barreira, e, depois daquele dia, comecei a me manifestar mais em aula. Recuperei minhas notas, apesar de meu grupinho nem se dar ao trabalho de esconder seu desdém por mim. Acho que nenhuma das minhas ideias jamais foi levada a sério, até que outra pessoa a reformulasse e a reapresentasse como de sua própria cabeça. Afinal, o que uma crente fanática poderia saber sobre a ciência?

18

Fui salva e batizada no espírito, mas nunca fui batizada na água. Nana foi batizado na água quando bebê, na igreja dos meus pais em Gana, onde eles têm uma atitude mais abrangente diante das normas e convenções do protestantismo do que a maioria das igrejas pentecostais americanas tem. Havia uma espécie de atitude de "mais é mais" para com a religião na igreja da terra da minha mãe. Que venha a água, o Espírito, o fogo. Que venham a fala em línguas desconhecidas, os sinais e os assombros. Que venha o curandeiro, também, se ele quiser ajudar. Minha mãe nunca viu nenhum conflito entre acreditar em místicos e acreditar em Deus. Ela levava ao pé da letra, não em termos metafóricos, histórias sobre víboras, anjos, tornados que vinham para destruir a Terra. Ela enterrou o cordão umbilical do seu primogênito na praia da cidade litorânea da sua mãe, como todas as mães antes dela, e depois levou Nana para ser abençoado. Mais é mais. Mais bênçãos, mais proteção.

Quando ela me teve no Alabama, descobriu que muitos pentecostais aqui não são favoráveis a batizar bebês. A seita se caracteriza pela crença na capacidade de cada um de ter um relacionamento pessoal com Cristo. Escolher o Senhor, escolher a salvação. Uma criancinha não poderia escolher aceitar Jesus Cristo como seu Senhor e Salvador, de tal forma que, embora se dispusesse a fazer uma prece por mim, o pastor John se recusou a me batizar enquanto eu não fizesse eu mesma essa escolha. Isso decepcionou minha mãe. "Os americanos não acreditam em Deus como nós acreditamos", ela costumava dizer. Sua intenção era a de um insulto, mas, mesmo assim, ela gostava do pastor John e seguia seus ensinamentos.

Quando nasceu o irmãozinho da minha amiga Ashley, minha família foi convidada para o batizado. Ashley estava lá no palco, num vestido branco e sapatos brancos com saltinho coberto com *strass*. Achei que ela parecia um anjo. Colin chorou o tempo todo, com o rosto vermelho, a baba espirrando. Parecia que ele não estava gostando muito, mas sua família inteira irradiava felicidade. Todos no local podiam sentir essa felicidade, e eu também queria aquilo.

— Eu posso ser batizada? — perguntei à minha mãe.

— Só quando você for salva — ela respondeu.

Eu não sabia o que queria dizer ser salva, não no contexto da religião. Naquela época, quando as pessoas na igreja falavam da salvação, eu entendia em termos literais. Imaginava que precisasse estar à morte para que a salvação funcionasse. Precisava que Jesus viesse me salvar de um prédio em chamas ou que me puxasse de volta da beirada de um penhasco. Pensava em cristãos salvos como um grupo de pessoas que quase tinha morrido. Os restantes de nós estávamos aguardando a chegada daquela experiência de quase morte para que Deus se revelasse. Suponho que eu ainda esteja esperando que Deus se revele. Às vezes, a pastora encarregada das crianças dizia "Vocês devem pedir a Jesus que entre no seu coração", e eu dizia aquelas palavras "Jesus, por favor, entre no meu coração" e passava o resto do culto me perguntando como eu poderia saber se ele tinha aceitado meu convite. Eu grudava minha mão no peito, procurando escutar e sentir seu ritmo marcado. Ele estava ali nas batidas do meu coração?

O batismo parecia mais fácil, de algum modo, mais claro do que quase morrer ou do que ficar escutando o coração. E depois do batismo de Colin, fiquei com a obsessão de que a água era a melhor maneira de saber que Deus tinha se enraizado. Na hora do banho, eu esperava que minha mãe virasse as costas para eu me afundar totalmente na água. Quando emergia, meu cabelo estava molhado apesar da touca de banho, e minha mãe praguejava baixinho.

Principal pecado da garota preta: molhar o cabelo quando não era o dia de lavar a cabeça.

"Não tenho tempo para isso, Gifty", minha mãe dizia enquanto escovava meus cachos e fazia minhas tranças. Depois do meu terceiro batismo improvisado, levei uma surra tão terrível que não conseguia me sentar sem sentir dor pelo resto daquela semana. Foi o que encerrou essa fase.

Quando o camundongo ferido afinal morreu, segurei seu corpinho. Esfreguei o alto da sua cabeça e pensei nisso como uma bênção, um batismo. Sempre que eu alimentava os camundongos ou os pesava para a tarefa de acionar a alavanca, pensava em Jesus no andar de cima, lavando os pés dos discípulos. Esse momento de submissão, de me colocar literalmente em posição inferior, sempre me fazia pensar que eu precisava desses camundongos tanto quanto eles precisavam de mim. Mais até. O que eu saberia do cérebro sem eles? Como eu poderia realizar meu trabalho, encontrar respostas para minhas perguntas? A colaboração que os camundongos e eu temos aqui neste laboratório é, se não sagrada, pelo menos sacrossanta.

Nunca disse, nem nunca direi, a ninguém que às vezes tenho esse tipo de pensamento, porque tenho consciência de que os cristãos na minha vida o considerariam uma blasfêmia; e os cientistas o considerariam embaraçoso. No entanto, quanto mais faço esse tipo de trabalho, mais acredito numa espécie de santidade em nossas ligações com tudo sobre a Terra. Santo é o camundongo. Santo é o grão que o camundongo come. Santa é a semente. Santos somos nós.

Comecei a ouvir música ali no apartamento, canções que eu sabia que minha mãe apreciava. Na realidade, eu não estava otimista de que a música a tiraria da cama, mas eu esperava que, no mínimo, ela aliviasse alguma coisa no íntimo da minha mãe. Tocava músicas populares melosas como "I Hope You Dance". Tocava hinos enfadonhos cantados por corais de tabernáculos. Toquei todas as músicas da lista de Daddy Lumba, imaginando que antes do final de "Enko Den" ela já estaria de pé, dançando pela casa afora como fazia quando eu era criança.

Também comecei a limpar mais o apartamento, porque calculei ser provável que ela gostasse do cheiro conhecido de água sanitária, daquele seu jeito de grudar nos pelinhos do nariz mesmo horas depois do uso. Eu borrifava o produto tóxico de limpeza geral no peitoril da janela do quarto e ficava olhando a nuvem formada se dispersar flutuando. Talvez algumas dessas partículas tenham chegado a ela na cama.

— Gifty — ela disse um dia, depois que limpei a janela, deixando-a brilhando. — Você me traz um pouco d'água?

— Claro que trago — respondi, com lágrimas brotando nos olhos, com tanta felicidade que se poderia pensar que ela estava me pedindo para aceitar um prêmio Nobel.

Trouxe-lhe um copo de água e fiquei olhando enquanto ela se sentou na cama para beber. Parecia cansada, o que para mim era improvável já que ela não tinha feito nada a não ser descansar desde sua chegada. Nunca pensei nela como uma pessoa de idade, mas daí a pouco mais de um ano, ela faria setenta anos; e todo aquele tempo de vida estava começando a se registrar nas bochechas fundas, nas mãos, calejadas do trabalho duro. Fiquei olhando enquanto ela bebia a água devagar, tão devagar, e então peguei o copo depois que terminou.

— Quer mais? — perguntei. Ela fez que não e começou a afundar de volta para debaixo das cobertas. E meu coração como que afundou com ela.

Quando o edredom cobria totalmente seu corpo até quase o queixo, ela olhou para mim.

— Você precisa dar um jeito nesse seu cabelo — ela disse. Abafei uma risada e levei as mãos aos meus dreadlocks, enrolando-os nos dedos.

No verão em que voltei para casa com meu dread, minha mãe não falou comigo por um mês. "As pessoas vão pensar que você foi criada numa casa sem higiene", argumentou ela, antes de se calar por praticamente todo o período da minha estada. E agora aqueles dreads a estavam fazendo falar de novo, mesmo que fosse só para me repreender. Santo é o cabelo da mulher preta.

19

Na faculdade, fiz um curso sobre a poesia de Gerard Manley Hopkins para cumprir um requisito de humanas. A maioria dos outros estudantes com concentração em ciências que eu conhecia se inscrevia em cursos de escrita criativa para preencher esse requisito.

– É um "A" fácil – disse uma amiga. – É só você anotar seus sentimentos e esse tipo de coisa; e então a turma inteira comenta o que você escreveu. Literalmente, todo mundo tira "A".

A ideia de uma turma inteira, composta de colegas meus, falando sobre os sentimentos que eu tinha alinhavado de qualquer maneira para criar uma história, simplesmente me apavorou. Resolvi correr o risco com Hopkins.

Minha professora, uma mulher incrivelmente alta com uma juba de leão de cachos dourados, entrava na sala dez minutos atrasada todas as terças e quintas. "Certo, então, onde é que nós estávamos?", dizia ela, como se nós estivéssemos falando sobre os poemas na sua ausência e ela quisesse que nós a puséssemos a par. Ninguém nunca respondia, e ela geralmente olhava feroz para nós com seus olhos verdes penetrantes, até alguém ceder e gaguejar alguma coisa absurda.

— Em Hopkins tudo se resume a um encantamento com a linguagem — ela disse um dia. — Quer dizer, ouçam isso aqui: "Cuckoo-echoing, bell-swarmèd, lark-charmèd, rook-racked, river-rounded."* Ele extrai tanto prazer do jeito como essas palavras se combinam, da sua sonoridade; e nós, os leitores, temos um prazer igual ao lê-las. — Ela parecia sentir êxtase e dor ao dizer isso, como se estivesse a caminho de um orgasmo. Eu não estava tendo um prazer igual com essa leitura. Não estava nem mesmo extraindo um quarto do prazer que minha professora parecia estar sentindo simplesmente por falar a respeito. Ela me intimidava, e eu detestava a poesia, mas tinha uma estranha sensação de identificação com Hopkins cada vez que eu lia sobre sua vida pessoal, sua dificuldade para conciliar sua religião com seus desejos e pensamentos, sua sexualidade reprimida. Gostei de ler suas cartas e, inspirada a alcançar algum ideal romântico do século XIX, tentei escrever cartas à minha própria mãe. Cartas em que eu esperava lhe falar dos meus sentimentos complicados com relação a Deus. "Mãe, querida", elas começavam, "venho pensando muito se a crença em Deus é compatível ou não com a crença na ciência." Ou então, "Mãe, querida, não me esqueço da alegria que senti no dia em que você me acompanhou até o altar e a congregação inteira estendeu as mãos; e eu realmente, verdadeiramente, senti a presença de Deus". Escrevi quatro cartas desse tipo, e todas elas poderiam ter sido uma pétala diferente no malmequer da minha crença: "Creio em Deus, não creio em Deus." Nenhum desses sentimentos parecia fiel ao que eu, de fato, sentia. Joguei as cartas fora e aceitei, com gratidão, meu "B-" no curso.

---

* Em tradução livre, "Ecoando com cucos, enxameada com sinos, encantada com calhandras, atormentada com gralhas, cercada pelo rio". (N. da T.)

★ ★ ★

Nana sempre tinha tido seus conflitos acerca de Deus. Ele detestava o pastor dos jovens na Primeira Assembleia, um rapaz de vinte e poucos anos que tinha acabado de completar sua formação de mestre, uma espécie de acampamento de treinamento para futuros líderes espirituais, e que insistia em que todos o chamassem de P.T., em vez de pastor Tom. P.T. tinha interesse em se relacionar com os jovens no nível deles, o que, para sua relação com Nana, significava que ele vivia inventando termos de gíria que supunha que adolescentes negros estivessem usando. "E aí, mano?" era um dos seus cumprimentos preferidos. Nana quase não conseguia olhar para ele sem revirar os olhos. Nossa mãe o repreendia pelo desrespeito, mas nós podíamos ver que até mesmo ela considerava P.T. meio idiota. Nana estava com treze anos quando completou a parte infantil da igreja e passou para os serviços do grupo da juventude. Eu sentia sua falta durante a escola dominical, quando a pastora das crianças pegava suas marionetes, e Nana atravessava relutante o salão para ir ouvir os ensinamentos de P.T. Comecei a ficar um pouco irrequieta naqueles serviços, me remexendo no meu lugar e pedindo para ir ao banheiro de cinco em cinco minutos, até que por fim os pastores decidiram que não havia problema em eu comparecer à escola dominical com Nana, desde que voltasse para a igreja das crianças durante as horas normais de culto.

Naquelas aulas no início da manhã, Nana se sentava o mais longe possível de mim, mas eu não me importava. Eu gostava de estar na mesma sala que ele e gostava de me sentir mais velha e mais sábia do que as outras crianças da minha idade que não podiam se livrar dos pequenos quadros da pastora da igreja das crianças, que àquela altura tinham se tornado cansativos.

Mesmo com aquela idade, eu já era louca para provar minha competência, minha superioridade, de modo que ser a mais nova no grupo da juventude me dava uma sensação de ter chegado a algum lugar, uma demonstração de como eu era boa. Da mesma forma que a pastora das crianças, P.T. falava muito sobre o pecado, mas ele não era adepto de marionetes. Ele não me dava muita atenção e interpretava as Escrituras como bem entendia. Dizia, "Se as garotas soubessem no que os garotos pensam quando elas usam aquelas roupas decotadas e aquelas roupas curtas, elas não as usariam mais". E dizia, "Tem muita gente por aí que nunca ouviu o Evangelho e simplesmente anda ocupada, mergulhada no pecado, até nós espalharmos a boa-nova". E dizia, "Deus se regozija em nossa dedicação a ele. Lembrem-se, ele é nosso noivo, e nós somos a noiva. Não devemos ser fiéis a mais ninguém".

P.T. estava sempre com um sorrisinho pretensioso e não parava de tamborilar os dedos na aba da mesa enquanto falava. Era o tipo de pastor da juventude que queria fazer com que Deus fosse massa a tal ponto que quase parecia excludente. O Deus dele não era o de ratos de biblioteca nem de *geeks* da ciência. Era o Deus do *punk*. P.T. gostava de usar uma camiseta que proclamava *Louco por Jesus* de um lado a outro do peito. A palavra "louco" ali do lado de "Jesus" era propositadamente agressiva, incongruente, como se gritasse, "Ei, esse aqui não é o cristianismo da sua mãe". Se Jesus fosse uma casa noturna, P.T. e outros pastores da juventude como ele seriam os leões de chácara.

Um dia Nana resolveu questionar a ideia de um Deus excludente. Levantou a mão, e P.T. parou de tamborilar, inclinando a cadeira para trás.

— Manda vê, mano — disse ele.

— Imagina só uma aldeiazinha de nada em algum canto da África, tão incrivelmente distante que ninguém até agora a encontrou, o que quer dizer que nenhum cristão conseguiu chegar lá como missionário para ensinar o Evangelho, certo? Será que todos os moradores daquela aldeia vão para o inferno, mesmo que eles nunca tenham tido a possibilidade de ouvir falar de Jesus?

O sorrisinho pretensioso de P.T. se manifestou, e ele olhou para Nana, contraindo os olhos um pouco.

— Deus teria dado um jeito de eles ouvirem a boa nova — disse ele.

— Certo, mas em hipótese?

— Em hipótese, cara? É, eles vão para o inferno, sim.

Fiquei chocada com essa resposta, com o jeito satisfeito e presunçoso com que P.T. tinha destinado toda uma aldeia indefesa de africanos à condenação eterna, sem nem mesmo piscar os olhos. Ele não dedicou nem o tempo de uma respiração a pensar sobre a pergunta de Nana, na tentativa de encontrar uma solução. Por exemplo, ele não disse que Deus não trabalha com hipóteses, o que seria uma resposta perfeitamente razoável para uma pergunta não tão razoável assim. Sua disposição de entrar no jogo de Nana foi, em si, um sinal de que ele via Deus como uma espécie de prêmio que somente alguns eram bons o suficiente para conquistar. Era como se ele *desejasse* o inferno para os moradores daquela aldeia, como se acreditasse na existência de pessoas para quem o inferno é líquido e certo, merecido.

E a parte que mais me perturbava era eu não conseguir me livrar da sensação de que as pessoas que P.T. acreditava que mereciam o inferno eram pessoas parecidas com Nana e comigo. Eu tinha sete anos, mas não era burra. Tinha visto panfletos que proclamavam a enorme necessidade de missionários em vários países. As crianças naqueles panfletos, com a barriga inchada, as moscas zumbindo em torno dos olhos, a roupa imunda, essas crianças eram todas do mesmo marrom escuro, intenso, que eu.

Eu já entendia o espetáculo da pobreza, os impulsos conflitantes de ajudar e de desviar os olhos que essas imagens incitavam; mas entendia, também, que a pobreza não era um fenômeno de negros e pardos. Eu tinha visto na escola o comportamento das crianças vindas do estacionamento de trailers, com o pavio curto faiscando quando ouviam um comentário descuidado sobre seus sapatos apertados ou suas calças "pesca-siri"; e tinha visto os celeiros e as casas rurais em ruínas, às margens das estradas vicinais em cidadezinhas insignificantes a poucos minutos da cidade onde eu morava. "Que nosso carro não enguice nesse lugarejo imundo", minha mãe costumava rezar em twi sempre que passávamos por um desses locais. Ela usava a palavra *akuraase*, a mesma palavra que usaria para uma aldeia em Gana, mas eu já tinha sido condicionada a ver os Estados Unidos como um país de algum modo superior em comparação com o resto do mundo; e por isso estava convencida de que um lugarejo no Alabama não poderia ser um *akuraase* do mesmo jeito que uma aldeia ganense era.

Anos depois dos comentários de P.T., comecei a ver como era ridícula essa ideia, a ideia de uma pobreza americana refinada e superior que deixava subentendido um terceiro mundo abjeto, sub-humano. Era a crença nessa sub-humanidade o que tornava aqueles cartazes e infomerciais tão eficazes, no fundo, nada diferentes dos comerciais de abrigos de animais, com as pessoas nesse tipo de publicidade apresentadas através da mesma perspectiva usada para cães.

A resposta irrefletida de P.T. foi sem dúvida apenas uma reação descuidada de um homem que não estava acostumado a pensamentos profundos sobre os motivos pelos quais se apegava à sua fé; mas para mim, naquele dia, suas palavras acionaram exatamente esse tipo de pensamento.

    Fiquei olhando quando P.T. voltou a descansar as pernas da cadeira no chão e continuou sua preleção, tendo o cuidado de não dirigir seu olhar para Nana. Do outro lado da sala, Nana também estava com um ar pretensioso. Daquele dia em diante, ele não compareceu muito mais ao culto para jovens.

20

Querido Deus,
Buzz diz que o cristianismo é uma seita, só que começou há tanto tempo que as pessoas ainda não sabiam o que eram seitas. Ele disse que agora nós somos mais espertos do que éramos naquela época. É verdade?

Querido Deus,
Você se disporia a me mostrar que existe mesmo?

21

Meu apartamento cheirava a óleo, a pimenta, a arroz e a bananas-da-terra. Deixei minha bolsa na entrada e corri para a cozinha para encontrar uma cena tão familiar para mim quanto meu próprio corpo: minha mãe cozinhando.

— Você se levantou — eu disse e, de imediato, me arrependi da empolgação embargada na minha voz. Não queria assustá-la. Tinha visto vídeos de mambas-negras encurraladas, dando um bote antes de escapulir deslizantes, mais velozes que um piscar de olhos. Seria minha mãe capaz de fazer o mesmo?

— Você não tem ovos. Não tem leite. Não tem farinha. O que você come? — ela perguntou. Estava usando um robe que devia ter encontrado numa das minhas gavetas. Seu seio esquerdo, esvaziado pela perda de peso e murcho por conta da idade, espiava através do tecido fino. Quando éramos crianças, era incalculável o embaraço que sua propensão à nudez provocava em Nana e em mim. Agora, eu estava tão feliz de vê-la, vê-la por inteiro, que não me importava.

— É que eu não cozinho — eu disse.

Ela fez um muxoxo e continuou trabalhando, fatiando as bananas, pondo sal no *jollof*. Ouvi o chiado do óleo, e aquele cheiro de gordura quente foi o suficiente para me dar água na boca.

— Se você tivesse passado tempo na cozinha comigo, me ajudando, saberia preparar tudo isso. Saberia se alimentar direito.

Prendi a respiração e contei até três, esperando passar o impulso de dizer alguma coisa cruel.

— Você está aqui agora. Posso aprender agora.

Ela bufou. Quer dizer que era assim que ia funcionar. Fiquei olhando enquanto ela se curvava sobre a panela com óleo. Pegou um punhado de bananas e as deixou cair na panela, com a mão tão baixa, tão junto do óleo. O óleo espirrou ao engolir as bananas; e, quando minha mãe levantou a mão da panela, pude ver pontinhos brilhantes nos locais onde o óleo tinha salpicado nela. Ela limpou os pontos com o indicador, levou o dedo à língua. Quantas vezes tinha se queimado desse jeito? Devia ser imune.

— Você se lembra daquela vez que pôs óleo quente no pé de Nana? — perguntei do meu lugar na bancada. Eu queria me levantar para ajudá-la, mas estava nervosa com medo de que ela zombasse de mim ou, pior, me dissesse que cada coisa que eu fazia estava errada. Ela tinha razão ao dizer que eu evitara sua cozinha toda a minha infância; mas, mesmo agora, mesmo com a pequena amostra de dias passados cozinhando com ela, é sua voz que eu ouço, dizendo, "Trabalhando e limpando, trabalhando e limpando" sempre que cozinho.

— Do que você está falando?

— Você não lembra? Tinha uma festa lá em casa, e você pôs óleo...

Bruscamente ela se voltou para me encarar. Estava segurando uma peneira, bem alto no ar, como um martelo que poderia bater a qualquer instante. Vi pânico no seu rosto, pânico que cobria o vazio que tinha estado ali desde sua chegada.

— Eu nunca fiz isso — disse ela. — Nunca, *nunca* fiz uma coisa dessas.

Eu ia insistir, mas olhei nos seus olhos e soube de imediato que tinha cometido um erro. Não na memória, evocada por aquele cheiro de óleo quente, mas no lembrete.

— Desculpa, devo ter sonhado — eu disse, e ela baixou o martelo.

Minha mãe raramente dava festas e, quando dava, passava a semana anterior inteira numa atividade tão frenética, cozinhando e limpando, que fazia qualquer um se perguntar se íamos receber algum membro da realeza. Havia no Alabama um punhado de ganenses que compunham a Associação Ganense; e muitos deles precisavam dirigir mais de duas horas para chegar a qualquer reunião. Minha mãe, que nunca teve entusiasmo por festas, só comparecia a uma reunião se pudesse chegar lá em uma hora de carro. E ela só dava a festa se tivesse quatro dias de folga seguidos, ocorrência tão rara que ela acabou sendo a anfitriã somente duas vezes.

Ela comprou para mim um vestido novo e, para Nana, calças novas. Passou as roupas de manhã e as estendeu em cima das nossas camas, ameaçando nos matar se nós por acaso olhássemos errado para elas antes da hora de vesti-las. E, então, passou o dia inteiro cozinhando. Quando os primeiros convidados chegaram, a casa praticamente cintilava, perfumada com os aromas de Gana.

Era a primeira vez que muitos dos outros ganenses nos viam desde a partida do Cara do *Chin Chin*; e Nana e eu, já meio párias por conta da nossa mãe caladona, estávamos com medo da reunião, dos olhares espantados, dos conselhos não solicitados dos adultos, das provocações das outras crianças.

— A gente fica cinco minutos e finge que está passando mal — sussurrou Nana, por trás do sorriso enquanto cumprimentávamos uma tia que cheirava a talco para neném.

— Ela vai saber que estamos mentindo — respondi, baixinho, lembrando-me do interrogatório digno da CIA que tentou apurar o mistério de quem tinha roubado uma garrafa de Malta do fundo do closet dela.

Mas não foi preciso nada disso. Quando as outras crianças chegaram, Nana e eu já tínhamos passado da atitude de suportar aquilo tudo, para realmente aproveitar a festa.

Minha mãe tinha feito *bofrot*, *puff-puff*, bolas de massa frita, e em pouco tempo todas as crianças estavam numa guerra total, com o *bofrot* como nossa arma. As regras não eram bem definidas, mas a ideia geral do jogo era que quem fosse atingido por um *bofrot* voador estava excluído.

Como de costume, Nana era um excelente jogador. Era veloz, sabia lançar bem e era especialmente hábil para não ser detectado, pois nós todos sabíamos que, se os adultos nos pegassem desperdiçando comida, atirando-a uns nos outros, isso seria, sem dúvida, o fim da brincadeira e da nossa vida. Eu sabia que não era bastante veloz para superar Nana. Por isso, me escondi atrás do sofá, esperando com minha pilha de *bofrots*, escutando os suspiros e risinhos abafados das outras crianças que tinham sido atingidas e excluídas.

Aquele sofá, o único sofá que eu conhecia até então, era tão velho e tão feio que estava aos poucos desistindo de si mesmo. As costuras de uma das almofadas tinham se arrebentado, deixando o enchimento escapar pelos lados, como entranhas. O braço esquerdo do sofá tinha uma peça decorativa de madeira pregada; mas, de vez em quando, a madeira se soltava, com os pregos para fora, e Nana, minha mãe ou eu precisávamos empurrá-la com força para ficar presa no estofamento. Naquele dia, devo ter soltado a peça de madeira quando fui para trás do sofá, porque não demorou muito até eu ouvir Nana dar um berro. Saí de mansinho do esconderijo para encontrá-lo com a madeira fincada na sola do pé.

Todos os tios e tias na sala se aproximaram para dar sua opinião. Minha mãe quase não conseguiu abrir caminho antes que todos tivessem oferecido sua solução para o problema. Comi rapidinho meus *bofrots*, ocultando as provas do meu envolvimento, enquanto os adultos na sala falavam cada vez mais alto. Por fim, minha mãe chegou a Nana. Ela o fez se sentar naquele sofá traiçoeiro e, sem a menor cerimônia, arrancou do pé de Nana a peça de madeira, com prego e tudo, deixando um furo perfeito, que sangrava.

— Tétano, minha irmã — disse uma das tias. — É verdade, esse prego pode lhe dar tétano. Você não pode se arriscar.

O barulho recomeçou à medida que os adultos discutiam a prevenção do tétano. Nana e eu revirávamos os olhos, esperando que eles parassem de querer se mostrar, pusessem um Band-Aid no pé dele e dessem o assunto por encerrado. Mas aquela falação deles tinha alguma coisa, aquele seu jeito de se inflamar com lembranças e ideias de Gana, sua velha terra. Era como se estivessem se estimulando com essas menções a remédios caseiros, como se estivessem se excitando e se mostrando uns para os outros, provando que não tinham perdido aquele lado, sua ganensidade.

Minha mãe pegou Nana no colo e o levou para a cozinha, com o grupo inteiro a acompanhando. Ela pôs no fogão uma panelinha com óleo e mergulhou nela uma colher de prata. Com Nana aos berros, os adultos encorajando e as crianças observando apavoradas, ela tocou o furo no pé de Nana com a colher untada com óleo quente.

Será que minha mãe poderia ter esquecido aquilo? A hora em que parou de acreditar no poder da vacina contra o tétano e entregou a saúde de Nana à sabedoria popular? Nana tinha ficado com tanta raiva dela depois, tão furioso e tão confuso. Sem dúvida, ela se lembrava.

Pus a mesa enquanto minha mãe servia arroz e bananas fritas em dois pratos. Ela se sentou ao meu lado, e nós duas comemos em silêncio. Aquela refeição foi melhor que qualquer coisa que eu tinha comido fazia meses, até mesmo anos, ainda melhor por ter sido o único sinal de vida de uma mulher que não tinha feito nada a não ser dormir desde sua chegada. Comi com voracidade. Aceitei repetir e lavei a louça enquanto minha mãe olhava.

Veio a noite, e ela voltou para a cama. Na hora em que saí para o laboratório na manhã do dia seguinte, ela ainda não tinha se levantado.

22

Um camundongo com um implante de fibra óptica na cabeça parece que saiu de um filme de ficção científica, embora eu suponha que se poderia dizer o mesmo de qualquer criatura com um implante de fibra óptica na cabeça. Era comum eu prender esses implantes à cabeça dos meus camundongos para ter como lançar luz no seu cérebro durante meus experimentos.

Um dia, Han entrou no laboratório e me encontrou conectando um cabo de fibra óptica ao implante de um dos meus camundongos. Nem Han nem o camundongo demonstravam o menor interesse pelo que eu estava fazendo.

— Você não acha estranho como nós nos acostumamos rápido com as coisas? — eu disse a Han. O cabo estava conectado a um LED azul que eu ia usar para levar luz na próxima vez que o camundongo executasse o experimento da alavanca. Han mal ergueu os olhos do trabalho que estava fazendo.

— O que você está querendo dizer? — perguntou ele.

— Estou dizendo que, se alguma outra pessoa entrasse aqui e visse esse camundongo com todo esse equipamento preso na cabeça, ela acharia tudo isso um pouco estranho. Acharia que estamos criando ciborgues.

— Nós *estamos* criando ciborgues — ele respondeu. E então pensou um pouco, olhando para mim. — Quer dizer, já se debate se não humanos podem ser considerados ciborgues, mas, levando em conta que a própria palavra "ciborgue" é uma redução de "organismo cibernético", não vejo problema em dizer que se pode estender a definição a qualquer matéria orgânica que tenha sido submetida a uma engenharia biomecânica, certo?

Eu tinha pedido por essa. Passei os quinze minutos seguintes escutando Han falar sobre o Futuro da Ficção Científica, o que talvez tenha sido o tempo máximo que eu já o tinha ouvido falar sobre qualquer coisa. De início, achei a conversa chata, mas foi legal vê-lo tão animado com alguma coisa que acabei me envolvendo naquilo sem perceber.

— Meu irmão sempre dizia que queria pernas biônicas para poder ser mais veloz na quadra de basquete — comentei, sem pensar.

Han ajeitou os óculos no nariz e se inclinou mais para perto do seu camundongo.

— Eu não sabia que você tinha um irmão. Ele ainda joga?

— Ele, bem. Ele... — Parecia que eu não ia conseguir pronunciar as palavras. Não queria ver as orelhas de Han ficarem vermelhas, aquele sinal denunciador de mortificação ou pena. Queria continuar a ser quem eu era para ele, sem enriquecer nosso relacionamento com histórias da minha vida pessoal.

Por fim, Han levantou os olhos do que estava fazendo e se voltou para mim.

— Gifty? — ele disse.

— Ele morreu. Foi há muito tempo.

— Meu Deus! Sinto muito. — Ele ficou olhando nos meus olhos demoradamente, mais do que qualquer um de nós dois estávamos habituados, e fiquei grata por ele não dizer mais

nada. Por não perguntar, como tanta gente pergunta, como aconteceu. Eu me sentia embaraçada de saber que teria ficado embaraçada se falasse com Han da dependência de Nana.
— Ele era incrível no basquete — preferi então dizer. — Não precisava das tais pernas biônicas.
Han concordou em silêncio e me deu um sorriso terno, tranquilo. Nenhum de nós dois sabia ao certo o que dizer ou fazer em seguida. Por isso, perguntei a Han quais eram seus autores de ficção científica preferidos, na esperança de que uma mudança de assunto desmanchasse o bolo que estava se formando na minha garganta. Han captou a dica.

Mais ou menos um ano depois que minha mãe enfurnou a caixa com as chuteiras, camisetas e bolas de futebol de Nana no canto da nossa garagem, Nana chegou da escola trazendo um bilhete do professor de Educação Física.
"Testes para basquete na quarta-feira. Seria muito bom ver Nana lá", dizia o bilhete.
Naquele verão, Nana tinha passado de um metro e oitenta aos treze anos de idade. Fui eu que ajudei minha mãe a medir sua altura na parede ao lado da cozinha, subindo nos ombros dela e pondo a leve marca de lápis lá onde a cabeça de Nana chegava.
— Ei, Nana, logo nós vamos ter de aumentar o pé-direito da casa — disse minha mãe, brincando, quando a fita métrica se enrolou de novo no estojo. Nana revirou os olhos, mas sorriu, orgulhoso da sua sorte genética.
É claro que o basquete era uma opção lógica de esporte para um garoto alto, privilegiado em termos atléticos, mas nós éramos uma família do futebol numa terra que valorizava só o futebol americano. Na verdade, o basquete nunca tinha

ocorrido a nenhum de nós. E embora jamais admitíssemos para nós mesmos ou entre nós, nossa impressão era a de que uma mudança no esporte seria um insulto ao Cara do *Chin Chin*, que uma vez tinha dito que aproveitaria melhor seu tempo observando girafas na natureza do que assistindo a um jogo de basquete na televisão.

Mas estava evidente que Nana sentia falta de algum esporte. Seu corpo era de um tipo que precisava estar em movimento para que ele se sentisse à vontade. Estava sempre irrequieto, balançando as pernas, girando o pescoço, estalando as articulações. Não tinha sido criado para ficar quieto, sentado. E aqueles de nós que tínhamos adorado vê-lo jogar futebol sabíamos que havia alguma coisa certa, verdadeira, real, em Nana em movimento. Ele era ele mesmo, uma beleza. Minha mãe assinou o formulário de consentimento.

De imediato, ficou claro que era esse o esporte para o qual ele tinha nascido. Era como se alguma coisa no seu corpo, na sua mente, se encaixasse com perfeição no instante em que ele segurou aquela bola de basquete. Ele se sentia frustrado por estar atrasado em relação aos outros jogadores, por não ter começado no esporte quando era mais jovem. Por isso, minha mãe comprou uma tabela que não cabia no seu orçamento, e a montou, com Nana e eu ajudando. Ela foi plantada ali na na entrada da nossa garagem; e, no instante em que estava instalada, tornou-se um totem para Nana. Ele ficava ali fora durante horas, todos os dias, em adoração. No seu terceiro jogo, ele já era o quinto cestinha. No final do campeonato, ele já era o melhor.

Minha mãe e eu comparecíamos aos seus jogos e nos sentávamos bem lá atrás. Não conhecíamos bem o esporte, e nenhuma de nós duas sequer se deu ao trabalho de aprender as regras. "O que está acontecendo?", uma de nós sussurrava para a outra sempre que soava um apito, mas não fazia sentido fazer perguntas se nós, de fato, não nos importávamos com a resposta. Não demorou muito para as pessoas notarem Nana e, então, a nós duas. Pais começaram a querer se aproximar da minha mãe, tentando fazer com que se sentasse mais para a frente, para que eles pudessem dizer coisas como "Puxa, ele tem um futuro pela frente".

– Quanta besteira! – dizia minha mãe no carro na volta para casa. – É claro que ele tem um futuro pela frente. Ele *sempre* teve um futuro pela frente.

– Eles querem dizer no basquete – eu disse.

Ela me lançou um olhar furioso pelo retrovisor.

– Eu sei o que eles querem dizer – rebateu ela.

Eu não entendia por que ela estava tão contrariada. Nunca tinha sido como o estereótipo dos pais imigrantes que castigam os filhos por qualquer nota abaixo de um "A", que não permitem que os filhos participem de esportes ou compareçam a bailes, que se orgulham do mais velho, que é médico, do filho do meio, que é advogado, e se preocupam demais com o caçula, que quer estudar finanças. Minha mãe, sem dúvida, queria que tivéssemos sucesso, que vivêssemos de tal modo que não acabássemos precisando aceitar empregos extenuantes e exigentes como ela precisava. Mas era por causa daquele mesmo trabalho cansativo e mal remunerado que ela muitas vezes estava ocupada demais para saber se estávamos tirando boas notas e seu orçamento era apertado demais para conseguir ajuda para nós se não estivéssemos. Resultado, ela se acostumara a simplesmente confiar que nós agiríamos certo, e nós correspondíamos à sua confiança. Creio que se sentia ofendida com as pessoas se mostrarem tão dispostas a falar da maestria de Nana no basquetebol como a chave do seu sucesso futuro, como se ele não tivesse mais nada a oferecer. Sua habilidade atlética era um talento dado por Deus, e minha mãe sabia muito bem que não se questiona o que Deus deu, mas ela detestava a ideia de que qualquer pessoa pudesse acreditar que esse era o único dom de Nana.

Às vezes, quando Nana estava se sentindo generoso, ele me deixava brincar de PORCO com ele na entrada do carro. Eu gostava de pensar que não fazia feio naquelas brincadeiras nas tardes de fins de semana, mas tenho certeza de que Nana facilitava as coisas para mim.

Nós morávamos numa casa alugada no fim de um beco sem saída, e a parte de cima da entrada da nossa garagem, onde a tabela de basquete ficava, era o ponto mais alto de um morrinho. Sempre que um de nós perdia um arremesso, se não nos apressássemos, a bola quicava na tabela e seguia morro abaixo, ganhando velocidade com a descida. Embora fosse uma criança cheia de energia, eu era preguiçosa, um zero nos esportes. Detestava a ideia de correr atrás da bola, ladeira abaixo, e propunha pequenas trocas com Nana, para ele fazer isso no meu lugar. Quando eu errava meu arremesso da letra "C", prometia que lavaria toda a sua louça por uma semana. Para chegar ao pé da ladeira, Nana dava cinco passos longos; seis para voltar lá para cima.

— Você acha que o Cara do *Chin Chin* teria gostado de basquete se ele tivesse aprendido a jogar quando era criança? – perguntei. Eu estava me preparando para fazer um arremesso de dentro da estrutura da garagem. Era uma impossibilidade física eu conseguir que a bola atingisse a altura necessária para entrar no cesto daquele ponto, mas eu ainda não tinha estudado física e tinha uma confiança exagerada e equivocada na minha habilidade. Errei o arremesso por alguns palmos e consegui pegar a bola antes que ela começasse a descer a ladeira.

— Quem? — perguntou Nana.
— Papai — respondi, com a palavra me soando estranha. Uma palavra de uma língua que eu costumava falar, mas da qual estava me esquecendo, como o twi que nossos pais nos ensinavam quando éramos pequenos, mas depois acharam cansativo demais insistir nele.
— Estou pouco me fodendo pro que ele gosta — disse Nana. Arregalei os olhos com o uso do palavrão. Era sabido que todos os palavrões eram proibidos na nossa casa, apesar de nossa mãe usar os palavrões em twi, com abandono, acreditando que nós não sabíamos o que eles queriam dizer. Nana não estava olhando para mim. Estava preparando seu arremesso. Fiquei olhando para seus braços compridos, com as veias desenhando o caminho do bíceps até a mão, pulsantes, pontos de exclamação naqueles músculos recém-formados. Ele não tinha respondido a minha pergunta, mas no fundo não fazia diferença. Estava respondendo a sua própria pergunta, uma pergunta cujo vulto enorme devia ser um fardo para ele; e por isso mentia para tentar escapar daquele peso todo. *Não me importo*, ele dizia a si mesmo cada vez que falava com o Cara do Chin Chin ao telefone. *Não me importo*, quando marcava vinte pontos num jogo, olhava para as arquibancadas e encontrava sua mãe e sua irmã entediada, e mais ninguém. *Não me importo.*
Nana fez o arremesso do topo da ladeira da entrada do carro. Era um arremesso que ele sabia que eu não tinha como repetir. Jogou a bola para mim, com força. Eu a peguei diante do peito e disse a mim mesma para não chorar enquanto andava até o lugar de onde Nana a tinha jogado. Fiquei olhando para o pequeno alvo vermelho na tabela e tentei canalizar tudo de mim na direção dele. Uns dois meses depois, Nana subiria numa escada e rasparia aquele retângulo vermelho, na esperança de aprender a fazer seus arremessos "de ouvido",

pela memória dos sentidos. Fiz a bola quicar umas duas vezes e olhei para Nana, cuja expressão era indecifrável. Errei, e a brincadeira terminou. Naquela noite, muito depois do pôr do sol, Nana ainda estava na entrada do carro, fazendo arremessos livres, tendo a lua como pano de fundo.

No estudo de Hamilton e Fremouw de 1985 sobre os efeitos do treinamento cognitivo comportamental no desempenho dos arremessos livres no basquete, pesquisadores pediram a três jogadores universitários de basquete com baixa proporção de sucesso em arremessos livres entre treinos e jogos que escutassem gravações com instruções para relaxamento da musculatura profunda. Os rapazes também receberam a tarefa de assistir a fitas de vídeos gravados de si mesmos jogando basquete, enquanto procuravam recuperar os pensamentos que estavam tendo a cada momento que era reproduzido na fita. Os pesquisadores queriam que eles identificassem quaisquer momentos em que tivessem tido uma autoavaliação negativa e que, em vez disso, procurassem cultivar autodeclarações positivas. Assim, em vez de pensar, "Sou péssimo. Nunca fui bom em nada na minha vida. Como foi que consegui chegar a esta equipe?", eles deveriam ter como objetivo "Entendi. Sou capaz. Estou aqui por um motivo". Ao final do programa de treinamento, todos os três sujeitos tinham melhorado em no mínimo 50%.

    Não sei quais pensamentos passavam pela cabeça de Nana naquela época. Bem que gostaria de saber. Por causa da minha carreira, eu me disporia a dar muito para ser capaz de habitar o corpo de outra pessoa – pensar no que estivessem pensando, sentir o que estivessem sentindo. Por uma cópia dos pensamentos de Nana, do nascimento à morte, num livro encadernado, eu daria absolutamente qualquer coisa. Tudo. Mas, como o acesso à sua mente nunca foi possível, recorro a especulações, suposições, sentimentos – modos da lógica com os quais nunca me senti totalmente à vontade. Meu palpite é que não era só o corpo de Nana que não conseguia parar quieto. Sua mente estava sempre girando. Ele era cheio de curiosidade, focado, quase sempre calado. E, quando fazia uma pergunta, havia outras cem à espreita por trás dela. Essa luta constante pela exatidão, pela posição correta das pernas, pela coisa certa a dizer, era o que fazia dele alguém que conseguia treinar arremessos livres por horas a fio, mas era isso também que o fazia ser alguém que enfrentava uma dificuldade maior para mudar a narrativa – para passar de uma autodeclaração negativa para uma positiva. Quando ele dizia que estava pouco se fodendo para o que o pai pensava, era de um jeito que deixava totalmente claro para mim que era exatamente com aquilo que ele mais se importava. E, como Nana se importava profundamente, pensava profundamente, imagino que essas fossem as afirmações negativas que ele recuperaria se um dia assistisse a um vídeo de si mesmo jogando basquete ou apenas levando sua vida. Elas não prejudicavam em nada sua capacidade de jogar, mas o prejudicavam de outros modos.

Talvez tivesse ajudado se nós fôssemos aquele tipo de família que conversava sobre seus sentimentos, que se entregava a um "Eu te amo", um pouco de *aburofo nkwaseasɛm*, de vez em quando. Em vez disso, eu nunca disse a Nana como me orgulhava dele, como adorava vê-lo na quadra de basquete. Nos dias de jogo, quando nossa mãe estava trabalhando, eu ia a pé até o colégio de Nana para vê-lo jogar. E depois esperava que ele acabasse de conversar com os outros jogadores e saísse do vestiário para que ele e eu pudéssemos voltar a pé para casa juntos. "Muito bem, Nana", eu dizia quando ele afinal saía no meio de uma nuvem de desodorante Axe. O treinador de Nana sempre ia embora assim que soava o apito de encerramento, de modo que o único adulto que ainda estava por ali era o zelador da noite, um homem que tanto Nana quanto eu evitávamos porque sua função sempre nos fazia pensar no nosso pai.

— 'Cês dois não parecem com nenhum par de irmãos que eu conheci — comentou o zelador, certa noite. — Quer dizer, "Muito bem, Nana", como se ele fosse seu empregado, seu aluno ou coisa que o valha. Você devia lhe dar um abraço, isso sim.

— Ora, cara — disse Nana.

— Estou falando sério. 'Cês dois parecem que mal se conhecem. Vamos, dê aí um abraço na sua irmã — disse ele.

— Não, cara, tudo bem com a gente — respondeu Nana, começando a andar na direção da porta. — Vamos, Gifty — ele disse, mas eu ainda estava ali parada, olhando para o zelador, que estava abanando a cabeça como que dizendo "as-crianças--hoje-em-dia".

— Gifty! — Nana gritou sem se virar, e eu fui correndo alcançá-lo. Eu tinha saído de casa quando ainda estava claro lá fora, mas quando nós dois chegamos à rua, já era noite, quente e abafada. Vagalumes nos cumprimentavam por toda parte. Os largos passos de Nana me forçavam a me apressar para acompanhá-lo, correndo e deslizando num ritmo que eu tinha aperfeiçoado ao longo dos anos.

— Você acha estranho a gente não se abraçar? — perguntei. Nana não fez caso de mim e acelerou o passo. Esses eram os tempos de Nana-ignorar-todo-mundo, quando minha mãe e eu trocávamos disfarçadamente olhares de solidariedade uma com a outra depois de algum gemido mal-humorado dele. Para Nana, minha mãe dizia, "Tá pensando que tá falando com tua turma? Vai desemburrando essa cara". Para mim, ela dizia, "Isso também vai passar".

Nós morávamos a quase dois quilômetros e meio da escola, uma caminhada tranquila para os padrões da minha mãe, mas que nos causava medo. As calçadas em Huntsville eram principalmente decorativas. As pessoas dirigiam suas SUVs para ir ao mercado a dois quarteirões de casa, com o ar-condicionado ao máximo. As únicas pessoas que andavam a pé eram aquelas como nós, pessoas que precisavam andar. Porque só tinham um carro, porque só tinham um responsável que trabalhava em dois turnos mesmo nos dias de jogo. Porque andar era de graça e o transporte público era inexistente ou não se podia contar com ele. Eu odiava as buzinas, as zombarias berradas quando baixavam as janelas. Uma vez, quando eu estava andando sozinha, um homem numa pick-up veio dirigindo devagar bem perto de mim, olhando para mim com um ar de tanta fome que fiquei com medo e me enfurnei na biblioteca, ficando escondida entre os livros até ter certeza de que ele não tinha vindo atrás de mim. Mas eu gostava de andar com Nana naquelas noites de primavera em que o tempo estava só começando sua veloz passagem de agradável para sufocante, quando o canto das cigarras dava lugar ao barulho dos gafanhotos. Eu adorava o Alabama de noite, quando tudo ficava parado, preguiçoso e lindo, quando o céu parecia repleto, cheio de insetos.

Nana e eu entramos na nossa rua. Um dos postes estava com a lâmpada apagada, e por isso havia um trecho de quase um minuto de escuridão quase total. Nana parou de andar.

— Você quer um abraço? — ele perguntou. Meus olhos ainda estavam se ajustando àquele pedaço escuro. Eu não conseguia ver o rosto dele, não podia dizer se ele estava sério ou só zombando de mim; mas, mesmo assim, refleti com cuidado sobre a pergunta.

— Não, no fundo, não — eu disse.

Nana começou a rir. Naqueles dois últimos quarteirões, ele seguiu sem pressa, no meu ritmo, para eu poder ir andando ao seu lado.

23

Eu receava voltar para meu apartamento e descobrir, descobrir sempre, que pouco tinha mudado. Por isso, comecei a passar cada vez mais tempo no laboratório. Encarava isso como uma "convivência com os camundongos do laboratório", mas praticamente não havia nada de interessante, muito menos de espiritual, nos meus dias enfadonhos e nas tardes que se prolongavam. A maioria dos meus experimentos nem mesmo exigia que eu fizesse muito mais do que dar uma verificada neles uma vez por dia para me certificar de que nenhum revés importante tivesse ocorrido, de modo que na maior parte das vezes eu simplesmente ficava sentada no meu escritório enregelante, trêmula, com os olhos fixos no meu documento em branco no Word, tentando invocar a motivação necessária para escrever meu trabalho. Era chato, mas eu preferia essa chatice familiar àquele tipo que eu encontrava em casa. Lá, a chateação vinha associada à esperança do seu alívio, e assim ganhava um matiz mais ameaçador.

No laboratório, pelo menos, eu tinha Han. Ele estava usando ferramentas de mapeamento cerebral para observar comportamentos de camundongos, e era a única pessoa que eu conhecia que passava mais tempo no laboratório do que eu.

– Você agora está dormindo aqui? – perguntei a Han, um dia, quando ele entrou com um estojo de escova de dente. – Você nunca se preocupa com a possibilidade de morrer aqui dentro e dias se passarem sem que ninguém encontre seu corpo?

Han deu de ombros e empurrou os óculos para cima.

– Um prêmio Nobel não cai do céu, Gifty, – ele respondeu. – Além do mais, você me encontraria.

– Nós precisamos sair mais – respondi, e então espirrei.

O problema de passar tanto tempo assim no laboratório com meus camundongos era que eu era alérgica a eles. Uma alergia comum na minha área. Anos de contato com suas partículas epiteliais, urina, saliva, tinham deixado meu sistema imunológico enfraquecido e extenuado. Embora os sintomas da maioria das pessoas incluíssem a combinação normal de coceira nos olhos e coriza, eu tinha o prazer especial de ver minha pele irromper em placas pruriginosas a qualquer instante em que chegasse a tocar minha própria pele sem lavar as mãos. Uma vez, a urticária apareceu na minha pálpebra. "Pare de se coçar", Raymond dizia sempre que eu, distraída, estendia a mão para a eterna placa no alto das minhas costas ou por baixo dos seios. Nós estávamos juntos havia uns dois meses; e, embora um pouco do encanto tivesse se dissipado, ainda não havia nada de que eu gostasse mais do que de vê-lo se movimentar pela cozinha com tanta elegância – pondo sal na comida, picando pimentas, lambendo molho da ponta do dedo indicador.

Naquela manhã, eu estava sentada num banco na sua cozinha, vendo-o revirar devagar os ovos mexidos, com o movimento do seu pulso tão hipnotizante que eu não percebia o que estava fazendo com meu próprio corpo. Eu tinha pedido a Raymond que me avisasse se me flagrasse quando eu estivesse me coçando, mas isso não me impedia de ficar incrivelmente irritada sempre que ele o fazia. *Não me diga o que fazer. O corpo é meu*, eu berrava em pensamento; mas minha voz dizia, "Obrigada".

— Quem sabe você não procura um médico? — sugeriu ele, um dia, depois de me ver engolir meu café da manhã de antialérgico e suco de laranja.

— Não preciso procurar nenhum médico. Eles só vão me dizer o que eu já sei. Use luvas, lave as mãos, blá-blá-blá.

— Blá-blá-blá? Você anda unhando as pernas enquanto dorme.

Raymond estava tomando um café da manhã decente — ovos com torrada, café. Ele me ofereceu um pouco, mas naquela época eu estava sempre atrasada. Não tinha tempo para comer, não tinha tempo para desperdiçar.

— Sabe que, para alguém que está fazendo pós em medicina, você é realmente esquisita na sua relação com médicos e medicamentos — ele disse. Estava se referindo à ocasião, alguns meses antes, em que um caso bastante forte de infecção na garganta tinha levado um médico na clínica de atendimento de emergência a me prescrever hidrocodona além do habitual antibiótico. Raymond tinha ido comigo apanhar o remédio na farmácia, mas, quando voltamos para casa, eu joguei os analgésicos no vaso sanitário e acionei a descarga.

— O sistema imunológico da maioria das pessoas — respondi eu, agora — é altamente capaz e eficiente. O exagero nas prescrições é um problema enorme neste país. E, se nós não assumirmos o comando da nossa própria saúde, ficaremos suscetíveis a todos os tipos de manipulação por parte da indústria farmacêutica, que lucra ao nos manter doentes e...

Raymond ergueu as mãos, admitindo a derrota.

— Estou só dizendo que, se um médico me prescreve a coisa certa, eu vou tomar.

A coisa certa. Não disse nada para Raymond. Só saí do apartamento, entrei no carro e fui para o laboratório, com a pele aos berros, chorando.

Eu tinha me tornado mais cuidadosa quanto ao modo de lidar com os camundongos depois do primeiro ano da pós-graduação. Lavava as mãos com maior frequência. E nunca tocava nos meus olhos. Era raro que eu tivesse reações tão graves quanto as que costumava ter no passado, quando acreditava que era invencível. Mas, mesmo assim, passar horas ali convivendo com os camundongos me deixava bastante desgastada antes do final do expediente.

Ficar tanto tempo no laboratório também afetava minha mente. A lentidão do trabalho, aquele jeito de demorar uma eternidade para que se registre mesmo a mais ínfima alteração, às vezes, tudo aquilo me deixava com a pergunta *Qual é o sentido?*

Qual é o sentido? tornou-se um refrão para mim, enquanto eu trabalhava maquinalmente. Um camundongo em especial fazia brotar essas palavras a cada vez que eu o observava. Ele era irremediavelmente dependente de Ensure, acionando a alavanca tantas vezes que tinha desenvolvido uma claudicação psicossomática na expectativa dos choques aleatórios. Mesmo assim, ele avançava com bravura, mancando, até a alavanca para acioná-la, acioná-la e acioná-la de novo. Logo ele seria um dos camundongos que eu usaria na optogenética, mas não antes de observá-lo repetir seus gestos fatídicos com aquela esperança maravilhosamente pura e iludida de um dependente, a esperança que diz, *Dessa vez será diferente. Dessa vez eu vou acertar.*

"Qual é o sentido de tudo isso?" é uma pergunta que distingue os humanos de outros animais. Nossa curiosidade acerca dessa questão deu início a tudo desde a ciência à literatura, à filosofia, à religião. Quando a resposta é "Porque Deus quis assim", nós talvez nos sintamos reconfortados. Mas e se a resposta a essa pergunta for "Não sei" ou, pior ainda, "Nenhum"?

24

Segundo um estudo de 2015 de autoria de T. M. Luhrmann, R. Padmavati, H. Tharoor e A. Osei, esquizofrênicos na Índia e em Gana ouvem vozes mais gentis, mais benevolentes que as vozes ouvidas por esquizofrênicos nos Estados Unidos. No estudo, pesquisadores entrevistaram esquizofrênicos que moravam nas cidades e nas proximidades de Chennai (a antiga Madras), na Índia; Acra, em Gana, e San Mateo, na Califórnia. O que descobriram foi que muitos dos participantes em Chennai e Acra descreviam como positivas suas experiências com as vozes. Eles também as reconheciam como humanas, de um vizinho ou de um irmão. Em contraste com essa visão, nenhum dos participantes de San Mateo descreveu experiências positivas com elas. Em vez disso, por suas descrições, eles se percebiam bombardeados por vozes duras, cheias de ódio, por violência e invasão.

"Olha, um maluco", minha tia me dissera naquele dia em Kumasi, tão tranquila quanto se estivesse me mostrando alguma condição do tempo. Aquele mar de gente em Kejetia não se abriu para ele, não recuou com medo. Se a presença dele era como uma condição do tempo, era uma única nuvem num dia de céu limpo. Não era um tornado; não era nem mesmo um temporal.

... Minha mãe costumava falar comigo e com Nana sobre um fantasma que assombrava o apartamento da sua prima naqueles seus primeiros dias nos Estados Unidos.

— Eu desligava a luz, e ele a acendia de novo. Ele mudava o lugar dos pratos e fazia tremer a sala. Às vezes, eu sentia que ele tocava nas minhas costas, e sua mão parecia uma vassoura roçando minha pele.

Nana e eu ríamos dela.

— Fantasmas não existem — nós dizíamos, e ela nos repreendia por estarmos nos tornando americanos demais, com o que ela queria dizer que não acreditávamos em nada.

— Vocês acham que fantasmas não existem, mas esperem só até verem um.

O fantasma que minha mãe via aparecia só quando a prima não estava no apartamento, o que era bem frequente, já que ela estudava na universidade em tempo integral e também trabalhava em meio expediente numa lanchonete Chick-fil--A. Minha mãe vinha lutando para encontrar trabalho. Ela passava a maior parte daqueles dias em casa sozinha com Nana ainda bebê. Estava chateada. Sentia saudades do Cara do *Chin Chin* e aumentou demais a conta de telefone da prima fazendo ligações para ele, até a prima a ameaçar de botá-la no olho da rua. As regras da casa: não me dê despesas e não tenha outros filhos. Minha mãe parou de ligar para Gana, deixando sua vida sexual do outro lado do oceano. Foi mais ou menos nessa época que começou a ver o fantasma. Sempre que nos contava histórias sobre o fantasma, falava dele com carinho. Apesar de ele irritá-la com suas travessuras, ela gostava da sensação da vassoura roçando nas suas costas. Gostava da companhia.

Li o estudo de Luhrmann no dia em que foi publicado no *British Journal of Psychiatry*, e não conseguia parar de pensar nele. O que me impressionou foi a qualidade da relação entre os participantes indianos e ganenses e as vozes que ouviam. Em Chennai eram as vozes de familiares; em Acra, a voz de Deus. Talvez os participantes encarassem as experiências como positivas por considerarem essas vozes verdadeiras – um deus vivo e real, parentes e amigos vivos e reais.

Minha mãe estava comigo cerca de uma semana e meia quando me ocorreu que havia uma outra coisa que eu podia fazer. Antes de sair para o trabalho de manhã, quando eu lhe levava um prato de sopa e um copo d'água, eu me sentava com ela um pouco e roçava minha mão pela parte da sua pele que não estivesse debaixo do cobertor. Se estivesse me sentindo mais confiante, afastava o cobertor só um pouquinho para poder massagear suas costas. Apertava sua mão, e às vezes, algumas vezes inestimáveis, ela também apertava a minha.

– Olha só você, meiga como uma americana – ela disse, um dia. Estava de costas para mim, e eu tinha acabado de puxar as cobertas para proteger seus ombros nus. O deboche era seu jeito preferido de demonstrar carinho, um sinal de seu antigo eu vindo à tona. Tive uma sensação como se tivesse encontrado um único dente de um fóssil de tiranossauro, empolgada, mas assoberbada pela ideia dos ossos maiores que ainda estavam enterrados.

— Eu? Meiga? — questionei, com um risinho, mas minha voz retribuiu o deboche. — Você, é você que é meiga.

Minha mãe se virou com enorme esforço para me encarar. Seus olhos se contraíram por um segundo, e eu me preparei, mas então sua expressão se abrandou. Ela até mesmo deu um leve sorriso.

— Você trabalha demais.

— Aprendi com você — respondi.

— Pois é — ela disse.

— Quer vir um dia ao laboratório? Podia ver o que eu faço. Geralmente é monótono, mas posso fazer uma cirurgia no dia em que você vier, para ser interessante.

— Quem sabe? — ela disse, e isso bastou para mim. Estendi minha mão para segurar a dela. Dei um apertinho, mas aquele tinha sido o último osso que eu encontraria no dia, talvez o último em semanas. Sua mão permaneceu sem vida.

25

Antes de minha mãe vir morar comigo, percebi que já não tinha uma Bíblia. Sabia que ela estava mal e era provável que não notasse, mas me incomodava a ideia de que tentasse pegar uma e não conseguisse encontrar. Fui à livraria do campus e comprei uma King James, versão atualizada, sentindo o mesmo nível de embaraço e medo de ser flagrada que se poderia sentir ao comprar um teste de gravidez. Ninguém deu a menor bola.

De início, eu mantinha a Bíblia na mesinha de cabeceira, onde minha mãe sempre manteve as nossas; mas, ao que eu pudesse ver, ela nunca a tocou. A Bíblia ficou ali naquela mesinha, na mesma posição, entrava dia, saía dia, acumulando poeira. Depois de um tempo, quando eu entrava para ficar ali sentada com ela, eu a pegava e começava a folheá-la, lendo trechos aqui e ali, interrogando a mim mesma para ver se eu me lembrava ou não daquelas centenas de versículos bíblicos que tinha guardado de cor ao longo dos anos. Na faculdade, sempre que me esforçava para me lembrar de todas as proteínas e os ácidos nucleicos que precisava conhecer bem para minha área de concentração, eu pensava na enorme quantidade de versículos bíblicos que ocupavam espaço no meu cérebro e sentia vontade de poder me livrar de tudo aquilo para abrir espaço para outras coisas. As pessoas pagariam uma nota para alguém que conseguisse transformar o cérebro numa peneira, que deixasse passar todo aquele conhecimento agora inútil – aquele jeito exato que seu ex gostava de ser beijado, o nome de ruas onde você não mora mais – preservando apenas o essencial, o imediato. São tantas as coisas que eu gostaria de poder esquecer, mas talvez "esquecer" não seja a palavra certa. São tantas as coisas que eu gostaria de nunca ter sabido.

A questão é que não precisamos mudar em nada nosso cérebro. O tempo se encarrega de tanta limpeza por nós. Se viver tempo suficiente, você vai se esquecer de quase tudo o que achava que iria se lembrar para sempre. Li a Bíblia como que pela primeira vez. Li sem seguir nenhuma ordem: a narrativa imponente e grandiosa do Antigo Testamento, as íntimas cartas de amor dos Evangelhos, e apreciei tudo de um jeito que não tinha apreciado quando criança, quando eu me entregava a uma atitude tão agressiva de memorizar as Escrituras que quase nunca me permitia tempo para pensar no que estava lendo, muito menos para saborear as palavras. Enquanto lia Coríntios 1, descobri que estava comovida com a linguagem.

— Isso aqui é, na realidade, belíssimo — disse eu a mim mesma, à minha mãe, a ninguém.

Eis um versículo do evangelho de João: *No princípio, era o Verbo, e o Verbo estava junto de Deus, e o Verbo era Deus.* Escrevi sobre esse versículo no meu diário na infância. Escrevi sobre como o próprio ato de escrever fazia com que eu me sentisse mais próxima de Deus e como manter um diário era um ato particularmente sagrado, tendo em vista que era o Verbo que estava junto a Deus, que *era* Deus. Naquela época, meu diário era o objeto que eu mais valorizava, e eu levava minha escrita muito a sério. Levava as palavras a sério. Tinha a sensação de que aquelas palavras da introdução do Evangelho de João tinham sido escritas só para mim. Pensava em mim mesma como uma apóstola perdida, meu diário como um novo livro da Bíblia. Eu era pequena quando fiz aquele registro, talvez tivesse sete ou oito anos, e era muito presunçosa a respeito. Sentia orgulho de como ele estava bem escrito. Quase me senti tentada a mostrá-lo à minha família ou ao pastor John.

Por isso, tive um pequeno choque, anos mais tarde, quando P.T. fez um sermão, um dos seus poucos sermões memoráveis, em que nos disse que a palavra "Verbo" era uma tradução da palavra *Logos* em grego, que na realidade não significava "verbo" de modo algum, mas sim algo mais parecido com "apelo" ou mesmo "premissa". Para meu coração de pequena apóstola, foi uma leve traição descobrir que eu tinha errado no registro do meu diário. Pior ainda, me pareceu então, era a traição da linguagem na tradução. Por que o inglês não tinha uma palavra melhor do que "Verbo", se "Verbo" não era suficientemente preciso? Comecei a encarar minha Bíblia com desconfiança. O que mais eu tinha perdido?

Embora me sentisse vítima de uma emboscada, sem dúvida, gostei da ambiguidade que a revelação trouxe para aquele versículo. No princípio, havia uma ideia, uma premissa; havia uma pergunta.

No meu primeiro ano na faculdade, compareci sozinha a um culto religioso. Usei um vestido preto, simples, e um chapéu de abas flexíveis com o qual eu poderia facilmente esconder o rosto, se bem que uma mulher de chapéu num culto religioso na universidade fosse uma figura tão estranha que eu provavelmente atraí para mim mais atenção, em vez de menos. Dirigi-me ao último banco e mal tinha dobrado os joelhos para me sentar quando gotículas de suor começaram a brotar na minha testa. O retorno da filha pródiga.

Naquele dia, a reverenda era uma catedrática da faculdade de teologia de Harvard, cujo nome agora não me ocorre. Ela falou sobre a literalidade na igreja e começou o sermão convidando a congregação a refletir sobre a pergunta: "Se a Bíblia é a infalível palavra de Deus, nós devemos abordá-la em termos literais?"

Quando eu era criança, eu teria respondido que sim, com ênfase e sem pensar duas vezes. O que mais me agradava na Bíblia, especialmente naqueles momentos bizarros no Antigo Testamento, era o fato de que pensar naquilo tudo em termos literais fazia com que eu sentisse a estranheza e o dinamismo do mundo. Eu não saberia dizer quanto sono perdi por causa de Jonas e daquela baleia. Puxava minhas cobertas bem acima da minha cabeça e ia me enfurnando pela caverna assim criada, escura e úmida com minha respiração. E pensava em Jonas naquele navio rumo a Társis e pensava naquele Deus terrível e punitivo que ordenou que ele fosse lançado ao mar para ser engolido inteiro por uma baleia gigante. E eu sentia minha respiração ficar entrecortada naquele espaço confinado e ficava assombrada, realmente assombrada, com Deus, com Jonas, com a baleia. O fato de que coisas desse tipo pareciam não ocorrer nunca no momento presente não me impedia de acreditar que elas tinham acontecido na época da Bíblia, quando tudo era mais carregado de significado. Quando se é tão criança, o tempo parece se arrastar. A distância entre os quatro e os cinco anos de idade é uma eternidade. A distância entre o presente e o passado bíblico é insondável. Se o tempo era real, então absolutamente qualquer coisa poderia ser real também.

O sermão da reverenda naquele dia foi lindo. Ela abordou a Bíblia com uma sutileza extraordinária, e sua interpretação era tão humana, tão ponderada, que senti vergonha do fato de muito raramente eu ter associado essas duas atitudes à religião. Minha vida inteira teria sido diferente se eu tivesse sido criada indo à igreja dessa mulher, em vez de frequentar uma igreja que parecia evitar o intelectualismo como uma armadilha do mundo laico, destinada a solapar nossa fé. Até mesmo a pergunta hipotética de Nana sobre os moradores do povoado na África tinha sido tratada como uma ameaça, em vez de como uma oportunidade. O P.T. que tinha revelado que no início era o *Logos,* a ideia, a pergunta, era o mesmo P.T. que tinha se recusado a pensar na possibilidade ou impossibilidade de salvação para aqueles mesmos africanos hipotéticos; e, ao agir assim, negou a premissa, a questão em si.

Quando o pastor John pregava contra os hábitos predominantes no mundo, ele estava falando de drogas, álcool e sexo, sim, mas também estava pedindo à nossa igreja que se protegesse de uma espécie de progressismo que vinha ultrapassando os limites já havia anos. Não estou dizendo "progressista" num sentido político, embora esse aspecto, sem dúvida, fizesse parte. Estou falando em progresso no sentido natural pelo qual o aprendizado de alguma coisa nova requer que você se livre de alguma coisa antiga, como, por exemplo, a descoberta de que o mundo é esférico significa que já não é possível manter-se fiel à ideia de que um dia se poderia cair da borda da Terra. E agora que aprendeu que algo que considerava verdadeiro não era verdadeiro de modo algum, todas as ideias às quais você se apega passam a ser questionadas. Se a Terra é esférica, será que Deus é real? O literalismo é útil na luta contra a mudança.

No entanto, embora fosse fácil encarar ao pé da letra alguns ensinamentos da Bíblia, era muito mais difícil ser literal acerca de outros. Por exemplo, como o pastor John podia pregar literalmente contra os pecados da carne quando sua própria filha engravidou aos dezessete anos? É quase banal demais para se poder acreditar, mas aconteceu. Mary, como por ironia ela se chamava, tentou ocultar sua condição por meses, com agasalhos folgados e resfriados de mentirinha, mas não demorou tanto assim para a congregação inteira se dar conta. E logo os sermões do pastor John a respeito dos pecados da carne assumiram um aspecto diferente. Em vez de um Deus punitivo, o que era descrito para nós era um Deus do perdão. Em vez de uma igreja crítica, nós éramos incentivados a ser uma igreja aberta. A Bíblia não mudou, mas as passagens que ele escolhia, sim. Seu estilo de fazer sermões também. Quando foi chegando a hora prevista para o parto, Mary e o pai da criança já estavam casados, e tudo estava perdoado; mas eu nunca me esqueci. Nós lemos a Bíblia como queremos ler. Ela não muda, mas nós, sim.

Depois do sermão de P.T., meu interesse pela ideia de *Logos* se aprofundou muito. Comecei a escrever no meu diário com mais frequência, mas a natureza dos meus registros mudou. Enquanto, antes, eles eram simples relatos do meu dia e das coisas que eu queria que Deus fizesse, depois, eles se tornaram listas de todas as perguntas que eu tinha, todas as coisas que não chegavam a fazer sentido para mim.

Também comecei a prestar mais atenção em minha mãe. Quando ela falava fânti ao telefone com as amigas, parecia que se tornava de novo uma garota, dando risinhos e fazendo fofocas. Quando falava twi comigo, era seu eu-mãe, severa, assustadora, afetuosa. Em inglês, ela era meiga. Tropeçava e ficava envergonhada; e, para esconder isso, ela hesitava. Eis um registro do diário por volta daquela época:

> *Querido Deus,*
> *A Mamba-Negra nos levou, a mim e Buzz, para comer fora hoje. A garçonete veio e perguntou o que queríamos beber, e AMN disse água, mas a garçonete não conseguiu ouvir e pediu que ela repetisse, mas ela não repetiu. E Buzz respondeu por ela. Será que ela achou que a garçonete não a entendeu? Mas é que ela estava falando tão baixo que parecia que estava falando consigo mesma.*

Houve outras ocasiões como essa, em que a mulher que, na minha cabeça, eu considerava temível se encolhia até se tornar alguém que eu mal reconhecia. E acho que ela não fazia isso porque quisesse. Acho, sim, que ela simplesmente nunca descobriu como traduzir para essa nova língua quem ela de fato era.

26

Mary, a filha grávida do pastor, foi tema de fofocas na nossa pequena comunidade evangélica por mais de nove meses. Enquanto sua barriga ia crescendo, o mesmo acontecia com os boatos. Que ela teria concebido o bebê no batismo da Primeira Assembleia, numa noite de domingo, depois do culto. Que o pai do bebê era um piloto da NASCAR, cuja mãe era membro da nossa congregação. Quando o pastor John tirou Mary da escola para estudar em casa, todos supusemos que a escola estava de algum modo relacionada com a gravidez. Podia ser que tivesse acontecido lá. Ao longo de todas essas conjecturas, Mary não disse palavra. Quando o pai, um garoto tímido e amável de uma igreja próxima, finalmente se revelou, os dois, noivo e noiva crianças, se casaram antes do terceiro trimestre. Os rumores se abrandaram, mas não pararam.

O problema era que não era só Mary que tinha engravidado. Naquele ano, outras quatro meninas entre quatorze e dezesseis anos da nossa igreja tinham feito suas próprias revelações. Para não falar nas garotas de igrejas por toda a cidade. Eu estava com doze anos. O máximo de educação sexual que tinha recebido foi mais cedo naquele ano, na escola, quando uma mulher de uma igreja batista de Madison tinha visitado nossa aula de ciências dois dias seguidos para nos dizer que nosso corpo era um templo e que não deveríamos permitir a qualquer um acesso a ele. Depois, ela nos deu um trabalho de casa, uma redação com a recomendação "Escreva sobre os motivos pelos quais a paciência é uma virtude". Toda a linguagem era vaga e metafórica. Nosso templo sagrado; nossa caixa de prata; nossos dons especiais. Acho que ela não pronunciou as palavras "pênis" ou "vagina" nem uma única vez. Saí sem a menor ideia do que o sexo realmente era. Mas do pecado, eu tinha conhecimento. E, enquanto ficava olhando todas aquelas garotas mais velhas carregando o pecado na barriga para o mundo inteiro ver, eu entendia que o fato de essas meninas serem jovens, solteiras, grávidas, representava um tipo particular de vergonha que se abatia sobre minha congregação.

Logo depois de Melissa, a última das cinco, ter anunciado sua gravidez, minha igreja fez uma espécie de intervenção. Não me disseram aonde estávamos indo, mas eu e todas as outras pré-adolescentes entramos na van da igreja e fomos levadas ao centro da cidade, a um velho galpão que parecia estar pronto para ser demolido. Já havia outras garotas lá. Em sua maioria, mais velhas que nós. Uma, visivelmente grávida. A sala estava arrumada como que para uma reunião de diretoria. À cabeceira da mesa estava uma mulher com o cabelo louro acinzentado, sem brilho. Ela parecia ser alguém que tinha sido provavelmente bonita e popular só umas duas décadas atrás, mas que então tinha saído da escola, onde a admiração era fácil e abundante, para sofrer no mundo real.

– Podem entrar, meninas. Vão se sentando – disse ela. Eu e minhas colegas da igreja ocupamos os lugares da outra extremidade da mesa. "Sabe o que está acontecendo?", sussurravamos entre nós. As garotas que já estavam lá olhavam ferozes para nós, cruéis em seu tédio. – Quantas de vocês já fizeram sexo? – a mulher perguntou quando nós todas estávamos instaladas. Todas olharam ao redor, mas ninguém levantou a mão, nem mesmo a grávida.

– Ora, vamos. Nada de timidez – ela disse. Aos poucos, mãos começaram a se erguer em toda a minha volta. Fiz minhas avaliações, calada. – Este prédio era um lugar aonde as mulheres vinham para matar seus bebês, mas Deus houve por bem transformá-lo. Ele instilou no coração do meu pastor a ideia de usar este lugar para o bem, ao invés de para o mal. E agora nós trazemos meninas, como vocês, para cá para lhes ensinar tudo sobre como Deus quer que vocês esperem. Estou lhes dizendo, meninas, mesmo que já tenham feito sexo, vocês podem pedir a Deus que perdoe. Vocês podem sair daqui melhores do que quando entraram. Amém?

Durante as oito horas seguintes, a srta. Cindy, como ela pediu que a chamassem, nos guiou por todo o seu curso sobre abstinência. Ela nos mostrou *slides* de genitálias cheias de manchas, com corrimentos, vermelhas como uma placa de PARE, atingidas por DSTs. Falou sobre sua própria gravidez na adolescência. ("Amo minha filha e acredito que tudo acontece por um motivo, mas, se pudesse voltar no tempo e dizer a meu eu mais jovem para ficar de pernas fechadas, é isso o que eu faria.") A única parte boa daquilo tudo foi quando serviram comida do Steak-Out para o almoço.

– Se vocês e eu fôssemos vizinhas, – disse a srta. Cindy a certa altura, depois de seis horas – e entrássemos num pacto solene de que nossos cordeiros podiam pastar livremente nas terras umas das outras, teríamos de selar esse pacto sacrificando um dos nossos cordeiros. Um pacto solene não é uma promessa. É muito mais do que isso. Um pacto exige que sangue seja derramado. Lembrem-se de que a Bíblia afirma que o casamento é um pacto solene; e, quando você se deitar com seu marido na noite de núpcias e seu hímen for rompido, é esse sangue que está selando seu pacto. Se você já tiver feito sexo com outros homens, já terá feito promessas que não poderá cumprir.

Passamos o resto do nosso tempo ali, abismadas de medo, olhando para os destroços dessa mulher e nos perguntando quem, o que a tinha destroçado.

...

Já fiz promessas que não posso cumprir, mas levei um tempo para fazê-las. Durante anos a fio, as palavras da srta. Cindy bastaram para me impedir de explorar o "mundo secreto" entre minhas pernas, para que eu não destruísse meu casamento imaginário antes mesmo que ele começasse. Não muito tempo depois da minha sessão de oito horas no prédio abandonado da clínica de abortos, minhas menstruações começaram. Minha mãe pôs a mão no meu ombro e orou pedindo que eu fosse uma boa guardiã da minha feminilidade. Ela então me entregou uma caixa de absorventes internos e me mandou à luta.

Agora é ridículo pensar em como meu conhecimento da anatomia humana era limitado naquela época. Fiquei olhando para o aplicador do absorvente. Encostei-o nos grandes lábios e empurrei. Vi o rabinho branco do absorvente escorregar do aplicador quando os dois caíram no chão. Repeti com metade da caixa até desistir, decidindo que era melhor manter certas coisas como um mistério mesmo. Foi só no meu ano de caloura na faculdade, na aula de biologia, que aprendi o que a vagina de fato era e onde ela se localizava.

Na aula naquele dia, fiquei olhando para o diagrama, assombrada com o mundo secreto, um mundo interno, sendo revelado. Olhei ao redor, para minhas colegas e pude ver em suas expressões de total normalidade que elas já sabiam tudo aquilo. Seu corpo não lhes tinha sido proibido. Não foi a primeira nem seria a última vez em Harvard que eu teria a sensação de estar começando atrasada, tentando recuperar uma formação inicial que tinha sido cheia de lacunas. Voltei para meu quarto no dormitório e, hesitante e furtiva, peguei um espelho pequeno e me examinei, perguntando-me o tempo todo como, se eu não tivesse saído da minha cidade, se eu não tivesse continuado meus estudos, teria sido preenchida essa lacuna específica, a questão da anatomia, do sexo. Eu estava cansada de aprender as coisas do jeito mais difícil.

— Desculpa minha grosseria naquela hora. É que é tão esquisito ouvir uma pessoa falar de Jesus numa aula de ciências, sabe?

Anne, do meu grupinho, tinha conseguido me alcançar depois da minha explosão na aula de Ciência Integrada. Nem me incomodei de lhe dizer que eu não tinha mencionado Jesus de modo algum. Só acelerei o passo para atravessar o quadrilátero, que estava deserto e assustador àquela hora. Ela continuou andando comigo até chegarmos ao meu prédio. E então ficou ali parada, com o olhar fixo em mim.

— Você também mora aqui? — perguntei.

— Não, mas achei que a gente podia bater um papo.

Eu não queria bater papo. Queria que ela fosse embora. Queria que aquela aula acabasse, que a faculdade acabasse, que o mundo acabasse, para todos poderem esquecer a mim e a vergonha que eu tinha passado.

Olhei para Anne como que pela primeira vez. Ela estava com o cabelo puxado para cima num coque desarrumado, preso por dois *hashis* do refeitório. As bochechas estavam vermelhas da caminhada ou do clima. Parecia cansada e um pouco ferina. Deixei-a entrar.

    Naquele ano, nós duas nos tornamos inseparáveis. Na realidade, não sei como aconteceu. Anne estava terminando a faculdade. Ela e seu grupo de amigos multirraciais e de múltiplos gêneros faziam com que eu sentisse que talvez houvesse um lugar para mim naquela tundra da Costa Leste. Anne era divertida, estranha, linda e cáustica. Não tinha paciência com gente boba, e às vezes eu era a boba.

    – É ridículo. Tipo, você vai ter que passar o resto da vida se flagelando por toda a merda que acha que aprontou e que "Deus" não aprovaria? – ela perguntou um dia, mais para o meio do semestre de primavera, quando o clima do inverno tinha começado a se abrandar e algumas flores estavam só começando a surgir do chão, se estendendo para o sol.

    Estávamos sentadas na minha cama enquanto Anne matava aula, e eu esperava o início da minha próxima. Às vezes, ela passava o dia inteiro no meu quarto. Eu terminava todas as minhas aulas e voltava para encontrá-la enroscada na minha cama, com o laptop aquecendo sua barriga enquanto ela fazia sua milionésima maratona de *Sex and the City*.

    Anne sempre dizia "Deus" fazendo aspas no ar e revirando os olhos. Seu pai era brasileiro, e sua mãe, americana. Eles tinham se conhecido num retiro de meditação budista em Bali, antes de abandonarem totalmente a religião e se mudarem para o Oregon para criar os dois filhos sem a noção de deus. Anne olhava para mim como alguém poderia olhar para um alienígena que tivesse caído dos céus e precisasse aprender um jeito de se incorporar à vida humana.

    – Eu não me flagelo. E já nem mesmo acredito em Deus – eu disse.

— Mas você é tão rígida consigo mesma. Você nunca mata aula. Você não bebe. Nem mesmo experimenta drogas.

— Nada disso é por causa da minha religião — respondi com um olhar que eu esperava dizer *Pode parar*.

— Você é esquisita com o sexo.

— Não sou esquisita com o sexo.

— Você é virgem, não é?

— Tem muita gente que é virgem.

Anne mudou de posição na cama para poder me encarar. Ela se inclinou tão perto de mim que pude sentir sua respiração nos meus lábios.

— Alguém já te beijou? — ela perguntou.

27

A temporada de basquete começava em novembro, mas para Nana o esporte se estendia pelo ano inteiro. No verão, ele frequentava uma colônia de férias dedicada ao basquete. Durante a temporada, jogava pela equipe da escola. E passava todo o resto do ano na nossa entrada de carros ou se dirigindo para as quadras ao ar livre em Huntsville e nas imediações, para alguma partida improvisada com o pessoal que estivesse por lá. Minha mãe e eu éramos submetidas a horas e mais horas de basquetebol na televisão. Quando Nana convidava amigos, todos gritavam para a televisão, uns berros ininteligíveis, como se os jogadores na telinha lhes devessem alguma coisa. Nana agia igual quando os outros estavam ali; mas, quando estava só, assistia em silêncio, em concentração total. Às vezes, até fazia anotações.

Não demorou para recrutadores de faculdades começarem a aparecer quando ele jogava. Alabama, Auburn, Vanderbilt, UNC. Nana jogava bem sem se importar com quem estivesse assistindo. Minha mãe e eu fizemos mais um esforcinho para aprender as regras para podermos participar melhor das suas vitórias, mas, mesmo enquanto estávamos tentando, sabíamos que não fazia diferença. Nana era a vitória. Ele estava só no início do segundo ano do ensino médio e já tinha batido recordes do estado inteiro. Com todos os treinos, exercícios e jogos fora de casa, era fácil para Nana se desvencilhar dos cultos da quarta à noite e das manhãs de domingo na Assembleia de Deus. Eu sabia que minha mãe ficava magoada ao ver Nana preferindo o esporte a Deus. Por isso, em vez de me dirigir para o grupo juvenil, comecei a frequentar a "igreja dos grandes". Queria me sentar ao lado dela, fazer com que ela sentisse que pelo menos um dos seus rebentos ainda se importava com o que ela se importava.

Eu tinha oito, depois nove anos. Ficava entediada. Se cochilava, o que muitas vezes acontecia, minha mãe beliscava meu braço e cochichava para eu prestar atenção. Não me lembro muito bem dos sermões, mas me lembro das chamadas ao altar que vinham depois deles todos os domingos. A fala do pastor John era sempre a mesma. Até hoje posso recitá-la de cor.

– Agora, sei que alguém está sentado aí, com o coração entristecido. Sei que alguém aí está cansado de carregar uma cruz. E estou lhe dizendo agora, você não precisa sair daqui igual a quando chegou. Amém? Deus tem um plano para você. Amém? Você só precisa convidar Jesus a entrar no seu coração. Ele se encarregará de tudo o mais. – O pastor John dizia isso, e a líder de adoração se apressava a ir ao piano e começar a tocar. – Será que alguém gostaria de vir ao altar hoje? – O pastor John perguntava, com a música se espalhando por todo o salão. – Será que alguém gostaria de entregar sua vida a Cristo?

Depois de alguns meses da "igreja dos grandes", percebi que minha mãe me lançava olhares furtivos sempre que o pastor John fazia seu chamado. Eu sabia o que aqueles olhares significavam, mas não estava pronta para aquela longa caminhada até o altar, para a congregação inteira com os olhos fixos em mim, orando para que Jesus me livrasse dos meus pecados.

Eu ainda queria meus pecados. Ainda queria minha infância, minha liberdade de cochilar na igreja dos "grandes" sem maiores consequências. Eu não sabia o que aconteceria comigo uma vez que atravessasse a linha entre o pecado e a salvação.

Nana não conseguia se decidir por uma faculdade. Ele costumava repassar sua lista de prós e contras comigo enquanto nossa mãe estava no trabalho. Queria ficar no Sul, mas não queria ter a impressão de que praticamente não tinha saído de casa. Queria com o tempo entrar para o basquete profissional, mas também queria ter uma experiência universitária boa, normal.

— E se você ligasse pro papai pra ver o que ele acha? — sugeri. Nana olhou para mim com ódio. O Cara do *Chin Chin* tinha nos ligado havia pouco tempo para nos contar que ia se casar outra vez; e, desde então, Nana tinha parado de falar com ele. Não tinha ocorrido a nenhum de nós dois que ele e minha mãe tinham se divorciado. Até aquele dia, ele era nosso pai distante, seu marido distante. Agora, quem ele ia ser?

Nos dias em que ele ligava, que eram poucos e mais espaçados, minha mãe me entregava o telefone, e eu passava meus dois minutos indispensáveis numa conversa vazia sobre o tempo e a escola, até o Cara do *Chin Chin* pedir que eu passasse o aparelho para Nana. "Ele está no basquete", eu dizia; e Nana ficava olhando para mim, fazendo que não, furioso. Depois que eu desligava, esperava que nossa mãe me castigasse por ter mentido ou castigasse Nana por não querer falar, mas ela nunca fez isso.

Ela precisou trabalhar no dia do jogo de Nana contra o colégio de Ridgewood. Não era um jogo importante. Ridgewood estava em penúltimo lugar no estado, e todos contavam com uma vitória fácil para a equipe de Nana.

Preparei um lanche rápido para mim mesma e fui a pé assistir à partida. A arquibancada estava quase vazia, eu escolhi um lugar no meio e saquei meu dever de casa. Nana e seus colegas de equipe estavam fazendo o aquecimento, e de vez em quando, ele e eu nos olhávamos e fazíamos caretas um para o outro.

A primeira metade do jogo foi como se esperava. Ridgewood estava quinze pontos atrás, e a equipe de Nana estava levando tudo com tranquilidade, como se a partida fosse um treino. Terminei meu trabalho de matemática mais ou menos na hora em que soou a campainha de meio tempo. Acenei para Nana quando ele e a equipe entraram no vestiário; e então passei para o dever de ciências. Eu estava na quarta série, e nosso programa da matéria para aquele mês era o coração humano, com todos os seus ventrículos, válvulas e veias pulmonares. Eu gostava da matéria, mas era péssima em desenho. Tinha levado para o jogo meu estojo de lápis de cor e meu livro de ciências. Eu os espalhei na arquibancada ao meu redor e comecei a desenhar, olhando atenta da minha folha de papel em branco para a imagem do coração no meu livro. Comecei pelas veias pulmonares e passei então para a veia cava inferior. Errei o ventrículo direito e comecei a apagar, bem na hora em que tinha início a segunda metade da partida.

Mesmo naquela época, era fácil eu me sentir decepcionada comigo mesma sempre que achava que não estava fazendo alguma coisa exatamente como devia ser. Essa frustração às vezes me levava a desistir, mas alguma coisa no fato de estar assistindo a uma partida de Nana, vendo que ele e seus companheiros venciam com tão pouco esforço, me causou a sensação de que eu poderia desenhar o coração perfeito se ao menos insistisse.

Eu estava olhando para aquele meu coração quando ouvi um grito forte. De início, não vi o que tinha acontecido, mas logo percebi Nana no chão, segurando o joelho junto ao peito, apontando para o tornozelo. Desci correndo para a quadra e fiquei ali, sem saber o que fazer para ajudar. O socorrista veio à quadra e começou a fazer perguntas a Nana, mas não consegui ouvir nada. Por fim, decidiram levá-lo para a emergência do hospital.

Fui com ele na traseira da ambulância. Nós não éramos uma família que se desse as mãos, mas éramos uma família que orava. Abaixei a cabeça e sussurrei minhas preces enquanto Nana olhava para o teto sem nenhuma expressão.

Nossa mãe foi nos encontrar no hospital. Não tive coragem de perguntar quem estava cuidando da sra. Palmer, mas me lembro de que estava tão preocupada com minha mãe ser capaz de manter o emprego quanto estava preocupada com Nana. Ele ainda estava sentindo dor, mas procurava ser estoico. Parecia mais contrariado do que qualquer outra coisa, sem dúvida já pensando nas partidas que deixaria de jogar, no tempo que teria de ficar se recuperando.

— Nana, — disse o médico ao entrar na sala. — Sou grande fã seu. Minha mulher e eu assistimos à sua partida contra o Hoover, e você foi sensacional. — Ele parecia jovem demais para ser médico e tinha aquele jeito de falar arrastado que alguns sulistas têm, como se cada palavra tivesse de atravessar um rio de melado antes de conseguir sair da boca. Tanto minha mãe quanto eu não parávamos de olhar para ele com uma boa dose de desconfiança.

— Obrigado, senhor — disse Nana.

— A boa notícia é que você não fraturou nada. A má notícia é que se romperam alguns ligamentos no tornozelo. Agora, não tem muito que se possa fazer por esse lado, além de repouso e compressas de gelo. Deveria se curar sozinho. Vou lhe prescrever Oxicodona para a dor e depois você vai fazer o acompanhamento com seu clínico geral daqui a algumas semanas para ver como está evoluindo. Rapidinho, você vai estar de volta na quadra, certo?

Ele não esperou que nenhum de nós falasse. Simplesmente se levantou e saiu da sala. Uma enfermeira entrou depois dele com algumas instruções para a convalescença, e nós três nos encaminhamos para o carro. No fundo, não me lembro de muito mais daquele dia. Não me lembro de ter ido à farmácia comprar os comprimidos. Não me lembro se Nana usou muletas ou se imobilizaram seu pé, se ele passou o resto do dia largado na nossa sala de estar com o pé mais para o alto, tomando sorvete enquanto nossa mãe cuidava dele como se ele fosse um rei. Pode ser que todas essas coisas tenham acontecido. Pode ser que nenhuma. Foi um dia ruim, mas a natureza desse aspecto ruim foi totalmente corriqueira, só um azar tipicamente normal. Normais era como eu sempre tinha pensado em nós, nosso quarteto que tinha se transformado em trio. Normais, mesmo que fôssemos tão diferentes a ponto de chamar a atenção naquele nosso cantinho do Alabama. Hoje, porém, eu gostaria de poder me lembrar de cada detalhe daquele dia, porque assim talvez pudesse identificar o momento exato em que começamos a nos afastar da normalidade.

28

Eu estava ficando apegada demais ao camundongo que claudicava. Não conseguia deixar de sentir pena dele cada vez que vinha trôpego na direção da alavanca, pronto para o castigo e o prazer. Observava sua linguinha se esticar para lamber o Ensure. Assistia quando ele se sacudia para se livrar dos choques nos pés e então voltava para beber mais.

— Você já experimentou Ensure? — perguntei a Han, um dia no laboratório. Depois de quase um ano trabalhando juntos, nós finalmente tínhamos quebrado o gelo. Aquele vermelhão da cor de hidrante nas suas orelhas, que denunciava seu constrangimento, tinha ficado para trás. Ele riu.

— Para você, eu pareço uma velhota ou um camundongo?

— Acho que vou comprar um — eu disse.

— Você está brincando.

— Você não sente nenhuma curiosidade?

Ele fez que não, mas eu já tinha me decidido. Saí do laboratório e fui de carro ao Safeway mais próximo. Comprei dois do original, um de chocolate e um de noz-pecã amanteigada, só pela novidade. Tinha parado de ir a esse Safeway por causa da caixa que eu queria levar para a cama, mas a encarei com valentia, o Ensure na mão. Lancei-lhe um olhar que, eu esperava, dizia que eu estava tentando assumir o controle da minha própria saúde. Por um segundo, imaginei seu pensamento, *Que mulher forte,* imaginei que ela se excitasse com minha escolha improvável, porém empoderada, de bebida, e então me levasse discretamente ao depósito para uma provinha. Em vez disso, ela nem mesmo olhou nos meus olhos.

Depois, voltei para o laboratório a alta velocidade. Costumava haver policiais patrulhando esse pequeno trecho da estrada para aplicar multas por excesso de velocidade, mas meu adesivo de para-choque que me identificava como aluna da pós-graduação em medicina de Stanford já tinha me livrado pelo menos uma vez de uma multa. O policial naquele dia tinha pedido minha carteira de motorista e o registro do carro, enquanto tagarelava o tempo todo.

– Você estuda o quê? – ele perguntou.
– Como assim?
– O adesivo no para-choque. Você é médica do quê?

Não me dei ao trabalho de corrigi-lo.

– Sou neurocirurgiã – preferi responder. Ele assoviou e me devolveu os documentos.

– Você deve ser muito inteligente – ele disse. – Deveria proteger esse seu cérebro. Da próxima vez, reduza a velocidade.

Han começou a rir no instante em que me viu chegar com as garrafas.

– Tem certeza de que não vai ceder à tentação? – perguntei. – Você não quer saber o motivo para tanta empolgação?

– Você é bem esquisita – Han disse, como se isso só lhe estivesse ocorrendo pela primeira vez nessa hora. Então deu

de ombros e se resignou à minha estranheza e ao experimento.
— Você sabe tanto quanto eu que, mesmo depois de bebermos isso aí, ainda não vamos saber o motivo para tanta empolgação. Não somos camundongos. Não vamos conseguir nos viciar nesse troço.

É claro que ele estava com a razão. Eu não estava esperando ter um barato bebendo leite achocolatado fortificado. Na realidade, não estava esperando nada além de um pouco de divertimento e, por mais bobo que fosse, um ponto de apoio a partir do qual eu pudesse entender aquele camundongo claudicante que tinha atraído minha atenção.

Agitei o frasco de chocolate e o abri. Bebi um pouco e o passei para Han, que tomou dois golinhos.

— Não é ruim — ele disse e então viu a expressão no meu rosto. — Qual é o problema, Gifty?

Tomei mais um gole de Ensure. Han estava certo. Não era ruim, mas também não era gostoso.

— Meu irmão era dependente de opioides. Ele morreu de uma *overdose*.

Na primeira vez que vi Nana num barato, não entendi o que estava vendo. Ele estava jogado no sofá, com os olhos revirados para trás, um leve sorriso no rosto. Achei que ele meio que dormia, sonhando um sonho delicioso. Dias foram se passando assim, depois uma semana. Por fim, saquei. Nenhum sonho poderia causar aquele tipo de destruição.

Demorei um tempo para juntar coragem, mas um dia pedi a Nana que descrevesse como ele se sentia quando tomava os comprimidos ou se picava. Fazia seis meses que ele se tornara dependente; faltavam dois anos e meio para ele morrer. Não sei o que me deu coragem para fazer uma pergunta daquelas.

Até aquele momento, eu tinha seguido uma política de não--ousar-tocar-no-assunto, calculando que, se evitasse qualquer menção a drogas ou à dependência, o problema desapareceria sozinho. Mas a questão não era só eu evitar falar na dependência de Nana porque eu queria que ela desaparecesse. O fato era que ela era tão presente que mencioná-la parecia ridículo, redundante. Naquele curto período, a dependência de Nana tinha se tornado o sol em torno do qual a vida de todos nós girava. Eu não queria olhar direto para aquela luz.

Quando perguntei a Nana como era a sensação do barato, ele deu um risinho para mim e esfregou a mão na testa.

— Não sei — ele disse. — Não dá para descrever.

— Tenta.

— É só uma sensação legal.

— Faz um esforço — eu disse.

A raiva na minha voz surpreendeu a nós dois. Nana já tinha se acostumado a todos os gritos, súplicas e lágrimas da nossa mãe, enquanto ela tentava convencê-lo a parar, mas eu nunca gritava. Tinha medo demais para sentir raiva, me sentia triste demais. Nana não conseguiu se forçar a olhar para mim, mas, quando finalmente olhou, eu desviei meu olhar. Por anos antes que ele morresse, eu olhava para seu rosto e pensava: *Que pena. Que desperdício.*

Nana deu um suspiro antes de falar.

— É incrível, como se minha cabeça simplesmente se livrasse de tudo e não sobrasse nada... Num bom sentido.

29

Minha mãe precisou trabalhar na noite de domingo depois do acidente de Nana. O frasco de oxicodona ainda não tinha começado a se esvaziar a uma velocidade maior do que deveria, e assim nós ainda não sabíamos que devíamos nos preocupar com qualquer coisa que não fosse o seu tornozelo. Ela tinha tirado aquela semana de folga para cuidar dele, até que uma mensagem de voz furiosa do seu patrão a fez voltar para a casa dos Palmer.

Pedi para ela me levar à igreja quando fosse sair para o trabalho noturno, e ela ficou tão empolgada de me ver querendo ir à igreja sozinha, sem precisar me instigar, que nem mesmo pareceu se incomodar com o fato de a igreja ficar fora de mão.

Não havia muita gente lá naquela noite. Escolhi um lugar nos bancos do meio e tratei de me manter acordada. A líder de adoração naquela noite era a mulher com a voz gorjeante. "Para eeeeeele queeeee estááááá sentaaaaaado no trooooono", ela cantava, com seu vibrato tão forte que chegava a tirá-la da marcação do compasso. Eu acompanhava batendo palmas, lutando contra o impulso de tampar meus ouvidos até que alguma outra solista tivesse a oportunidade de brilhar.

Depois da adoração, o pastor John foi até o púlpito. Sua pregação foi do livro de Isaías, um sermão curto e enfadonho que não colaborou para comover os poucos fiéis que tinham decidido ter algum contato com Deus antes da semana de trabalho. Até mesmo o pastor John parecia entediado com sua própria mensagem. Ele pigarreou, fez uma pequena prece de encerramento e passou para o chamamento ao altar.

— Agora, sei que alguém está sentado aí, com o coração entristecido. Sei que alguém aí está cansado de carregar uma cruz. E estou lhe dizendo agora, você não precisa sair daqui igual a quando chegou. Amém? Deus tem um plano para você? Amém? Você só precisa convidar Jesus a entrar no seu coração. Ele se encarregará de tudo o mais. Será que alguém gostaria de vir ao altar hoje? Será que alguém gostaria de entregar sua vida a Cristo?

O santuário estava em silêncio. As pessoas começaram a olhar para o relógio de pulso, a guardar sua Bíblia, a fazer a contagem regressiva do número de horas que lhes restava até a segunda chegar e o trabalho chamar.

Eu não fiz nenhum movimento. Alguma coisa se abateu sobre mim. Alguma coisa deu em mim, me preencheu e me dominou. Eu tinha ouvido aquele chamamento ao altar centenas de vezes, sem sentir absolutamente nada. Eu tinha feito minhas orações, escrito meus registros no diário e ouvido só o mais imperceptível sussurro de Cristo. E desse sussurro eu desconfiava, porque podia ser que fosse o sussurro da minha mãe ou da minha própria necessidade desesperada de ser boa, de agradar.

Eu não tinha esperado ouvir a batida forte na porta do meu coração, mas naquela noite eu a ouvi. Eu a ouvi. Hoje em dia, como fui treinada para fazer perguntas, flagro-me questionando aquele momento. E me pergunto, "O *que* deu em você?". Eu digo, "Seja específica".

Eu nunca tinha sentido nada de parecido antes, e desde então nunca mais senti nada semelhante. Às vezes, digo a mim mesma que inventei tudo aquilo, a sensação de meu coração estar cheio a ponto de estourar, o desejo de conhecer Deus e de ser conhecida por ele, mas isso também não é verdade. O que senti naquela noite foi real. Foi tão real quanto qualquer coisa que alguém possa sentir; e, se é que nós sabemos qualquer coisa, eu sabia o que precisava fazer.

Estava na quarta série. Ergui a mão como tinham me ensinado na escola. O pastor John, que estava fechando sua Bíblia, me viu naquele grupo esparso, naquele banco do meio.

— Louvado seja Deus — ele disse. — Louvado seja Deus. Gifty, venha ao altar.

Percorri tremendo aquela distância longa, solitária. Ajoelhei-me diante do pastor enquanto ele punha a mão na minha testa. Senti a pressão da sua mão como um raio de luz do próprio Deus. Era quase insuportável. E aquele punhado de fiéis no santuário da Primeira Assembleia de Deus estendeu as mãos na minha direção e orou, uns baixinho, uns aos gritos, uns em línguas. E eu repeti a oração do pastor John, pedindo a Jesus que entrasse no meu coração. E, quando me levantei para sair do santuário, eu sabia, sem nenhuma sombra de dúvida, que Deus já estava ali.

30

Ser salva era incrível. Todos os dias eu seguia para a escola e olhava para meus colegas de turma com uma pena deliciosa, preocupada com aquelas pobres almas. Minha salvação era um segredo, um segredo maravilhoso, que ardia no meu coração; e que pena que eles não o tivessem também. Até mesmo a sra. Bell, minha professora, foi alvo de um sorriso benevolente meu, de minhas orações na hora do almoço.

Mas eu estava no Alabama. Quem eu achava que estava enganando? Meu segredo não era meu de modo algum. Assim que contei a Misty Moore que eu tinha sido salva, ela me disse que também tinha sido salva dois anos antes. E me senti constrangida por qualquer alegria mínima que eu tivesse sentido por uma semana. No plano consciente, eu sabia que não se tratava de uma competição; mas, no subconsciente, eu achava que tinha saído vitoriosa; e doeu saber que Misty Moore, que um dia tinha levantado a camisa no recreio para que Daniel Gentry visse indícios dos seus seios, tinha sido santificada antes de mim, uma garota sem nenhum indício digno de ser mencionado. A ilusão perdeu o brilho, mas eu me esforcei ao máximo para me agarrar à sensação de todas aquelas mãos estendidas na minha direção, do santuário vibrando com orações.

    Minha mãe tinha voltado a trabalhar, e Nana estava sempre dormindo no sofá. Não havia ninguém com quem eu pudesse compartilhar minha boa-nova. Comecei a me oferecer como voluntária na igreja, numa tentativa de tornar útil minha salvação. Não havia muita coisa que se precisasse fazer na Primeira Assembleia. De vez em quando, eu recolhia os hinários que tinham sido esquecidos nos bancos e os devolvia ao lugar certo. Mais ou menos uma vez de dois em dois meses, minha igreja levava uma van até a distribuição de sopa aos carentes para ajudar a servir, mas com enorme frequência eu era a única pessoa a aparecer para esse serviço. P.T., que dirigia a van nessas ocasiões, dava um olhar na minha direção, ali parada de jeans esfarrapado e camiseta, e suspirava. "Só você hoje, né?", ele perguntava, e eu ficava pensando que outra pessoa ele estava esperando.

    A Primeira Assembleia de Deus também tinha, bem ao lado da rodovia, junto da fronteira com o Tennessee, uma barraca para venda de fogos de artifício chamada Bama Boom! Ainda não entendo por que motivo tínhamos a barraca. Talvez a tivéssemos conseguido sob o pretexto de evangelização. Talvez ela fosse destinada à obtenção de um pouco de dinheiro a mais. Agora desconfio de que o pastor John tinha uma queda por fogos de artifício e usava nossa igreja para expressá-la. Em termos oficiais, eu era criança demais para ser voluntária na barraca, mas a verdade é que nunca aparecia ninguém para verificar a identidade. Por isso, de vez em quando, eu punha meu nome na folha de adesão e seguia para a fronteira com P.T. e o pessoal mais velho do grupo de jovens, que estava muito mais interessado em ficar por ali na barraca vendendo morteiros do que em servir sopa para os sem-teto. Dava para eu perceber que P.T. e os jovens, no fundo, não me queriam por ali, mas eu estava acostumada a ficar calada e a não atrapalhar ninguém. Eles me punham na caixa registradora porque eu era a única que conseguia fechar a conta das pessoas sem precisar recorrer à calculadora do tamanho de uma cabeça que mantínhamos debaixo do balcão. Eu me sentava junto ao balcão, avançando pela minha enorme pilha de livros enquanto P.T. disparava fogos lá fora. Não devíamos usar a mercadoria sem pagar, de modo que, cada vez que P.T. saía de mansinho com uma caixa de pistolões, eu pigarreava alto para me certificar de que ele soubesse que eu estava sabendo.

Ryan Green era um dos voluntários do grupo juvenil. Ele tinha a idade de Nana e já tinha vindo à nossa casa para algumas das reuniões do meu irmão. Eu o conhecia o suficiente para não gostar dele; mas, se o tivesse conhecido melhor, se tivesse sabido que ele era o maior traficante da escola do ensino médio, é provável que eu o teria odiado. Ele era vulgar, cruel, burro. Eu nunca me dispunha a ser voluntária quando via o nome dele na ficha, mas ele era o queridinho de P.T. e, nessa condição, conseguia participar mesmo quando a lista estava completa.

— Ei, Gifty, quando é que seu irmão vai voltar para a quadra? Estamos apanhando muito sem ele.

Fazia dois meses que Nana tinha se machucado. O médico dizia que ele estava se recuperando muito bem, mas Nana ainda estava tomando cuidado com o lado direito, sobrecarregando o outro tornozelo, com medo de se machucar de novo. Nossa mãe e o médico de Nana tinham encerrado o uso de analgésicos, mas mesmo assim nós ainda o encontrávamos no sofá a maior parte do tempo, assistindo à televisão ou simplesmente olhando para a frente com aquele ar sonhador. Ele tinha começado a voltar aos treinos, mas ainda não estava pondo muito peso naquela perna e sempre voltava para casa queixando-se de dor.

— Não sei — respondi a Ryan.

— Que merda! Diz a ele que estamos precisando dele.

Esquivei-me de responder e voltei para meu livro. Ryan olhou lá fora para se certificar de que P.T. não estava chegando ali. Ele era diferente na frente de P.T., ainda grosseiro e desagradável, mas com um toque religioso. Não dizia palavrões, nem cuspia. Erguia as duas mãos durante o culto e fechava bem os olhos, cantando alto e oscilando um pouco. Eu não gostava dele, não apenas por causa de suas duas caras, mas porque ele sempre carregava uma garrafa de plástico vazia para poder cuspir o fumo mascado nela. E eu via aquele líquido ralo marrom dando voltas na garrafa, e via seu jeito de olhar para mim como se eu não fosse melhor do que a imundície que ele cuspia da boca. E aquilo me forçava a me lembrar do desequilíbrio que havia no meu mundo.

— Ei, por que você vive lendo esses livros? — ele perguntou. Eu dei de ombros. — Era melhor tentar um esporte, como seu irmão. — Ele levantou as mãos, fingindo que se rendia, embora eu não tivesse dito nada. — Não vai me denunciar para a NAACP ou nada parecido, mas os livros não vão te levar a lugar nenhum, e o esporte até que podia, quem sabe? Pena o Nana não jogar futebol americano. Isso, sim, é que é jogo.

Ele estendeu a mão por cima do balcão e fechou meu livro. Eu o abri, e ele o fechou de novo. Mantive o livro fechado e olhei para ele com toda a minha raiva. E ele ria sem parar. P.T. por fim entrou ali, e Ryan se empertigou de imediato.

— Alguém já entrou aqui? — P.T. perguntou. Eu estava louca de ódio, mas sabia que dedurar Ryan só atrapalharia minha vida. Ele sacou aquela garrafa de água e cuspiu dentro dela, ainda sorrindo com a lembrança da maldade.

Na igreja naquele domingo, vi Ryan lá no primeiro banco, em pé ao lado de P.T., com os braços estendidos para os céus e lágrimas escorrendo pelo rosto enquanto a líder de adoração perguntava "Quão grande é o nosso Deus?". Procurei me concentrar na música. Procurei me concentrar em Cristo, mas não conseguia parar de olhar para Ryan. Se o Reino dos Céus permitia a entrada de alguém como ele, como poderia haver lá também um lugar para mim?

31

Sinto falta de pensar em termos do que é comum, a linha reta do nascimento à morte que constitui a vida da maioria. A linha da vida de Nana, naqueles anos atordoados pela droga, não é tão fácil de traçar, não é tão direta. Ela segue num zigue-zague; é retalhada.

Nana estava viciado na Oxicodona, pelo menos isso ficou claro para minha mãe passados dois meses do acidente, quando ele pediu para voltar ao médico para renovar a prescrição mais uma vez. Ela disse que não, e foi aí que encontrou mais comprimidos escondidos no lustre. Achou que o problema simplesmente ia desaparecer, por que o que nós sabíamos sobre a dependência? Fora as campanhas de "é-só-dizer-não", o que havia para nos orientar na travessia daquela selva?

Eu ainda não entendia de verdade o que estava acontecendo. Só sabia que Nana estava sempre sonolento ou dormindo. Sua cabeça estava sempre caindo para a frente, com o queixo no peito, antes de rolar ou quicar com violência de volta para trás. Eu o via no sofá com aquela expressão sonhadora e me perguntava como uma lesão no tornozelo o tinha derrubado tanto. Ele, que sempre tinha vivido em movimento, como conseguia agora ficar tão parado? Eu pedia dinheiro à minha mãe e, as poucas vezes em que ela me dava, eu ia ao Publix e comprava café solúvel. Na nossa casa, ninguém jamais tomava café, mas eu tinha ouvido como as pessoas falavam a respeito na igreja, como se aproximavam com enlevo das cafeteiras na sala da escola dominical. Eu preparava o café na cozinha, seguindo as instruções no verso da embalagem. Misturava o pó na água até ela ficar de um marrom escuro, forte. Provava a bebida, achava horrível e, assim, calculava que teria um efeito medicinal suficiente. Oferecia o café a Nana, empurrando seu ombro, seu peito, tentando despertá-lo pelo tempo necessário para ele beber. Ele nunca aceitou.

— A gente pode morrer de tanto dormir? — perguntei um dia, depois da aula, à minha professora da quarta série, a sra. Bell.

Ela estava sentada à mesa, organizando as folhas do trabalho de casa que nós todos tínhamos trazido. Olhou para mim com um ar esquisito, mas eu estava acostumada a olhares esquisitos por causa das perguntas que fazia. Sempre em excesso, sempre estranhas, sempre fora do assunto.

— Não, querida — disse a sra. Bell. — Não se pode morrer de dormir.

Não sei por que acreditei nela.

Nana suava tanto que suas camisetas ficavam encharcadas minutos depois que ele as vestia. Isso foi depois que minha mãe limpou o lustre dele, jogando fora os últimos comprimidos da prescrição, que ele tinha armazenado ali. Ele precisava ter uma lata de lixo por perto o tempo todo, porque vomitava constantemente. Seus tremores também eram constantes. Ele se sujou mais de uma vez. Parecia um tormento ambulante, e eu senti mais medo por ele nessa hora, passando mal quando sóbrio, do que tinha sentido quando ele se drogava.

Minha mãe não sentia medo algum. Ela era cuidadora por profissão e fazia o que sempre tinha feito quando um paciente estava em apuros. Ela o içava, erguendo-o pelas axilas, e o baixava na banheira. Sempre fechava a porta, mas dava para eu ouvir os dois. Ele, embaraçado e zangado; ela, eficiente. Ela o banhava como tinha feito quando ele era criança, como eu sabia que tinha lavado o sr. Thomas, a sra. Reynolds, a sra. Palmer, além de todos os outros. "Levante a perna", eu a ouvia ordenar, e depois com a voz mais baixa, mais delicada, "*Ebeyeyie*". Vai dar tudo certo.

Deve haver algum tipo de vergonha edipiana em se estar dentro de uma banheira aos dezesseis anos de idade enquanto sua mãe lava a merda, o vômito e o suor do seu corpo. Depois de uma dessas limpezas, eu evitava Nana por algumas horas, porque sabia que, de algum modo, o fato de eu ser testemunha daquilo fazia com que ele se sentisse ainda pior. Ele se esgueirava para o quarto e ficava escondido lá até todo o procedimento precisar ser repetido.

Mas, se eu visse minha mãe nos momentos após ela ter lavado seu primogênito, ia me postar perto dela, para me animar com ela e essa fonte de força da qual ela parecia ser tão capaz de se nutrir. Ela nunca dava o mais leve sinal de vergonha. Ela me via, via minha preocupação, meu medo, meu constrangimento e minha raiva, e dizia "Vai chegar uma hora em que você vai precisar que alguém limpe sua bunda", e ponto final.

Minha mãe era acostumada a doenças. Ela sabia o que significava estar perto da morte, estar nas proximidades. Sabia que havia um som, um ruído áspero, gorgolejante, que sai e provém de qualquer parte do corpo onde a morte se esconde, à espreita, aguardando sua vez, esperando que a vida seja desativada.

Ela estava com a sra. Palmer nas suas horas finais. Como minha mãe, a sra. Palmer tinha sido uma devota fiel, que frequentava a igreja, e tinha pedido que minha mãe estivesse à sua cabeceira para ler as Escrituras antes que seguisse adiante, receber sua recompensa.

– O som da morte é assim – disse minha mãe, imitando aquela crepitação. – Você não deveria ter medo dele, mas deveria conhecê-lo. Deveria reconhecê-lo ao ouvi-lo, porque ele é o último som, e nós todos o fazemos.

Tinham dado morfina à sra. Palmer para aliviar sua dor. Ela havia fumado a vida inteira, até mesmo naquela semana final, e seus pulmões já não funcionavam. Em vez de um expirar, havia um colapso; e cada inspiração era um sussurro. A morfina não devolvia aos pulmões a função de esponjas repletas de ar para a qual eles tinham sido criados, mas ela oferecia uma distração, dizendo ao cérebro, "Em vez de ar, posso lhe proporcionar um alívio dessa necessidade".

– É para isso que os medicamentos servem – minha mãe ensinou a mim e a Nana na primeira noite em que voltou da cabeceira da sra. Palmer para casa. – Para aliviar a dor.

Nana revirou os olhos e saiu batendo os pés. E minha mãe deu um suspiro, um suspiro prolongado.

Eu tinha medo da morte e da dor. Tinha medo de gente velha. Quando minha mãe chegava da casa da sra. Palmer, eu só me aproximava dela depois que ela tivesse tomado um banho, se livrado de não importa o que fosse que eu, preocupada, achava que estava grudado à sua pele. Quando ela cheirava novamente como minha mãe, eu ia até ela, me sentava ao seu lado e a escutava falar do declínio da sra. Palmer como se eu estivesse numa roda diante da fogueira esperando que a mulher com a lanterna voltada para o rosto contasse histórias de fantasmas.

Para onde irei longe do teu Espírito? Ou para onde fugirei da tua presença? Se subir aos céus, lá estás! Se me abrigar no mundo dos mortos, lá estás! Se eu tomar as asas da manhã e for morar nos confins do mar, mesmo lá tua mão há de me guiar, e tua mão direita há de me sustentar.

Minha mãe lia para mim os trechos das Escrituras que tinha lido para a sra. Palmer, e esse em especial sempre sobressaía. Até o dia de hoje, ele me leva às lágrimas. Você não está só, é o que ele diz; e isso é um consolo, não para os moribundos, mas para aqueles de nós que nos sentimos apavorados por sermos deixados para trás.

Porque no fundo não era da morte da sra. Palmer que eu tinha medo. Não era esse o motivo para minha mãe ter começado a tentar nos ensinar sobre o som e o alívio da dor. Eu tinha medo por Nana. Tinha medo dele e do estertor da morte que nenhum de nós queria admitir que estava tentando escutar.

Em diversos lugares e em várias ocasiões na minha vida, vi pessoas que sofrem de dependência e a família e os amigos que as amam. Já os vi sentados em alpendres e em bancos de parques. Já os vi no saguão de centros de reabilitação. E o que me impressiona é como sempre alguém no ambiente está tentando escutar o som, aguardando a chegada daquele ruído crepitante, sabendo que ele virá. Com o tempo, ele virá.

Os trechos das Escrituras que minha mãe lia eram tanto por nós quanto pela sra. Palmer. Minha mãe e eu queríamos uma garantia abençoada porque Nana não podia nos dar garantia de tipo algum.

* * *

Não sei como minha mãe conseguiu, mas ela convenceu Nana a nos acompanhar à Primeira Assembleia um domingo. Ele ainda estava se desintoxicando, fraco demais para protestar. Nós três entramos no santuário, mas não ocupamos nossos lugares de costume. Ficamos sentados nos fundos, com Nana na ponta do banco para ele poder se levantar e ir ao banheiro se precisasse. Fazia dias que ele não parecia estar tão bem. Eu sabia disso porque não conseguia parar de olhar para ele.

"Meu Deus, Gifty", ele dizia sempre que me apanhava com os olhos fixos nele por muito tempo, saboreando. Era como se meu olhar o ferisse, o que deveria ter bastado para fazer com que eu o deixasse em paz, mas não conseguia me forçar a desviar os olhos. Eu tinha a sensação de estar assistindo a algum grande evento natural — tartaruguinhas recém-nascidas rumando para a orla do oceano, ursos saindo da hibernação. Eu estava esperando que Nana viesse à tona, novo, renascido.

Na igreja em que passei a infância, as pessoas se importavam com o renascimento. Por meses a fio, de um lado a outro no Sul, por todos os cantos do mundo, tendas de reavivamento são levantadas. Pastores apresentam-se em púlpitos prometendo às pessoas que elas podem se erguer das cinzas de sua vida. "Que caia o fogo do reavivamento", eu costumava cantar com o coro, pedindo radiante a Deus que arrasasse tudo. Lancei olhares furtivos para Nana na ponta do banco, pensando, *Sem dúvida, o fogo caiu?*

— Nana? — Ryan Green disse ao entrar no santuário. Ele pôs a mão no ombro de Nana, e Nana se encolheu, recuando do seu toque. — Quando vai voltar para a quadra? — ele perguntou. — Quer dizer, é ótimo te ver na igreja e tudo o mais, mas não é na igreja que estamos precisando de você. — Ele riu consigo mesmo.

— Vou voltar logo — Nana respondeu. — Meu tornozelo está se recuperando.

Ryan olhou para ele com ceticismo.

— Como eu disse, sem você é uma derrota atrás da outra. Orações não vão ajudar os caras que estão lá fora jogando agora. Vou ter o maior prazer em ajudar se você precisar de qualquer coisa para voltar para a quadra.

Minha mãe lançou um olhar fulminante para Ryan.

— Não fale com meu filho — ela disse.

— Ei, desculpe, senhora...

— Saia de perto de nós — disse ela, dessa vez tão alto que algumas pessoas do banco à nossa frente se viraram.

— Não tive intenção de desrespeitá-la, senhora — disse Ryan, achando graça.

Quando ele saiu dali, Nana se encostou na beira do banco. Minha mãe pôs a mão no seu ombro, e Nana sacudiu o ombro para se livrar dela.

32

Querido Deus,
Hoje na igreja, Bethany disse que a mãe dela não quer mais que ela venha à nossa casa depois do culto. Contei a Buzz, mas ele não se importou.

Sem perguntar, eu sabia que minha mãe pressupunha que nós manteríamos a dependência de Nana só entre nós; e o segredo me corroía como traças no pano. Eu ansiava por um padre, um confessionário, mas por fim me contentei com minha amiga Bethany. No domingo seguinte à minha confissão, ela me disse que não tinha mais permissão para brincar comigo. E, de repente, eu soube: a dependência era contagiosa, era uma vergonha. Só voltei a falar da dependência de Nana quando uma colega de laboratório me perguntou como eu tinha tanto conhecimento sobre os efeitos colaterais da heroína.

— Isso daria uma palestra TED tão boa — disse ela, quando eu lhe falei de Nana. Dei uma risada, mas ela insistiu. — Verdade, Gifty, você é fantástica. Está pegando a dor da perda do seu irmão e a está transformando nessa pesquisa incrível que poderia, de fato, ajudar pessoas como ele um dia. — Ri um pouco mais, tentando não lhe dar importância.

Quem dera eu tivesse tanta nobreza. Quem dera eu, pelo menos, me *sentisse* tão nobre. A verdade é que houve momentos, quando minha mãe e eu estávamos percorrendo Huntsville inteira de carro, à procura de Nana, momentos quando eu o via esticado no chão diante do laguinho cheio de carpas no Big Spring Park, em que eu pensava, *Deus, eu queria que fosse câncer,* não por ele, mas por mim. Não porque a natureza do seu sofrimento fosse mudar em termos significativos, mas porque a natureza do *meu* sofrimento mudaria. Eu teria uma história melhor do que a que eu tinha. Teria uma resposta melhor para as perguntas "Cadê o Nana? O que aconteceu com o Nana?".

Nana é a razão para eu ter iniciado esse trabalho, mas não de um jeito saudável, perfeito-para-uma-palestra TED. Em vez disso, esse mergulho na ciência foi uma forma de eu me desafiar, de me dedicar a alguma coisa realmente difícil e, ao fazê-lo, destrinchar todos os meus equívocos a respeito da sua dependência e de toda a minha vergonha. Porque ainda sinto tanta vergonha. Estou por aqui de tanta vergonha, estou transbordando. Posso repassar meus dados inúmeras vezes. Posso examinar imagem após imagem de cérebros dependentes de drogas, salpicados com furos, transformados em queijo suíço, atrofiados, irreparáveis. Posso assistir àquela luz azul lampejando pelo cérebro de um camundongo e tomar nota das mudanças de comportamento que ocorrem por causa dela. E saber quantos anos de trabalho científico árduo, difícil, foi dedicado a essas mudanças minúsculas, e ainda assim, *ainda* pensar, *Por que Nana não parou? Por que ele não melhorou por nós? Por mim?*

* * *

Quando o encontramos jogado no Big Spring Park, ele tinha estado numa maratona da droga. Na grama, estendido daquele jeito, parecia uma oferenda. A quem, para quê, eu não sabia dizer. Tinha ficado sóbrio talvez por umas duas semanas, mas então não voltou para casa uma noite, e nós soubemos. Uma noite transformou-se em duas e então em três. Minha mãe e eu não conseguíamos dormir, na expectativa. Enquanto nós duas procurávamos por ele por toda parte, eu pensava em como Nana devia estar cansado, cansado de nossa mãe lavá-lo na banheira como se ele tivesse regressado ao seu estado original, cansado de todo aquele nada num mau sentido.

Não sei com quem ele conseguia a droga depois que nosso médico parou de lhe dar prescrições, mas deve ter sido bem fácil naquele dia no parque, porque ele estava detonado, simplesmente perdido. Minha mãe queria que eu a ajudasse a levá-lo para o carro. Ela o levantou pelas axilas, e eu segurei suas pernas, mas não parava de deixá-las cair. Com isso, começava a chorar, e ela gritava comigo.

Nunca vou me esquecer de que havia pessoas olhando enquanto nós fazíamos tudo isso. Era o meio de um dia útil, e havia gente no parque tomando café, aproveitando seu intervalo para fumar, e ninguém moveu uma palha. Só ficaram ali olhando para nós com certa curiosidade. Éramos três negros num momento de aflição. Nada de importante.

Quando conseguimos pôr Nana no carro, eu estava meio fungando, meio chorando, como qualquer criança a quem disseram que ela parasse de chorar. Eu *não* conseguia parar de chorar. Estava sentada no banco traseiro, com a cabeça de Nana no colo e tinha certeza de que ele estava morto. Estava assustada demais para contar à minha mãe porque sabia que ia ser pior para mim se eu chegasse a fazer a menor insinuação sobre ele morrer. Por isso, só fiquei ali sentada, fungando, com um homem morto no colo.

 Nana não estava morto. Conseguimos levá-lo para casa, e ele acordou, mas daquele jeito atordoado de alguém que exagerou um pouco nas drogas. Ele não sabia onde estava. Minha mãe o empurrou, e ele recuou cambaleando.

 — Por que você não para com isso? — ela perguntou aos berros. Começou a estapeá-lo, e ele nem mesmo levantava as mãos para proteger o rosto. Àquela altura, ele era duas vezes maior que ela. Bastava que segurasse o braço dela e a empurrasse para trás. Ele não fez nada.

 — Isso tem que parar — ela não parava de dizer enquanto batia nele. — Tem que parar. Tem que parar! — Mas ela mesma não conseguia parar de bater nele, e ele não conseguia se impedir de ser atingido. Não conseguia parar nada daquilo.

 Meu Deus, meu Deus, como ainda sinto vergonha!

33

Na maior parte do tempo no meu trabalho, começo com as respostas, com uma ideia dos resultados. Suspeito de que alguma coisa seja verdadeira e, então, trabalho na direção daquela suspeita, fazendo experimentos, ajustes aqui e ali, até encontrar o que estou procurando. O final, a resposta, nunca é a parte difícil. Difícil é tentar decifrar qual é a pergunta, tentar fazer uma pergunta de interesse suficiente, diferente o suficiente do que já foi perguntado, na tentativa de que tudo tenha importância.

Mas como se sabe quando se está chegando perto de um alvo verdadeiro, em vez de um beco sem saída? Como se encerra o experimento? O que você faz quando, passados alguns anos, você descobre que a estrada de tijolos amarelos pela qual vinha seguindo tranquilo o leva direto ao olho do furacão?

Minha mãe batia em Nana, e Nana permanecia ali imóvel. Por fim, eu me postei entre os dois. E, quando o primeiro tapa da minha mãe bateu no meu rosto, ela recolheu as mãos, grudou as palmas aos lados do corpo, olhando ao redor da sala, num pânico enlouquecido. Ela não era dada a pedir desculpas aos filhos, mas essa atitude, as mãos imóveis, a expressão de horror, foi o mais perto que ela conseguiu chegar.

— Isso acaba aqui — disse ela. — Acaba hoje.

Ela ficou ali mais um pouco, olhando para seus dois filhos. Meu rosto ainda ardia do tapa, mas não ousei levantar a mão para afagá-lo. Atrás de mim, Nana estava atônito, ainda alterado, ferido. Ele não tinha falado.

Nossa mãe saiu da sala, e eu ajudei Nana a chegar ao sofá. Dei-lhe um empurrãozinho, e ele caiu ali, enrolado em posição fetal junto ao braço do sofá, com a cabeça aninhada perto do lugar onde um dia tinha ficado aquela traiçoeira peça de madeira. Tirei seus sapatos e olhei para seu pé, curado, sem cicatrizes, nenhum vestígio do prego, do óleo. Estendi um cobertor por cima dele e me sentei. Passamos assim o resto da noite. Pelo resto da noite, eu o vi saindo do barato, cochilar, gemer. *Acabou*, pensei, porque o certo é que nenhum de nós poderia aceitar outro dia como esse.

De manhã, nossa mãe já tinha conseguido encontrar uma solução. Tinha passado a noite inteira acordada, dando telefonemas, embora eu não soubesse com quem ela teria falado, a quem teria confiado a dependência que nós vínhamos nos esforçando ao máximo para esconder. Nana, agora sóbrio, só pedia desculpas, repetindo o velho mantra. Sinto muito. Nunca mais vai acontecer. Eu prometo, nunca vai acontecer outra vez. Nossa mãe escutou com paciência todas aquelas palavras que já tínhamos ouvido antes e, então, disse algo inesperado.

— Tem um lugar em Nashville que se dispôs a aceitar você. Eles vêm buscá-lo e vão estar aqui em cinco minutos. Já fiz uma mala para você.

— Que lugar, mãe? — perguntou Nana, dando um passo atrás.

— É um lugar bom, de gente cristã. Eles sabem o que fazer. Podem te ajudar a não passar tão mal quanto da última vez.

— Não quero fazer reabilitação, mãe. Vou largar. Prometo. Acabou. De verdade, parei.

Ouvimos um carro parar lá fora. Nossa mãe entrou na cozinha e começou a arrumar comida em potes de Tupperware. Nós a ouvíamos murmurando, escolhendo entre todas aquelas tampas que ela mantinha em perfeita ordem, empilhadas pelo tamanho e etiquetadas.

— Gifty, por favor — disse Nana, baixinho, virando-se para mim pela primeira vez. — Diz alguma coisa para ela. Eu... Eu não posso... — Sua voz foi sumindo, e seus olhos se encheram de lágrimas. O som do meu nome, a ternura com que ele tinha falado, tudo aquilo fez com que eu me sentisse como que mergulhada em água gelada.

Nossa mãe acondicionou o Tupperware no que ela ainda chamava de "sacolas de plástico", sacolas de supermercado que ela guardava e reutilizava como se algum dia fossem faltar. Ela trouxe a comida e a mala para a sala de estar e se postou diante de nós.

— Não devemos deixá-los esperando — disse ela.

Nana mirou em mim seu olhar de súplica. Ficou olhando para mim, e eu olhei para o outro lado. De lá de fora, veio o barulho da buzina do carro.

Antes de começar o projeto da minha tese, eu me atrapalhei um pouco, tentando resolver o que fazer. Tinha ideias e impressões, mas não conseguia formar um todo com elas. Não conseguia identificar a pergunta certa. Eu desperdiçava meses num experimento, descobria que ele não levava a parte alguma e, então, recuava para acabar no mesmo ponto de partida.

O verdadeiro problema estava no fato de eu não querer olhar para a pergunta que estava ali na minha cara: desejo, autocontrole. Embora eu nunca tivesse sido dependente, a dependência e como evitá-la tinham governado minha vida, e eu não queria lhe dar nem mais um segundo que fosse do meu tempo. Mas é claro que ela estava ali. O que eu realmente queria saber. Será que um animal pode se reprimir, deixando de buscar uma recompensa, especialmente se houver algum risco envolvido? Uma vez que essa pergunta se definiu, tudo o mais começou a se encaixar.

A clínica de reabilitação em Nashville era um programa de trinta dias. A instituição não permitia visitas; mas, depois de terminado o período de desintoxicação de Nana, todas as sextas-feiras nós tínhamos permissão de ligar e conversar com ele por alguns minutos. As conversas eram entristecedoras. "Como você está?", eu perguntava. "Bem", Nana respondia, e, então, o silêncio pairava no ar, na contagem regressiva até o fim da chamada. Era uma repetição do Cara do *Chin Chin*, e eu me preocupava achando que era assim que as coisas seriam, que Nana e eu passaríamos uma vida inteira de minutos em silêncio, estranhos ao telefone.

Fico feliz de não ter tido oportunidade de falar com Nana enquanto ele estava se desintoxicando. Acho que não teria suportado vê-lo de novo suando até se livrar da dependência. Por sinal, aquelas ligações sóbrias às sextas já bastavam para me partir o coração. A cada semana, o som da sua voz mudava. Ele ainda estava zangado com nossa mãe e comigo, ainda se sentia traído, mas a cada semana sua voz ficava um pouco mais nítida, um pouco mais forte.

Minha mãe e eu fomos de carro a Nashville, para buscá-lo no seu último dia lá. Depois de trinta dias da porcaria da comida da clínica, ele nos disse que tudo o que queria era um sanduíche de frango. Paramos na Chick-fil-A mais próxima, e Nana e eu nos sentamos enquanto nossa mãe fazia o pedido. Trinta dias, três telefonemas, e nós tínhamos tão pouco a nos dizer. Quando nossa mãe voltou com a comida, nós três comemos, com a mesma conversinha insípida de antes.

— Como você está se sentindo? — minha mãe perguntou.
— Bem.
— Eu quis dizer, como...
Nana segurou a mão da nossa mãe.
— Estou bem, mãe. Vou me manter limpo. Estou focado e quero melhorar de verdade, certo?
— Certo — ela disse.
Existe alguém que tenha sido observado com maior atenção do que um familiar querido, recém-saído da reabilitação? Minha mãe e eu olhávamos para Nana como se nossos olhares fossem a única coisa que o manteria ali, enraizado no banco vermelho vivo, mergulhando batatas *waffle* no molho agridoce. Acima da sua cabeça, lá estava a vaquinha da Chick-fil-A recomendando que comêssemos "mais frango". Eu sempre tinha achado inteligente essa propaganda e sempre tinha tido um estranho orgulho sulista por essa empresa que mantinha seus valores cristãos mesmo enquanto ia se expandindo. Anos mais tarde, depois que minha política e religião mudaram, quando amigos estavam protestando contra essa rede, não consegui me forçar a participar. Só pensava naquele sábado com Nana, como ele estava feliz de estar com a família, de fazer uma rápida oração de cura diante das nossas bandejas de *fast food*.

Enquanto terminávamos a refeição, Nana nos falou de como o pessoal da clínica de reabilitação os orientava a fazer orações matinais e lhes ensinava meditação. Nana era de longe o mais jovem por lá, e a equipe tinha sido generosa e animadora. Em reuniões de terapia em grupo todas as noites, os pacientes falavam não somente dos seus problemas, mas também das suas esperanças para o futuro.

— O que você dizia? — perguntei. O futuro era algo em que eu não tinha me permitido pensar já havia algum tempo. Enquanto Nana estava mal, nossas vidas avançavam em câmera lenta e a alta velocidade ao mesmo tempo, nos impossibilitando de ver que rumo as coisas poderiam tomar.

— Eu só dizia que queria me acertar, sabe? Jogar basquete, passar tempo com vocês. Esse tipo de coisa.

Como um animal se refreia e deixa de buscar uma recompensa, especialmente quando algum risco está envolvido? Quando minha mãe veio morar comigo na Califórnia, eu já tinha começado a ver uma imagem mais nítida da resposta a essa pergunta que foi minha obsessão durante a maior parte da minha carreira na pós-graduação, esse teste ao qual eu tinha submetido muitos camundongos e muitas horas da minha vida. Tinha encontrado indícios dos dois circuitos neuronais diferentes que mediavam o comportamento de busca de recompensa, e tinha examinado os neurônios para ver se havia alguma diferença detectável no padrão. Uma vez confirmada uma diferença, usei a geração de imagens de cálcio, para registrar a atividade cerebral do camundongo a fim de poder determinar qual dos dois circuitos era importante para o comportamento. Por fim, ao terminar tudo isso, eu tinha informações quase suficientes para escrever um trabalho que demonstrasse que, caso se usasse a optogenética para estimular as células codificadoras de risco do CPFm→NAc, então, sim, era possível reprimir a busca da recompensa.

Toda essa manipulação de comportamento, todos esses acertos e ajustes, injeções e geração de imagens, para descobrir que o autocontrole era *possível*, que, por meio de um árduo trabalho científico, ele podia ocorrer. Toda essa dedicação para tentar chegar ao fundo do que não tinha fundo: Nana teve uma recaída apenas quatorze horas após sair da reabilitação.

34

Os opioides operam nos circuitos de recompensa do cérebro. Na primeira vez que você os toma, seu cérebro fica tão inundado com dopamina que você só pode achar que, como o alimento, como o sexo, os opioides lhe fazem bem, são necessários para a própria sobrevivência da espécie. "De novo! De novo!", é o que seu cérebro lhe diz; mas, a cada vez que você faz o que ele pede, as drogas funcionam um pouquinho menos e exigem um pouco mais, até que por fim você lhes dá tudo e não recebe nada em troca – nenhuma excitação, nenhuma onda de prazer, só um alívio momentâneo do tormento da abstinência.

Assisti a uma aula que Han deu sobre o processo de geração de imagens de células envolvidas na expectativa da recompensa. O auditório não estava lotado, de modo que Han me avistou assim que entrei e me deu um aceno discreto. Fui me sentar lá atrás enquanto Han começava. Na tela do projetor, neurônios dopaminérgicos apareciam roxos com pequenas faíscas verdes por toda parte.

– O verde que vocês estão vendo ali são os sítios ativos de liberação dos neurônios dopaminérgicos – disse Han, usando a caneta a laser para indicar os pontos. — As vias mesocortical, mesolímbica e nigroestriatal são o que chamamos de vias da recompensa, certo? São elas que são ativadas quando estamos na expectativa de uma recompensa ou quando a recebemos.

Han passeou os olhos pela sala, e eu fiz um sinal de positivo quando seus olhos pararam em mim. Ele sorriu e então tossiu para disfarçar o sorriso. Continuou com a aula, e eu dei uma olhada na sala. Em sua maioria, alunos ambiciosos da graduação, assistindo a uma aula de neurociências no meio do dia, talvez para contar como crédito, talvez porque quisessem seguir carreira nesse campo ou talvez por simples questão de curiosidade.

Quando Han finalmente terminou, esperei que o auditório se esvaziasse. Fiquei ali sentada enquanto ele começava a organizar os papéis na mesa. Levantei a mão, mas ele não estava olhando. Por isso, pigarreei alto.

— Por favor, Professor? — eu disse. Ele começou a rir, encostando-se na mesa.

— Pois não, Gifty?

— Você está dizendo que, quando alguém "curte" uma postagem minha no Facebook, ocorre uma liberação de dopamina?

— Sim, você está certa — ele respondeu.

— E quando eu faço alguma coisa errada? — perguntei. Han deu de ombros.

— Depende do tipo. De que tipo de errado estamos falando?

— Alguma coisa totalmente errada — respondi, e ele só ficou ali rindo sem parar.

35

Querido Deus,
Eu queria que Nana simplesmente morresse de uma vez. Por favor, permita que tudo isso acabe.

36

Toda a literatura de autoajuda que li diz que é preciso falar sobre a dor que se sente para se poder atravessá-la; mas a única pessoa com quem eu um dia quis falar sobre Nana era minha mãe, e sabia que ela não tinha como lidar com aquilo. Parecia injusto eu aumentar o peso da sua dor, pondo a minha por cima. Por isso, eu preferia aguentar calada. Escrevia registros no meu diário que iam ficando cada vez mais descontrolados, cada vez mais desesperados, até que cheguei àquela linha única e abominável.

"Deus lerá o que você escrever, e ele responderá a seus escritos como preces", minha mãe tinha dito um dia. Na noite em que desejei a morte do meu irmão, pensei, *Bem, que assim seja*. Mas, à luz da manhã, quando me dei conta de que tinha escrito uma frase da qual eu nunca me perdoaria, arranquei-a do caderno, rasguei-a em pedacinhos, joguei-a no vaso sanitário e dei a descarga, na esperança de que Deus se esquecesse. O que eu tinha feito? Quando Nana teve a recaída, eu me enfurnei na minha vergonha. E me calei.

Eu me calei, e minha mãe enlouqueceu. Ela se tornou uma espécie de caçadora solitária, dirigindo para lá e para cá pelas ruas de Huntsville, à procura do meu irmão. Na igreja, ela se aproximava do altar durante o louvor e a adoração, e saía dançando como uma possuída. Se a música fizesse qualquer menção a "cair de joelhos", ela entendia ao pé da letra, ajoelhando-se ruidosamente de imediato, de uma forma que parecia lhe causar dor.

Fofocar na igreja é tão antigo quanto a própria igreja. E, puxa, como minha igreja adorava fofocas. Anos mais tarde, Mary, a filha do pastor, se tornaria a líder de adoração. Seu filhinho costumava correr pelo santuário todas as manhãs, antes que ela o levasse para a creche, e todos sorriam para ele com ternura, enquanto não deixavam de se lembrar das circunstâncias que resultaram no seu nascimento. Essa era uma fofoca suculenta como um pêssego. Minha congregação se nutria com ela; mas, quando Mary se casou, nós passamos fome. Antes, tinha havido Nana e as danças ridículas da minha mãe diante do altar. Se a gravidez de Mary era um pêssego, a questão de Nana tinha sido um banquete.

Todos sabiam que meu irmão tinha se machucado num jogo, mas eles levaram um tempo para se dar conta da dependência. Todos os domingos, quando o pastor John nos convidava a fazer pedidos de orações, minha mãe e eu púnhamos o nome de Nana na cesta. Ore pela sua cura, nós dizíamos. E, de início, foi fácil que todos imaginassem que estávamos nos referindo ao tornozelo. Mas quanto tempo Deus leva para curar uma torção de tornozelo?

— Ouvi dizer que ele está se drogando — disse a sra. Cline. Ela era diaconisa na Primeira Assembleia. Com cinquenta e cinco anos, solteira, reta como um cabo de vassoura, com os lábios tão finos que sua boca parecia um talho no rosto.

— Não — disse a sra. Morton, surpresa.
— Mas é verdade, querida. Por que você acha que ele não vem mais aqui? Nessa temporada, ele não está jogando. E nós sabemos que ele não está tão ocupado assim.
— Que pena. É triste ele estar se drogando.
— É triste, sim... eu, no fundo, detesto dizer isso... mas parece que essa gente tem uma queda por drogas. Quer dizer, eles estão sempre se drogando. É por isso que há tantos crimes.
— Você tem razão. Já percebi isso.

Eu estava estudando meus versículos da Bíblia na sala da escola dominical quando por acaso ouvi essa conversa no corredor. Se a tivesse ouvido hoje, sei o que teria feito. Teria saído da sala para dizer a elas que não existem dados que corroborem a ideia de que os pretos tenham, em termos biológicos, uma tendência maior a se entregar às drogas ou ao crime do que qualquer outra raça. Teria saído daquela igreja sem olhar para trás nem uma vez.

Só que eu estava com dez anos e sentia vergonha. Fiquei sentada imóvel na minha cadeira, torcendo para elas não me ouvirem do outro lado da porta. Segurei com tanta força as bordas da minha Bíblia aberta que deixei marcas nas páginas. Quando elas foram embora, soltei a respiração que estava prendendo e belisquei a pele entre o polegar e o indicador, um truque que tinha aprendido para me impedir de chorar. Naquele momento, e na realidade pela primeira vez na minha vida, senti um ódio total de Nana. Ódio dele e ódio de mim.

Não sou psicóloga, historiadora nem cientista social. Posso examinar o cérebro de um animal deprimido, mas não costumo pensar nas circunstâncias, se houve, que resultaram naquela depressão. Como todo mundo, recebo uma parte da história, uma única linha para estudar e recitar, para decorar.

Quando eu era criança, ninguém nunca dizia "racismo institucionalizado". Praticamente nem usávamos a palavra "racismo". Acho que nunca tive uma aula na faculdade que falasse dos efeitos fisiológicos de anos de racismo interpessoal e de racismo internalizado. Isso foi antes da publicação de estudos que demonstravam que as mulheres pretas tinham uma probabilidade quatro vezes maior de morrer de parto, antes que as pessoas falassem de epigenética e se perguntassem se o trauma poderia ser herdado ou não. Se esses estudos estavam disponíveis, eu nunca os li. Se esses cursos eram oferecidos, eu nunca me inscrevi neles. Naquela época havia pouco interesse nessas ideias porque havia, e ainda *há*, pouco interesse na vida de pessoas negras.

O que estou dizendo é que não cresci com uma língua para meu ódio a mim mesma, com uma forma de explicar, de analisar esse ódio. Cresci conhecendo só o meu pedaço, a pedrinha pulsante de ódio a mim mesma que eu levava comigo à igreja, à escola, a todos os lugares na minha vida que, ao que me parecia na época, colaboravam para reforçar a ideia de que eu era errada, em termos irremediáveis, fatais. Eu era uma criança que gostava de estar certa.

Nós éramos os únicos negros na Primeira Igreja da Assembleia de Deus; minha mãe realmente não tinha noção. Ela achava que o Deus dos Estados Unidos deveria ser o mesmo Deus de Gana, que o Jeová da igreja dos brancos não teria como ser diferente daquele da igreja dos negros. Naquele dia, quando ela viu o letreiro ali fora com a pergunta, "Você se sente perdido/a?", naquele dia em que ela entrou pela primeira vez no santuário, ela começou a perder seus filhos, que aprenderiam bem antes dela que nem todas as igrejas nos Estados Unidos são iguais, não na prática, nem na política.

Quanto a mim, o dano causado por frequentar uma igreja em que as pessoas sussurravam palavras depreciativas sobre essa minha "gente" foi, em si, um ferimento espiritual – tão profundo e tão oculto que levei anos para descobri-lo e lidar com ele. Eu não sabia como entender aquele mundo em que me encontrava naquela época. Não sabia como me conciliar com ele.

Quando minha mãe e eu fazíamos pedidos de orações por Nana, será que a congregação realmente rezava? Será que eles realmente se importavam? Quando ouvi a conversinha daquelas duas mulheres, vi o véu se erguer e o mundo da sombra da minha religião aparecer. Onde estava Deus em tudo isso? Onde estava Deus, se ele não estava no silêncio tranquilo da sala de uma escola dominical? Onde estava Deus, se ele não estava em mim? Se minha negritude era uma espécie de condenação, se Nana nunca haveria de se curar e se minha congregação jamais conseguiria acreditar de verdade na possibilidade de sua cura, então onde estava Deus?

Escrevi no diário na noite em que ouvi a conversa da sra. Morton com a sra. Cline:

Querido Deus,
Por favor, apresse-se para Buzz melhorar. Quero que a igreja inteira veja.

Mesmo enquanto escrevia esse registro, eu sabia que Deus não operava desse jeito. Mas a verdade é que eu me perguntava exatamente de que modo ele operava. Duvidei dele e me odiei por isso. Eu achava que Nana estava provando que todos tinham razão a nosso respeito, e eu queria que ele ficasse melhor, que ele fosse melhor, porque acreditava que ser bom era o que bastaria para provar que todos estavam errados. Eu andava por aqueles lugares, criança devota que eu era, pensando que o fato de eu ser boa era uma prova negativa. "Olhem para mim!", eu tinha vontade de gritar. Eu queria ser um teorema vivo, um *Logos*. A ciência e a matemática já tinham me ensinado que, se uma regra tivesse muitas exceções, ela não era uma regra. Olhem para mim.

Era uma atitude tão equivocada, tão renitente, mas eu não sabia pensar de outra maneira. A regra nunca foi uma regra, mas eu a tinha tomado por regra. Levei anos de questionamento e busca para enxergar mais do que meu pedacinho, e, mesmo agora, nem sempre consigo.

Minha mãe enlouquecia quando Nana tinha uma recaída, e eu me calava. Eu me enfurnava na minha própria mente, ali escondida, escrevendo com fervor no meu diário, à espera do Arrebatamento. Esse era de fato o final dos tempos, não dos tempos do mundo, mas da minha crença. Eu só ainda não percebia.

Eu ficava quieta e sentia raiva ao ver com que facilidade e rapidez todo mundo na nossa vida tinha se voltado contra Nana. Agora, nem mesmo o esporte podia lhe dar proteção. Quando Nana reinava, o pastor John às vezes o chamava ao tablado nos domingos, e a congregação estendia as mãos e orava por sua semana seguinte, pela vitória em todas as partidas em que ele estava prestes a jogar. Lá em cima, com a cabeça baixa, Nana recebia todas as bênçãos de nossas mãos estendidas em coroa. E, quando chegava a hora do jogo e sua equipe vencia, todos nos sentíamos satisfeitos. "Quão grande é nosso Deus?" nós cantávamos durante o louvor e a adoração; e acreditávamos nisso.

Nos raros dias em que a equipe de Nana perdia, porém, eu escutava aquela centelha de fúria percorrer o público.

"Que que é isso!"

"Se liga no jogo!"

Isso era o basquete no Alabama, não o futebol americano. As pessoas não se importavam tanto; mesmo assim, era desse jeito que se importavam. Antes que Nana tornasse a equipe renomada no nosso estado, em todos os jogos as arquibancadas estavam quase vazias; mas quando a equipe ganhou fama, cada torcedor passou a ser um *expert*.

Durante sua dependência, Nana jogou exatamente duas partidas. Ele estava péssimo, desleixado e desconcentrado. Perdia um arremesso atrás do outro; deixava a bola cair e ir rolando para fora da quadra.

"Onde esse negro de merda aprendeu a jogar?", gritou um torcedor furioso, e eu não podia acreditar como a queda foi rápida, como a rejeição foi veloz.

Quando Nana estava por baixo, o pastor John parou de chamá-lo ao altar para receber nossas orações, nossas mãos estendidas. Naquelas duas partidas, ele jogou como se só recentemente tivesse ouvido falar do que era o basquetebol. Na noite da última vez em que jogou na vida, ele foi alvo de vaias de todos os que estavam na arquibancada. Os dois lados, as duas torcidas uniram as vozes em coro. Nana jogou a bola com toda a força contra o muro quando o juiz marcou alguma coisa que o desagradou. O juiz o expulsou do jogo, e a alegria foi geral enquanto Nana olhava ao redor, fazendo um gesto obsceno para todos nós, e saía da quadra. Naquela noite, eu vi Ryan Green vaiando na arquibancada. Vi a sra. Cline. Vi minha igreja, e não pude deixar de ver.

Amarás o Senhor teu Deus de todo o teu coração, de toda a tua alma, de todo o teu espírito e de todas as tuas forças... Amarás o teu próximo como a ti mesmo. Não existe mandamento maior que estes. Pensei muito nesse versículo naquela época. Três páginas do meu diário de criança estão preenchidas com essas palavras, copiadas repetidamente até minha caligrafia ficar desleixada, preguiçosa. Eu estava tentando lembrar a mim mesma de amar a Deus, amar ao meu próximo.

Mas a instrução não se resume a amar o próximo. Ela determina que isso se dê na mesma medida em que você ama a si mesmo. E aqui estava o desafio. Eu não amava a mim mesma; e mesmo que me amasse, não poderia amar meu próximo. Eu tinha começado a odiar minha igreja, minha escola, minha cidade, meu estado.

Por mais que se esforçasse, minha mãe não conseguiu convencer Nana a voltar à igreja conosco depois daquele domingo no último banco. Foi um alívio para mim, mas não lhe disse isso. Não queria todos olhando para nós, fazendo seus julgamentos. Não queria ter ainda mais provas de Deus não ter curado meu irmão, uma recusa que eu considerava inacreditavelmente cruel, apesar de ter passado a vida inteira ouvindo que os desígnios de Deus são misteriosos. Eu não estava interessada em mistérios. Queria a razão, e estava se tornando cada vez mais claro que não teria nenhum acesso a ela naquele lugar em que tinha passado tanto tempo da minha vida. Se eu pudesse ter parado de frequentar de uma vez a Primeira Assembleia, é o que eu teria feito. A cada vez que eu pensava que poderia parar, via minha mãe lá junto do altar, girando e caindo, cantando em louvor, e sabia que, se eu não fosse à nossa igreja com ela, ela simplesmente iria sozinha. Que ela simplesmente *estaria* só, a última pessoa na face da Terra que ainda acreditava que Deus curaria seu filho, e eu não tinha como imaginar nada mais solitário do que isso.

37

Agora quero escrever sobre a dependência de Nana a partir de dentro dela. É assim que quero conhecê-la, como se ela fosse minha. Fiz anotações meticulosas dos seus tempos finais no meu diário. Escrevi como uma antropóloga com Nana como meu único tema. Posso dizer como era sua pele (descorada), seu cabelo (desgrenhado, sem corte). Posso dizer que ele, sempre magro demais, tinha perdido tanto peso que seus olhos pareciam se projetar das órbitas encovadas. Mas toda essa informação é inútil. A etnografia do meu diário é dolorosa de se ler e, ainda por cima, não ajuda em nada, porque nunca posso conhecer o interior da sua mente: como era para ele percorrer o mundo naquele seu corpo, nos seus últimos dias. Os registros no meu diário eram minhas tentativas de encontrar um jeito de entrar num lugar que não tem entradas, nem saídas.

   Nana começou a roubar da nossa mãe. De início, coisinhas: sua carteira, seu talão de cheques; mas logo o carro sumiu, da mesma forma que a mesa da sala de jantar. Logo, também Nana sumia. Por dias e semanas de uma vez, ele desaparecia, e minha mãe saía atrás dele. Chegamos a um ponto em que ela e eu sabíamos o nome de cada recepcionista e cada faxineira de todos os motéis de Huntsville.

— Você pode desistir se quiser, — minha mãe às vezes dizia baixinho ao Cara do *Chin Chin* pelo telefone— mas eu nunca vou desistir. Nunca vou desistir.

Naquela época, o Cara do *Chin Chin* ligava com regularidade. Eu falava com ele ao telefone por alguns minutos, respondendo às suas perguntas enfadonhas e prestando atenção a como o tempo e a culpa tinham alterado sua voz. Então eu entregava o fone à minha mãe e esperava que os dois terminassem a briga.

— Onde você estava? — minha mãe uma vez disse para ele ao telefone. — Onde você esteve? — Era a mesma coisa que ela dizia a Nana nas noites em que ele entrava sorrateiro pela porta dos fundos, voltando de algum barato, fedendo a mais não poder, sem esperar encontrar nossa mãe em vigília na sala de estar.

Esses foram os tempos das coisas quebradas. Com um soco, Nana abriu um buraco numa parede. Ele destroçou o aparelho de televisão, atirando-o ao chão; e estilhaçou todos os porta-retratos e as lâmpadas da casa. Ele me chamou de puta enxerida na noite em que o flagrei esbravejando lá embaixo, e minha mãe subiu correndo comigo para que nós duas nos escondêssemos dele. Bloqueamos a porta do meu quarto com uma cadeira, mas logo ele estava ali, esmurrando.

— Fodam-se vocês duas — ele disse, e nós ouvíamos o barulho do seu ombro batendo na porta e víamos como a porta queria se soltar das dobradiças, queria deixar que ele entrasse.

E minha mãe respondia em oração, em voz alta.

— Senhor, protege meu filho. Senhor, protege meu filho.

Eu estava com medo e com raiva. Quem nos protegeria?

Quase era melhor quando ele estava no barato. No barato, ele não passava mal. Não ficava furioso. Ficava amortecido, tranquilo, liquidado. Só o vi se picar uma única vez. No sofá, na sala de estar da nossa casa, ele enfiou uma agulha na dobra do cotovelo e então escapou dali para algum lugar, esquecido de mim e de tudo que o cercava. Desde então, nunca vi uma agulha sem pensar nele. Preferi o corpo de camundongos ao de humanos porque não quero nunca enfiar uma agulha na dobra de um cotovelo. Não consigo ver uma veia cubital mediana sem ver meu irmão cabecear e se ausentar no nosso sofá.

Como falar do dia em que ele morreu? Não me lembro daquela manhã, e meu registro no diário na noite anterior diz apenas o seguinte: *Buzz parecia cansado, mas bem!* Li essa frase tantas vezes ao longo dos anos, e o ponto de exclamação ainda zomba de mim. Devo ter ido à escola nesse dia. Devo ter voltado para casa, preparado um lanche para mim e esperado que minha mãe chegasse. Não esperava ver Nana, mas eu o tinha visto na noite passada e não estava preocupada.

Lembro-me, sim, de que minha mãe não chegou do trabalho na hora. Ela estava com a família Foster, trabalho novo desde o falecimento da sra. Palmer. Tinha voltado para o turno diurno e geralmente chegava antes das sete. Naquela noite, porém, ela entrou arrastando os pés às oito, pedindo desculpas enquanto descarregava o carro. A filha do sr. Foster estava na cidade e tinha dado uma canseira nos ouvidos da minha mãe.

Eu tinha preparado o jantar para mim e ofereci um pouco à minha mãe. Ficamos as duas olhando para o relógio e para a porta. Para o relógio e para a porta. Ele não chegou. Tínhamos criado uma rotina, uma norma tácita. Dávamos a Nana dois dias antes de pegarmos o carro para sair à sua procura. Dávamos quatro dias antes de chamar a polícia, mas isso só tinha acontecido uma vez. E aquela noite era a do primeiro dia. Ainda não tínhamos chegado àquele ponto.

Não pensamos em nos preocupar, tanto que, quando a polícia bateu à nossa porta em torno das nove da noite para nos dizer que Nana tinha tomado uma *overdose* de heroína e morrido no estacionamento de um Starbucks, ficamos atordoadas com o inesperado da notícia. Tínhamos imaginado que nossa rotina nos salvaria, que salvaria a ele.

Não escrevi nada no meu diário naquela noite nem por muitos anos depois.

38

Topei com Katherine na lanchonete cerca de uma semana depois daquele almoço em que me enrolei sem dizer o que pretendia. Eu a vi debruçada sobre uma bandeja de fritas, tentando escolher quais ela queria, e dei meia-volta para evitá-la.

— Gifty! — ela gritou. Eu já quase tinha chegado à porta. Ela veio correndo na minha direção, trazendo um saquinho de molho de creme e cebola. — Como você está?

— Ah, oi, Katherine. Estou ótima, obrigada.

— Por que não almoça comigo?

— Tenho muito trabalho a fazer.

— Ele ainda vai estar lá depois que você comer — ela disse, estendendo a mão para pegar a minha. — Eu faço questão.

Ela pagou pelas batatas fritas e pelo meu sanduíche também, e nós duas nos encaminhamos para as mesas altas nos fundos da lanchonete. O lugar estava quase vazio, a não ser por alguns alunos da graduação que tinham vindo até essa parte do campus destinada aos da pós-graduação, talvez pela tranquilidade, pela menor chance de serem reconhecidos. Eu já tinha sido assim, tão solitária que ansiava por mais solidão. Mesmo depois de ter feito alguns amigos na faculdade, eu ainda fazia um esforço para criar as condições necessárias que me permitissem ficar sozinha. Se eu tivesse agido certo nesse dia, não estaria ali sendo forçada a almoçar com Katherine.

— Ainda está com problemas para escrever? — Katherine perguntou.

— Estou bem melhor — respondi. Mordisquei meu sanduíche enquanto Katherine abria seu saquinho de fritas e começava a comê-las devagar, uma de cada vez.

Ficamos ali caladas algum tempo. Eu queria me livrar daquele olhar sério de Katherine e, por isso, não tirei os olhos da comida como se o segredo da vida estivesse no recheio entre duas fatias de *sourdough*. Por fim, Katherine rompeu o silêncio.

— Sabe, Steve é da Costa Leste e quer mesmo se mudar de volta para lá depois que eu terminar aqui, mas por que alguém ia querer morar em qualquer lugar que não seja a Califórnia? Passei um verão em Los Angeles e agora até mesmo a região de San Francisco é fria demais para mim. As pessoas dão um valor excessivo às estações do ano.

— Você já se decidiu sobre a história de filhos?

Ela ficou surpresa. Estava claro que não se lembrava de ter me contado sobre Steve e seu sub-reptício calendário de ovulação.

— Ainda não chegamos a uma conclusão. Ele quer começar a tentar, mas eu quero esperar até ter terminado, no mínimo, meu pós-doutorado. Estou com trinta e seis. Quer dizer que talvez seja uma batalha difícil, mas isso também vale para meu trabalho. Simplesmente não sei. E você? Você chega a pensar em ter filhos?

Fiz que não depressa, depressa demais.

— Acho que eu não seria uma boa mãe — disse eu. — Além do mais, não faço sexo há mais ou menos um ano.

De repente, eu me senti embaraçada por ter feito essa revelação, mas Katherine pareceu não dar a mínima. Minha sensação foi como se o ombro do meu vestido tivesse escorregado do lugar, deixando minha pele à mostra. Eu tinha em parte perdido minha timidez diante do assunto do sexo, mas não por completo. Durante anos, eu não tinha sido capaz de conciliar minha vontade de sentir prazer com minha vontade de ser uma boa pessoa, dois aspectos que muitas vezes pareciam entrar em conflito durante o sexo, em especial o sexo que me agradava. Todas as vezes, eu ficava ali deitada, depois, olhando para o teto, imaginando minhas promessas como balõezinhos que iam subindo no ar e se afastando, prontos para serem estourados.

Conheci Justin, o cara com quem oficialmente perdi a virgindade, numa festa de entrosamento em Nova York, que reunia pessoas de cor e estudantes da Ivy League, no verão depois que me formei na faculdade. Na primeira vez que fizemos sexo, meu corpo estava tão rígido, minha vagina tão tensa, que ele olhou para mim meio inseguro.

— Acho que não consigo. Tipo, ao pé da letra, acho que não vou conseguir entrar.

— O que a gente pode fazer? — perguntei, mortificada, mas cheia de determinação. Dali a algumas horas eu ia pegar o trem de volta para Boston e queria aquilo, queria Justin.

Ele saiu do quarto e voltou com um pote de óleo de coco. Depois de um pouco de massagem e incentivo, ele estava dentro de mim. Doeu naquela hora, mas antes que aquele verão terminasse, nós já tínhamos encontrado um ritmo delicioso, um visitando o outro nos fins de semana, de quando em quando, só para passarmos juntos uma noite ou duas. Comecei a querer mais, mais arranhões, mais conversa.

— Você é sacana? — Justin perguntava na cama. Eu ia embora para a Califórnia logo depois da pós-graduação; e nós dois sabíamos, tínhamos sempre sabido, que o fim estava chegando. — Sacana de verdade?

— Sou, sim — eu respondia, cerrando os dentes, curtindo o prazer que ele me dava, mas na minha cabeça eu pensava, *Não, não, não. Por que não posso ser boa?*

Katherine acabou de comer as fritas e limpou as mãos num guardanapo.

— Você está com vinte e poucos anos, certo? Puxa, você é tão nova e tão brilhante! Sinceramente, eu mal consigo esperar para ver o que vai fazer, digamos, nos próximos cinco anos. E se filhos não fazem parte do projeto, quem se importa? Seu trabalho vai ser de peso. Dá para eu sentir. Afinal, o que te trouxe para essa especialidade?

A pergunta me pegou despreparada, que talvez fosse o que ela pretendia. Olhei para Katherine. Partículas das fritas tinham se acumulado nos seus lábios, dando-lhes um leve bruxuleio branco.

— Minha mãe tem depressão. Ela está comigo agora. Na minha cama. Já teve depressão no passado e enfrentou uma experiência terrível com o atendimento psiquiátrico, por isso tem uma resistência daquelas a procurar ajuda. Pois é, sim, ela está comigo aqui há mais ou menos duas semanas.

As palavras como que jorraram de mim, e eu fiquei tão feliz, senti tanto alívio, uma vez que desabafei. Katherine estendeu a mão e a pousou sobre a minha.

— Que pena. Deve ser tão difícil para você — ela disse. — Alguma coisa em que eu possa ajudar?

Gye Nyame, eu tive vontade de dizer. Só Deus pode me ajudar.

★ ★ ★

Minha mãe tirou uma semana de licença do trabalho depois que Nana morreu. Ela queria fazer um grande funeral no estilo ganense, com comida, música e dança. Mandou dinheiro e medidas para o Cara do *Chin Chin*, para ele mandar fazer roupas de luto para nós. Quando elas chegaram, tirei a minha da embalagem e a segurei. O tecido era vermelho-sangue e parecia encerado. E eu não queria usá-la. Não conseguia me lembrar da última vez em que tinha sido forçada a usar trajes tradicionais, e achava que daria a impressão de uma mentira. Eu me sentia tão ganense quanto uma torta de maçãs, mas como poderia dizer isso para minha mãe?

Toda aquela choradeira, os dentes rangendo... Minha mãe estava praticamente irreconhecível para mim. Quando os policiais saíram da nossa casa na noite da *overdose* de Nana, ela caiu ao chão, agitada, gadanhando os braços e as pernas até o sangue brotar, gritando o nome do Senhor, *"Awurade, Awurade, Awurade"*. Desde então, não tinha parado de chorar. Como eu poderia lhe dizer que achava meu traje de luto espalhafatoso? Que eu não queria a atenção que esse funeral atrairia. Eu não queria nenhum tipo de atenção, e naquelas primeiras semanas fiquei a salvo. Nada nos ensina a verdadeira natureza de nossas amizades como uma morte repentina, pior ainda, uma morte envolta em vergonha. Ninguém sabia como falar conosco, e assim nem mesmo tentavam. Eu nunca deveria ter sido deixada sozinha com minha mãe naqueles dias após a morte de Nana, e minha mãe nunca deveria ter sido deixada só, consigo mesma. Onde estava nossa igreja? Onde estavam os poucos ganenses, dispersos pelo Alabama, com quem minha mãe tinha feito amizade? Onde estava meu pai? Minha mãe, uma mulher que quase não chorava nunca, chorou tanto naquela primeira semana que desmaiou de desidratação. Fiquei ali em pé junto ao seu corpo, abanando-a com o objeto mais próximo que encontrei – sua Bíblia. Quando voltou a si e entendeu o que tinha acontecido, ela pediu desculpas. Prometeu que não ia chorar mais, promessa que ela ainda era incapaz de cumprir.

Nisso tudo, onde é que estava o pastor John? Ele e a esposa mandaram flores para nossa casa naquela primeira semana. Ele veio à nossa casa depois da igreja no terceiro domingo, os três únicos domingos que minha mãe tinha faltado ao culto desde que entrara para a Primeira Assembleia. Atendi a porta, e a primeira coisa que ele fez foi pôr a mão no meu ombro e começar a orar.

— Senhor, eu te peço que cubras essa menina de bênçãos. Peço-te que lhe relembres que estás perto, que andas com ela enquanto ela percorre o caminho da dor.

Tive vontade de encolher o ombro para me livrar do seu braço, mas estava tão grata de vê-lo, tão grata pelo seu toque, pelo toque de qualquer pessoa, que fiquei ali parada, recebendo a prece.

Ele entrou. Minha mãe estava na sala de estar, e o pastor John foi até ela, sentou-se ao seu lado no nosso sofá. Pôs as mãos nos seus ombros, e ela se encolheu. Aquilo me pareceu tão íntimo quanto uma nudez, e eu saí da sala, dando-lhes espaço para estarem um com o outro e com o Senhor. Embora nem sempre tenha gostado do pastor John, senti grande afeto por ele no dia em que finalmente nos visitou. Desde então, ele permaneceu na minha vida e na da minha mãe.

Nunca disse à minha mãe que detestei o tecido do traje do funeral. Usei o meu, e minha mãe usou o dela; e nós duas recebemos os convidados no salão do clube que minha mãe tinha alugado para o funeral de Nana. Vieram ganenses: do Alabama, do Tennessee, de Ohio e de Illinois. E em Gana, ao funeral que o Cara do *Chin Chin* organizou, compareceram ganenses de Cape Coast, Mampong, Acra e Takoradi.

Minha mãe andava para lá e para cá no salão, cantando:

Ohunu mu nni me dua bi na masɔ mu
Nsuo ayiri me oo, na otwafoɔ ne hwan?

Não tenho um galho que possa agarrar
Estou em águas pantanosas, onde está meu salvador?

Eu não conhecia a música; e, mesmo que conhecesse, não tenho certeza se teria cantado junto. Sentei-me na fileira da frente, com o punhado de outros ganenses dignos de receberem condolências, e dei apertos de mãos em todos os presentes que passaram por mim. Enquanto suas mãos seguravam a minha, eu só conseguia pensar em como estava desesperada para lavar de mim cada toque, abrir a torneira com a água quase queimando, ficar limpa, me livrar daquilo tudo.

Estávamos na Elks Lodge, o único lugar com espaço suficiente para o funeral extravagante que minha mãe queria realizar. Mas a Elks Lodge não era nenhuma tenda funerária de Kumasi; e, embora tivéssemos convidado todo mundo da equipe de basquetebol de Nana, das suas antigas equipes de futebol, todos da igreja, a totalidade do mundinho que minha mãe tinha conseguido construir em quinze anos, mesmo assim, o lugar estava cheio só pela metade.

Minha mãe não parava de andar para lá e para cá, cantando sua música:

Prayɛ, mene womma oo
Ena e, akamenkoa oo
Agya e, ahia me oo

Que será de nós
Fiquei sozinha
Fiquei na miséria

Os ganenses choravam e andavam para lá e para cá, jogavam as mãos para o alto e questionavam Deus. Os americanos ficavam ali parados, desconcertados. Antes que se passasse muito tempo, o pastor John pegou o microfone e subiu ao púlpito improvisado à frente do salão para dizer algumas palavras.

— Nós sabemos que Nana era um rapaz talentoso. Muitos de nós nesta sala o vimos jogar na quadra de basquete, arremessando aquela bola na direção do próprio céu. Era uma felicidade para nós vê-lo jogar e reconhecer nesse jovem a glória do Senhor. Ora, quando um jovem morre, é fácil para aqueles de nós que ficamos para trás sentir raiva. Pensamos, por que Deus faria uma coisa dessas? Nana tinha tanto a dar, Deus, por quê? É normal ter esse tipo de sentimento, mas permitam que lhes relembre: Deus não erra. Eu disse, Deus não erra. Amém? Deus, em sua infinita sabedoria, decidiu levar Nana para casa, para junto de si. E nós precisamos acreditar que o Paraíso onde Nana está agora é mais maravilhoso do que qualquer coisa que este mundo tinha para lhe oferecer. Nana está num lugar melhor, com nosso Pai Celestial, e um dia nós teremos a imensa alegria, a alegria imensa, imensa, de encontrá-lo lá.

Eu estava ali sentada escutando as palavras do pastor John, escutando os améns e os aleluias que se erguiam em coro em torno das suas palavras, pensando, *Nana teria detestado tudo isso*. E essa percepção, essa sala cheia de gente que conhecia meu irmão mas não o conhecia, que evitava tocar nas circunstâncias da sua morte, falando sobre ele como se somente aquela parte da sua vida que tinha se passado antes da dependência merecesse ser examinada e ser alvo de compaixão, esse conhecimento me destroçou e derrubou a árvore da minha crença, que vinha crescendo havia tanto tempo. Fiquei ali sentada naquele clube, reduzida a um toco, perguntando-me o que seria de mim.

39

O Cara do *Chin Chin* nos mandou fotos do funeral de Nana em Gana. Centenas de pessoas se reuniram numa tenda em Kumasi, usando roupas semelhantes às que minha mãe e eu tínhamos usado. Meu pai apareceu em apenas uma das fotos. Estava majestoso em seu traje vermelho e preto. Seu rosto era uma lembrança antiga, desbotada. Eu nunca tinha sido parecida com ele, mas, olhando com atenção para a foto, pude me ver na sua cabeça baixa, nos olhos tristes.

— O comparecimento foi bom — disse minha mãe, enquanto passava os olhos pelas fotos. — Seu pai fez tudo certo.

Eu não conhecia nenhuma das outras pessoas fotografadas. Em sua maioria, elas não tinham conhecido Nana, mas alguns disseram que se lembravam do bebê que ele tinha sido.

Quando o Cara do *Chin Chin* ligou para perguntar se tínhamos recebido as fotos, falei com ele por alguns minutos.

— O que você disse para todo mundo? — perguntei.

— Como assim?

— Sobre como Nana morreu. O que você disse? O que disse para sua mulher? — Ele ficou calado por um instante, e eu olhei para sua foto, esperando pela resposta.

— Disse que ele estava doente. Disse que estava doente. Não é verdade?

Nem mesmo entreguei o telefone à minha mãe. Simplesmente desliguei. Sabia que ela ligaria de novo para ele e que os dois conversariam aos sussurros a meu respeito, antes de repassarem cada detalhe do funeral. Qual foi a comida, que músicas foram tocadas, quais foram as danças.

— Não gostei de como você desrespeitou seu pai — disse minha mãe mais tarde naquele dia. Ela não ia ao trabalho havia duas semanas, e para mim era estranho vê-la dentro de casa a toda hora, fazendo coisas do dia a dia, entrando no meu quarto para me passar um sermão educativo que, segundo a televisão, um filho americano ouviria.

Naquelas primeiras semanas depois que Nana morreu, antes que minha mãe entrasse em colapso, eu tinha a sensação de estar levando a mesma vida, mas de cabeça para baixo, às avessas. As coisas pareciam normais a um olhar inexperiente, mas quando na minha vida minha mãe estaria em casa, acordada, falando comigo às três da tarde?

— Desculpa — eu disse.

— O funeral teve um bom comparecimento — ela disse.

— Você já falou isso.

Ela me lançou um olhar sério de advertência, e eu me toquei. As coisas não tinham mudado tanto ao ponto de eu poder me tornar uma pré-adolescente americana comum, atrevida com a mãe.

— Você gostaria de ter podido estar lá? — perguntei, mudando o rumo da conversa.

— Em Gana? Não. Nana não teria querido que eu fosse.

Ela ficou ali encostada no marco da porta mais um pouquinho. Naquele período, e ainda, eu estava sempre me perguntando como devia agir com ela. Deveria ter me levantado para lhe dar um abraço forçado? Ela me disse que ia tomar um Zolpidem. Saiu do quarto, e pude ouvi-la remexendo no banheiro, à procura dos comprimidos para insônia com os quais tinha contado para sobreviver aos muitos anos em que trabalhara no turno da noite. Pude ouvi-la ir para a cama. Eu não sabia de nada.

O Zolpidem a deixava meio biruta e cruel. Ela tomava um, mas não adormecia de cara. Em vez disso, ficava perambulando pela casa, procurando encrenca. Uma vez, ela me encontrou na cozinha, preparando um sanduíche de manteiga de amendoim.

– Você sabe que eu não queria outro filho depois de Nana. – Com o Zolpidem, suas palavras eram sempre lentas, arrastadas, como se cada uma fosse mergulhada no sono traumatizado do medicamento antes de escapar da sua boca. – Eu só queria Nana, e agora só tenho você.

Sei a impressão que essa sua fala causa. Ela disse isso e voltou devagar para seu quarto no andar superior. Em questão de minutos, ouvi seu ronco. Fiquei magoada com o que ela disse, mas entendi o que queria dizer. Entendi e perdoei. Eu também só queria Nana, mas só tinha minha mãe.

Sempre que acordava daquele sono induzido pela medicação, ela parecia estar descontrolada, como uma mulher que tivesse sido largada numa ilha deserta com o aviso de que só teria uma hora para encontrar água. Seus olhos estavam desvairados. As pupilas não paravam, numa busca incessante. Olhando para ela, eu me sentia como um domador de leões ou um encantador de serpentes. *Calma aí*, eu pensava enquanto ela voltava lentamente à realidade.

– Onde estou? – ela me perguntou um dia.

— Você está em casa. Em sua casa, em Huntsville — respondi.

Ela fez que não, e seus olhos pararam de procurar. Em vez disso, ela me descobriu, descobriu que eu não bastava.

— Não! — ela disse, e então ainda mais alto — Não. — Voltou a subir a escada, voltou para a cama. Foi assim que começou.

40

Minha mãe na cama aos cinquenta e dois. Minha mãe na cama aos sessenta e oito. Quando ponho as duas imagens dela, uma ao lado da outra, procurando as diferenças, à primeira vista parecem ser poucas. Ela estava mais velha, mais magra, mais enrugada. Seu cabelo, que demorou para começar a ficar grisalho, agora apresentava alguns fios prateados aqui e ali. Essas diferenças eram sutis, porém presentes. O que era mais difícil de detectar: eu, aos onze – desnorteada; eu, aos vinte e oito – ainda na mesma.

O Zolpidem é uma droga projetada para o curto prazo. Ela serve para pessoas que trabalham em turnos, que há muito perderam seu ritmo circadiano, mas também é usada por quem só quer um pouco mais de facilidade para adormecer. Pertence a uma classe de medicamentos conhecidos como hipnóticos; e, naquele primeiro dia em que não consegui tirar minha mãe da cama, só me pareceu que a hipnose tinha simplesmente funcionado bem demais.

Eu vinha faltando à igreja desde o funeral de Nana e, naquele primeiro dia de sono da minha mãe, pensei em faltar à escola também. Foi a única vez na minha vida que eu me lembro de não ter querido ir à escola, porque, apesar de detestar os aspectos sociais das últimas séries do ensino fundamental, eu adorava a escola em si. Adorava as salas de aula e, em especial, adorava a biblioteca, com seu cheiro de umidade, de coisa velha.

Não consegui fazer minha mãe se levantar. Decidi deixar para pensar nisso mais tarde e ir à escola a pé.

— Tudo bem com você, Gifty? — perguntou a sra. Greer, a bibliotecária, quando me viu entre as estantes. Eu estava deixando a transpiração da caminhada secar sob o sopro gelado do ar-condicionado. Não tinha imaginado que alguém estivesse na biblioteca assim tão cedo. Até mesmo a sra. Greer costumava chegar um pouco atrasada, com uma Diet Coke gigante na mão e um sorrisinho tímido nos dias em que eu estava lá antes, dando uma olhada nos livros enquanto ela ligava os computadores do sistema de registro de empréstimos. Era uma bibliotecária que estava sempre pensando em formas de fazer com que as crianças achassem ler legal e maneiro. O problema era que ela dizia coisas do tipo "Vamos fazer a leitura ser legal e maneira para todos vocês" para os próprios alunos, o que queria dizer que seus planos nunca dariam certo.

Eu não me importava se a biblioteca não fosse legal ou maneira. Gostava da sra. Greer com sua dependência de refrigerantes e sua dedicação à permanente dos anos 1980. Na verdade, se havia alguma pessoa na escola naquele ano que teria se importado sinceramente com meus problemas em casa, que teria prestado atenção às minhas preocupações e procurado um jeito de ajudar, teria sido a sra. Greer.

— Tudo bem — respondi. E, assim que a mentira saiu da minha boca, eu soube que ia cuidar da minha mãe sozinha. Ia ajudá-la a recuperar a saúde com a pura força de vontade dos meus onze anos. Eu não a perderia.

Minha mãe aos sessenta e oito, e eu aos vinte e oito. Katherine começou a aparecer no meu escritório. Trazia o que tivesse assado no forno: biscoitos e tortas, pão fresco, bolo inglês. Ela se sentava no canto do meu escritório e insistia comigo para que comêssemos logo o que tinha trazido, mesmo que eu estivesse ocupada escrevendo, que era minha desculpa de costume e quase nunca a pura verdade. "É que nunca experimentei essa receita", Katherine dizia, desconsiderando meus débeis protestos. "Vamos ver se ela é boa."
Sempre era boa. Eu sabia que ela não estava exatamente mentindo, mas apenas se desviando da verdadeira razão para suas visitas. Essas gostosuras feitas em casa eram sua forma de me dizer que estava à disposição se eu precisasse dela. Eu não estava disposta a precisar dela, mas comia tudo o que preparava. Levava os agrados para minha mãe em casa; e, para meu prazer, ela comia alguns deles também. Quando Katherine voltava, eu dizia, "Acho que minha mãe gostou mesmo do bolo de limão", e no dia seguinte lá estava na minha caixa de correio um bolo de limão fresquinho, embrulhado em celofane, com laços de fita, com uma aparência tão profissional que comecei a chamá-los, na minha cabeça, de "Bolos da Kathy", com letras maiúsculas e tudo, como se ela sozinha fosse uma empresa panificadora. Não sei como arrumava tempo para aquilo.

* * *

Eu me apressava a voltar cedo da escola para casa na primeira semana do exílio da minha mãe no quarto. Todas as tardes era a mesma coisa. Eu empurrava seu braço, e ela murmurava baixinho, mas alto o suficiente para me convencer de que ainda estava viva. Fazia para ela sanduíches de manteiga de amendoim e geleia; e, horas depois, quando os encontrava intactos, jogava tudo fora e lavava os pratos. Eu limpava tudo o que me ocorresse limpar – o banheiro, a garagem, o quarto dela e o meu. Nunca entrei no quarto de Nana. Em vez disso, arrastei o vaporizador de limpeza dos confins do closet e limpei o carpete da sala de estar, escoando a água cinzenta na banheira inúmeras vezes. Aquilo me acalmava: ver toda a sujeira escorrer pelo ralo, não deixando nada no seu lugar além de água cada vez mais limpa. Queria que minha vida seguisse um processo semelhante. Queria que minha mãe e eu saíssemos daquele período difícil limpas, livres.

Eu estava acostumada a ficar sozinha em casa, mas aquilo, aquele falso estar só, era muito pior do que qualquer solidão que eu já tivesse sentido. Saber que minha mãe estava na casa, saber que ela não podia, não queria, sair da cama para estar comigo, para me ajudar na minha tristeza, me dava raiva; e então minha raiva fazia com que eu sentisse culpa, que por sua vez me dava raiva, num terrível círculo vicioso. Para combatê-lo, eu deixava a televisão ligada desde a hora em que chegava à tarde até a hora em que saía de manhã. Queria que minha mãe a ouvisse, que saísse do seu quarto e berrasse comigo sobre toda a energia elétrica que eu estava desperdiçando. Queria ouvi-la me dizer, até com os centavos, quanto ela pagava de eletricidade todos os meses, quanto dinheiro minha vida estava lhe custando – eu, a filha que ela nunca tinha querido ter.

"Não deixe sair o ar gelado", ela costumava dizer quando me flagrava com o olhar fixo por muito tempo no vórtice da nossa geladeira, esperando que a coisa ainda desconhecida que eu queria comer se revelasse como que por mágica. "Sabe quanto eu pago de eletricidade?"

Por isso, quando ela estava de cama, eu deixava a televisão ligada. Deixava sair o ar gelado.

Han bateu na porta do meu escritório.

— Entre — eu disse. Mais cedo, Kathy tinha deixado ali um dos seus bolos, e ele estava em cima da minha mesa, numa embalagem primorosa, me provocando.

— Estou indo ao Philz tomar um café. Quer que te traga alguma coisa?

— Ah, não, obrigada, Han, — respondi. — Na verdade, vou para casa daqui a pouco.

— Puxa, Gifty saindo cedo do trabalho? — disse ele. — Deve ser importante.

Engoli em seco.

— Minha mãe está aqui. Minha ideia era nós duas dividirmos esse bolo de morango que Katherine fez.

Eu sabia que aquele era um pensamento mágico, mas me sentia melhor só de expressá-lo, de imaginar minha mãe e eu sentadas na minha pequena sacada, com dois garfos e uma gorda fatia de bolo.

— Nos vemos amanhã, então — disse Han, e eu arrumei minhas coisas e fui para casa.

Quando cheguei, pus o Bolo de Kathy na mesinha de cabeceira ao lado da minha mãe e peguei a Bíblia. Comecei a ler para ela do livro de João. Era seu Evangelho preferido; e, embora parecesse que tinha se passado uma eternidade, também tinha sido o meu. Queria ler para ela sobre Lázaro, o homem de Betânia que Jesus tinha levantado dos mortos.

Mesmo quando eu era criança, esse milagre me parecia um pouco forçado, um acontecimento milagroso demais num livro cheio de acontecimentos milagrosos. Davi e Golias, Daniel e a cova dos leões, até mesmo Jonas e a baleia tinham parecido plausíveis, mas Lázaro, morto havia quatro dias, e então chamado de volta à vida com um único "Vem para fora" de Jesus, me pareceu um pouco de exagero.

Naquela época, o problema para mim não estava em eu não acreditar que Jesus pudesse fazer o que fez. Estava, sim, em não entender por que ele o faria. Eu tinha passado todas as Páscoas da minha infância num vestidinho em tom pastel com sapatos brancos de verniz, cantando aos berros, "Ele ressuscitooooou, ELE RESSUSCITOOOOOU, E VIVERÁ PARA SEMPRE", celebrando encantada a ressurreição de um homem a quem a morte não conseguiu derrubar. Como entender, então, o ressuscitamento de Lázaro? Por que Jesus haveria de roubar sua própria cena daquele jeito, e por que nós não cantávamos hinos sobre Lázaro, o homem que Deus considerou merecedor de voltar a viver?

"Lázaro, nosso amigo, dorme, mas vou despertá-lo" eu li, mas minha mãe não se mexeu. Guardei a Bíblia e voltei à cozinha para fazer um bule de chá. Pensar em Lázaro sempre me leva a refletir sobre o que significa estar vivo, no que significa fazer parte do mundo, estar desperto. Quando criança, eu me perguntava quanto tempo Lázaro teria vivido depois que morreu? Será que ele ainda estava entre nós agora? Um ancião, um vampiro, o último milagre remanescente? Eu queria que um livro inteiro da Bíblia fosse dedicado a ele e a como ele devia ter se sentido por ser o alvo daquela estranha e incrível graça de Deus. Eu me perguntava se ele era o mesmo homem que tinha sido antes de enganar a morte ou se ficou mudado para

sempre, e também me perguntava quanto tempo para sempre representava para alguém que um dia tinha adormecido. Em retrospectiva, eu podia ver como era fácil me psicanalisar. Mexi meu chá, pensei em Katherine, pensei em Lázaro e banquei minha própria terapeuta, reconhecendo o lugar--comum de escolher o evangelho segundo João, de escolher Lázaro para aquele específico momento na minha vida. "Você acredita no Evangelho de Jesus Cristo como manifestado pelo Espírito Santo?", perguntei a mim mesma, rindo sozinha na cozinha. Não me dei ao trabalho de responder.

Em *Fundamentos filosóficos da neurociência,* Bennett e Hacker escrevem:

> O que [a neurociência] não pode fazer é substituir a ampla variedade de explicações psicológicas comuns das atividades humanas em termos de razões, intenções, propósitos, objetivos, valores, normas e convenções por explicações neurológicas... Pois não faz sentido imputar esses atributos psicológicos a nada menos que o animal como um todo. É o animal que percebe, não partes do seu cérebro; e é o ser humano que pensa e raciocina, não seu cérebro. O cérebro e suas atividades tornam possível para nós – não para o cérebro – perceber e pensar, sentir emoções e fazer e realizar projetos.

Embora houvesse muita oferta de cursos sobre "filosofia e a mente" ou "filosofia e psicologia" quando eu estava na faculdade, eram poucos os cursos sobre filosofia e neurociência que se pudesse encontrar. O livro de Bennett e Hacker me foi recomendado no meu primeiro ano por um monitor chamado Fred, que uma vez me chamou de "desconcertante e pouco tradicional", o que me deu a impressão de que ele achava que eu fazia uma quantidade excessiva de perguntas do tipo errado. Tenho quase certeza de que ele me deu o livro para se livrar de mim durante seu expediente, se não para sempre, pelo menos pelo tempo que eu levasse para lê-lo.

Eu nunca tinha pensado em minhas perguntas científicas, minhas perguntas religiosas, como perguntas filosóficas; mas, mesmo assim, voltei para a sala de convivência do meu dormitório, abri o livro e li até ficar exausta e com a visão turva. Na semana seguinte, eu estava de volta ao escritório do Fred.

— Sei que a psicologia e a neurociência têm de trabalhar de comum acordo se quisermos lidar com a extensão total do comportamento humano; e realmente adoro a ideia do animal como um todo, mas acho que minha pergunta é a seguinte: se o cérebro não tem como ser responsável por coisas como a razão e a emoção, então o que vai poder ser responsável por elas? Se o cérebro torna possível que "nós" sintamos e pensemos, então o que é "nós"? Você acredita na alma?

Eu estava ofegante. A sala do Fred era muito longe da minha última aula, e eu tinha vindo correndo para tentar apanhá-lo antes que saísse para almoçar.

— Gifty, na verdade, eu não li o livro. Só achei que você poderia gostar dele.

— Ah – eu disse.

— Mas posso dar uma lida se você quiser falar comigo a respeito.

— Tudo bem – falei, recuando aos poucos. – Quer que eu deixe a porta aberta ou fechada?

Voltei do escritório do Fred para meu dormitório, cogitando se já era tarde demais para eu mudar de ideia e me tornar médica. Pelo menos, assim, eu poderia olhar para um corpo e ver um corpo, olhar para um cérebro e ver um cérebro, não um mistério que nunca poderá ser resolvido, não um "nós" que nunca poderá ser explicado.

Todos os meus anos de cristianismo, de levar em conta o coração, a alma e a mente, com os quais as Escrituras nos dizem que devemos amar o Senhor, tinham me preparado para acreditar no imenso mistério da nossa existência, mas quanto mais eu tentava me aproximar de descobri-lo, mais os objetos se distanciavam de mim. O fato de eu poder localizar a parte do cérebro onde a memória é armazenada só responde a perguntas de onde e talvez até mesmo de como. Ele pouco contribui para responder ao por quê. Eu estava sempre, como sempre estou, desconcertada.

Eis algo que eu jamais diria numa palestra, numa apresentação ou, Deus me livre, numa monografia, mas existe um ponto em que a ciência fracassa. As questões passam a ser palpites, passam a ser ideias filosóficas sobre como alguma coisa talvez, provavelmente, seja.

Cresci em torno de pessoas que desconfiavam da ciência, que a consideravam uma manobra ardilosa para lhes roubar a fé; e me formei em torno de cientistas e pessoas laicas que falam da religião como se ela fosse uma muleta emocional para os tolos e os fracos, uma forma de exaltar as virtudes de um Deus mais improvável do que nossa própria existência humana. Mas essa tensão, essa ideia de que se deve, necessariamente, escolher entre a ciência e a religião, é falsa. Antes eu via o mundo através de uma lente de Deus; e, quando essa lente se nublou, eu me voltei para a ciência. Ambas se tornaram para mim modos valiosos de enxergar, mas na essência nenhuma das duas conseguiu cumprir seu objetivo de modo satisfatório: dar clareza, criar significado.

— Você não está falando sério — Anne disse naquele dia na aula de Ciência Integrada, quando revelei que, um dia, tinha sido crente. Ela mesma passou todo o período da nossa amizade praticando uma espécie de evangelismo próprio, tentando me desiludir da minha fé. Eu não precisava da sua ajuda. Vinha fazendo esse trabalho sozinha havia anos.

— Você acredita na evolução? — ela me perguntou num dia ensolarado de primavera. Nós tínhamos levado um par de mantas de piquenique para o gramado, para podermos estudar tomando sol. Aquela foi uma das épocas mais felizes da minha vida. E, apesar de nossas discussões constantes e embora não fôssemos continuar amigas por muito mais tempo, ela me conhecia melhor do que qualquer outra pessoa jamais me conheceu. Nem minha mãe, carne da minha carne, nunca chegou a me ver como Anne me via. Só Nana tinha me conhecido mais que ela.

— É claro que acredito na evolução — respondi.

— Certo, mas como você pode acreditar na evolução e também acreditar em Deus? O criacionismo e a evolução são diametralmente opostos.

Arranquei uma erva daninha da grama na orla da manta e comecei a esmagar suas pétalas, manchando meus dedos com o pigmento amarelo e, então, entregando aquela cor a Anne como se fosse um presente.

— Acho que somos feitos da poeira das estrelas e que Deus fez as estrelas — eu disse. Soprei, e a poeira amarela saiu voando, entrando no cabelo de Anne; e ela olhou para mim como se eu fosse maluca, e ela me viu.

* * *

Não sei por que Jesus faria Lázaro se erguer dos mortos, mas também não sei por que alguns camundongos param de acionar a alavanca e outros, não. Essa comparação pode ser falha, mas essas são duas questões que brotaram da minha mente única e exclusiva a certa altura na minha vida. Por isso, são duas questões que têm valor para mim.

Eu não pensava muito em Lázaro nos dias seguintes à morte de Nana. Já tinha parado de acreditar na possibilidade de milagres extravagantes. Mas pequenos milagres, milagres rotineiros, como minha mãe se levantar da cama, ainda pareciam dignos de alguma esperança.

— Por favor, levante-se — eu lhe dizia todos os dias antes de sair para a escola, sacudindo com vigor seu braço, seu torso, suas pernas, até ela emitir algum som evasivo para mim, algum gesto que tranquilizasse minha mente, que me permitisse acreditar que talvez, talvez, aquele dia fosse ser o dia.

Ela já tinha perdido o emprego, mas eu não sabia. A empresa de atendimento domiciliar de saúde ligou cem vezes ou mais, mas fazia muito tempo que eu tinha parado de atender o telefone. Eu mantinha minha rotina como se minha rotina fosse me salvar. E então numa quinta-feira, depois de uns dez dias, entrei no quarto da minha mãe, e ela não estava na cama. Fiquei encantada. Eu tinha conseguido. Como Jesus, eu tinha feito com que ela saísse. Fui procurá-la na sala de estar, na cozinha. Seu carro ainda estava na garagem, e foi só quando vi aquele pequeno Camry bege ali, com os faróis como olhos espiando dentro da minha alma, que eu soube o erro terrível que tinha cometido. Voltei correndo para o quarto da minha mãe, abri a porta do banheiro e a encontrei ali, submersa na banheira com um frasco vazio de Zolpidem na bancada.

Eu nunca mais queria ver um policial na minha vida. Por isso, liguei para o pastor John.

— Calma, querida — ele disse e, então, entrou em pânico.
— Meu Deus, meu Deus. Não saia daí.

A ambulância chegou antes do pastor John. Os técnicos de atendimento de emergência puseram minha mãe numa maca. Ela não conseguia olhar para mim. Só não parava de falar.

— Me perdoa. Eu devia ter deixado que ele o levasse.

— Quê? Quem? – perguntei.

— Ele queria levar Nana para Gana, e eu disse que não. Ah, *Awurade*, por que, por que eu não deixei ele levar Nana?

O pastor John chegou quando eles estavam levando minha mãe. Nós acompanhamos a maca até lá fora, e eu mal escutei enquanto o pastor recebia instruções do pessoal da emergência. Fechei os olhos com força, com tanta força que comecei a sentir a tensão na testa. Chorei e orei.

41

O pastor John morava numa casa de um amarelo vivo a cerca de três quarteirões da Primeira Assembleia de Deus. A casa tinha dois quartos vazios porque seus filhos mais velhos tinham se mudado, ido para outras igrejas no Alabama para serem eles mesmos pastores da juventude e líderes de adoração. Fiquei no quarto do filho mais velho, enquanto Mary, a filha deles, foi para a casa de uma tia. Ainda não sei ao certo por que tiraram Mary de casa. Vai ver que achavam que a desgraça da minha família era contagiosa.

Minha mãe tinha sido levada para o hospital psiquiátrico da Universidade do Alabama, em Birmingham. Ficava a uma hora e meia de distância, de carro, mas ela não queria que eu a visse lá. Assim, por mais que eu implorasse, o pastor John e a esposa, Lisa, nunca se dispuseram a fazer a viagem. Em vez disso, eu ficava no quarto de Billy. Ia a pé à escola. Falava o mínimo possível e me recusava a ir à igreja nos domingos.

— Tenho certeza de que sua mãe ia gostar se você fizesse uma oração por ela neste domingo — disse Lisa.

Na noite em que cheguei, ela me perguntou qual era meu prato preferido. Não tive tempo para pensar e disse que era espaguete com almôndegas, algo que eu tinha comido não mais que um punhado de vezes. Minha família raramente comia fora, e minha mãe só cozinhava pratos ganenses. Naquela noite, Lisa fez uma grande quantidade de espaguete com almôndegas, e nós três comemos quase em silêncio.

— Não vou à igreja — eu disse.

— Sei que não está sendo fácil para você, Gifty, mas lembre-se de que Deus não nos dá mais do que conseguimos suportar. Você e sua mãe são guerreiras por Cristo. Você vai superar isso tudo.

Enfiei na boca uma almôndega inteira e fiquei mastigando devagar para não ter que responder.

Minha mãe passou duas semanas internada no UAB, e eu fiquei duas semanas na casa do pastor John, evitando a ele e à esposa o máximo possível. Comendo almôndegas frias direto da geladeira sempre que ficava um instante sozinha na cozinha. Ao final das duas semanas, minha mãe apareceu. Eu tinha pensado que ela estaria diferente, de algum modo mais descontrolada, mais cheia de vida, mas, pelo contrário, ela estava na mesma. Com o mesmo cansaço, com a mesma tristeza. Ela agradeceu ao pastor John e a Lisa, mas não me disse uma palavra que fosse. Voltamos de carro para casa, em silêncio; e, quando entramos na garagem, ficamos ali sentadas por um segundo, com o carro ainda ligado.

— Me perdoa — minha mãe disse. Eu não estava acostumada a ouvi-la pedir perdão, e agora ela fazia isso pela segunda vez naquele mês. Tive a sensação de estar no carro com uma desconhecida, uma alienígena de um planeta que não me interessava visitar. Continuei de cabeça baixa. Olhava fixo para meu colo como se todos os mistérios do mundo estivessem contidos ali. Minha mãe segurou meu queixo e o puxou até eu a encarar. — Nunca mais — disse ela.

★ ★ ★

Quando minha mãe me trouxe da casa do pastor John, eu a observei atentamente. Ela não subiu direto para o quarto. Preferiu se sentar à mesa de jantar, com os cotovelos pousados no tampo, a cabeça nas mãos. Fiquei parada no vão da porta, desconfiada. Os dois últimos anos tinham me ensinado que nenhum estado de calma é duradouro. Os breves períodos de sobriedade de Nana, na terra arrasada da sua dependência, tinham sido uma espécie de manobra tranquilizadora para eu acreditar que a sobriedade seria permanente. Minha mãe estava fora da cama, mas eu não ia cair nessa. Eu reconhecia uma terra arrasada à primeira vista.

— Gifty, estou doente. Preciso de suas orações agora — ela disse. Não respondi. Continuei ali no vão da porta, observando-a. Ela não olhava para mim enquanto falava. Eu sabia que ela estava envergonhada, sofrida, e eu queria que estivesse assim. — Comprei uma passagem de avião para você viajar para Gana. Você vai assim que terminar o ano letivo, para eu poder me concentrar em me curar.

— Não — retruquei, e ela virou bruscamente a cabeça para mim. Ficou me encarando enquanto falava em twi.

— Você também, não! Não comece a ser respondona. Não comece a aprontar.

— Eu não quero ir — murmurei. — Posso ajudar na sua cura. Vou me comportar. Vou orar. Vou à igreja de novo.

Ela passou a mão pelo rosto e fez que não.

— Você pode ir à igreja em Gana. Preciso entrar numa guerra espiritual. Você será minha guerreira, está bem?

E foi essa última frase que ela disse, "Você será minha guerreira, está bem?", e o tom de doçura artificial com que a disse que, por fim, me fizeram perceber que ela não era a mesma mulher que eu, um dia, tinha chamado de mãe. Aquela mulher não ia voltar nunca mais.

O verão em que fui a Gana foi o verão em que descobri que tinha uma tia. Enquanto o Cara do *Chin Chin* falava à vontade sobre cada pessoa e cada coisa que tinha deixado para trás em Gana, minha mãe raramente falava sobre o passado. Na minha lembrança, ela está sempre saindo apressada pela porta, ocupada demais, cansada demais, para responder a minhas perguntas intermináveis.

— Como se chama sua mãe?
— Quantos irmãos você tem?
— Onde você nasceu?

A resposta para cada pergunta que eu fazia era o silêncio. E então Nana morreu, e eu me descobri num avião, tendo como destino um país onde nunca tinha estado. Quando cheguei, não fui recebida pelo meu pai, mas por uma mulher rechonchuda, tagarela, que tinha o rosto igual ao da minha mãe. A primeira coisa que minha tia Joyce fez quando me viu foi examinar meu braço, erguendo-o e o largando com força contra o lado do meu corpo. Mais tarde, eu a veria fazer o mesmo com um frango na feira, avaliando quanto ela se dispunha a pagar pela carne pela firmeza da asa, pelo peso da coxa.

— Você está magra demais — ela disse. — A magreza vem do lado do seu pai, como você pode ver. — Para demonstrar, ela levantou a blusa, apertou um pedaço da barriga e o sacudiu na minha direção. Fiquei mortificada por vê-la fazer isso no meio daquele aeroporto movimentado. Tinha o umbigo protuberante, algo que eu nunca tinha visto até então; e minha sensação foi como se ela estivesse me mostrando uma cauda vestigial. Eu queria que minha mãe se levantasse da cama, que com o olho da sua mente visse aquele umbigo protuberante exposto como um alvo iluminado e viesse me buscar. Eu queria que meus braços magrinhos não merecessem comentários. Eu queria meu irmão.

Do lado de fora do aeroporto, tia Joyce acenou para um homem que vendia *koko* em saquinhos. Ela comprou dois para mim e um para si mesma.

— Coma — disse ela, pronta para iniciar o processo de engorda logo de uma vez. Chupei o mingau do plástico, fazendo um esforço para não chorar, enquanto minha tia, a desconhecida, me observava. Ela não desviou o olhar, nem parou de falar, até eu terminar os dois saquinhos. — Sua mãe sempre achou que era melhor do que nós, mas veja só — disse ela, erguendo as sobrancelhas para mim. O que eu supostamente deveria ver? Meu corpo magricela? Minha presença em Gana? Ou talvez eu devesse ver minha mãe, que eu não conseguia ver com clareza naquele verão. Por mais que me esforçasse, não conseguia visualizar seu rosto. Minha tia Joyce e eu ficamos sentadas do lado de fora do aeroporto por uma hora, enquanto ela me contava histórias e mais histórias sobre minha mãe, mas tudo o que eu conseguia ver era a curva inclinada das costas de uma mulher.

42

— Nenhuma arma forjada contra mim há de prosperar. Eu disse NENHUMA ARMA. FORJADA CONTRA MIM. HÁ DE PROSPERAR.

O pastor da maior igreja pentecostal de Kumasi andava ruidoso sobre o tablado, usando os pés como pontos de exclamação. Enquanto ele gritava, um coro de Améns e Aleluias enchia o santuário. Uma mulher caiu ao chão no espírito, e outra se apressou a abaná-la, gritando, "Obrigada, Jesus", enquanto seu lenço branco esvoaçava como um pássaro acima do corpo da mulher.

Eu estava sentada no primeiro banco com tia Joyce, que de quando em quando fazia que sim, apontava para o pastor e dizer, "É. É isso mesmo", como se ela e ele estivessem tendo uma conversa particular, não no calor sufocante do santuário de uma igreja evangélica carismática em Kumasi, com centenas de outros fiéis ao redor.

Estávamos travando uma guerra espiritual. Ou, pelo menos, todos os outros ali estavam. Eu estava a ponto de desmaiar no sol de domingo, vendo a transpiração porejar nos meus braços. Cada vez que o pastor batia o pé com violência, seu próprio suor era lançado da sua cabeça e batizava a todos nós sentados na primeira fileira. Eu sentia nojo cada vez que uma gotícula acabava pousando em mim, mas então me lembrava do meu desejo de somente alguns anos antes – o de ser batizada na água – e precisava sufocar uma risada. Meu riso não combinava com a mensagem do pastor.

– Há demônios em toda a nossa volta – ele disse. – Demônios que tentaram levar nossos filhos. Nós os expulsamos em nome de Jesus.

À minha esquerda, a mulher ao meu lado levou as mãos ao peito, à barriga, às pernas, antes de atirá-las para o alto. Seu rosto, quase raivoso em toda a sua concentração, me disse tudo o que eu precisava saber: ela estava com demônios que precisavam ser expulsos. Essa não era a Primeira Assembleia de Deus em Huntsville, Alabama. Isso ali não era o evangelismo que eu conhecia. Só o barulho desse culto de adoração fazia a adoração da igreja de quando eu era pequena parecer o canto tímido e abafado de um coral de jardim de infância. Eu nunca tinha ouvido o pastor John falar de demônios e bruxas como se eles fossem seres vivos, que respiravam. Mas esse pastor ali falava como se pudesse vê-los sentados entre nós. Minha mãe tinha crescido frequentando uma igreja como aquela, mas não voltara para Gana para travar sua guerra espiritual. Tinha mandado a mim, como uma espécie de emissária. Ali sentada, derretendo-me numa poça aos meus pés, visualizei minha mãe como eu a tinha deixado e soube que, se sua própria fé, uma coisa viva e pulsante, não pudesse salvá-la, não seria minha pequena porção que a ajudaria.

Tia Joyce e eu pegamos um táxi da igreja para casa. Abaixei o vidro da janela e tentei deixar meu corpo se arejar.

– Foi um culto de impacto – disse tia Joyce. – De impacto.

Olhei pela janela e pensei no quanto Nana teria gostado de estar aqui. De ver esse nosso país e me ajudar a entender todos os meus próprios sentimentos intrincados a respeito dele.

— De muito impacto — eu disse à minha tia.

Ela sorriu e segurou minha mão.

— Não se preocupe. Logo, logo sua mãe estará se sentindo bem de novo.

Naquele verão em Gana, aprendi a bater o *fufu*. Aprendi a regatear na feira, a me acostumar a banhos de balde de água fria, a balançar coqueiros para os cocos caírem. Desenvolvi uma Enciclopédia de Conhecimentos que Não Queria, à espera do dia em que minha mãe me chamasse de volta para os Estados Unidos e eu pudesse esquecer tudo o que tinha aprendido. Uma semana se transformou em duas, que se transformaram em três. À medida que o tempo se arrastava, eu pensava que podia ser que eu estivesse seguindo o mesmo caminho do Cara do *Chin Chin*, que minha família tinha perdido para esse país.

— Onde está meu pai? — certo dia perguntei à tia Joyce. Eu já estava ali havia um mês, e não tinha dito nada sobre ele. Se tia Joyce estava esperando por esse momento, ela não demonstrou.

— Ele mora na cidade. Eu o vi algumas vezes em Kejetia, mas ele já não vem com frequência à minha banca. Acho que nem mesmo vai à igreja. — Essa última parte ela disse com o nariz franzido, como se tivesse sentido algum cheiro de podre. Mas a negligência do comparecimento do Cara do *Chin Chin* à igreja tinha o perfume de rosas em comparação com o fedor de todas as suas outras iniquidades.

— Posso lhe fazer uma visita? — perguntei, e daí a minutos nós estávamos entrando num táxi.

★ ★ ★

O Cara do *Chin Chin* morava em Tanoso, ao lado da estrada de Sunyani, não longe da escola secundária Yaa Asantewaa. Sua casa era de tamanho despretensioso, da cor de tijolo vermelho, com uma cerca de aço alta e imponente. Ele devia ter no mínimo cinco cachorros, e todos eles correram para a cerca com latidos ameaçadores quando tia Joyce e eu nos aproximamos. Fiquei parada ali espiando pelas fendas, evitando os dentes agressivos dos cachorros, enquanto tia Joyce apertava a campainha no portão. Ela apertou uma, duas, três vezes; e, mesmo ali fora, onde nós estávamos, dava para se ouvir seu ruído estridente.

– Onde será que ele está? – perguntou minha tia, apertando mais uma vez o botão. Por fim, uma mulher saiu para acalmar os cachorros e abrir o portão. Ela e tia Joyce passaram o minuto seguinte falando em twi, rápido demais para eu entender. – Gifty, essa é a esposa do seu pai – disse tia Joyce. A mulher voltou-se para mim e sorriu.

– Entrem, entrem – convidou ela. E nós todas fomos entrando na casa.

O Cara do *Chin Chin* estava à nossa espera na sala de estar. Ele se levantou assim que entramos e veio na minha direção, de braços abertos.

– Ei, Gifty, olha como você cresceu – ele disse. E eu não consegui lhe dar um abraço. Não consegui suportar ouvir sua voz, que durante a maior parte da minha vida eu só tinha ouvido na forma incorpórea, através de correntes elétricas. Agora cá estava ela, saindo por uma boca presa a uma cabeça que ficava no alto daquele corpo musculoso, esguio, comprido. O corpo de Nana.

– Você sabia que eu estava aqui? – perguntei. Ele baixou os braços e os olhos. Pigarreou para começar a falar, mas eu não tinha terminado. – Ela tentou se matar, sabia? Ela quase morreu e então me forçou a vir para cá. E você sabia que eu estava aqui todo esse tempo, não sabia?

Sua mulher interveio, oferecendo comes e bebes. Embora tivessem me ensinado que era uma grosseria recusar a hospitalidade ganense, eu recusei de qualquer maneira. E por uma hora fiquei ali sentada em silêncio total, de cara amarrada, enquanto o Cara do *Chin Chin* falava.

Em pessoa, ele não calava a boca. Histórias nervosas, veementes, cheias de si, sobre seu trabalho, seus amigos, sua vida sem nossa presença. Ele não disse uma palavra sobre minha mãe nem sobre Nana. Não pediu perdão, e eu já tinha idade suficiente para saber que nunca pediria.

No carro, no caminho de volta para casa perguntei à minha tia se meu pai algum dia tinha perguntado por mim ou por minha mãe em suas visitas à banca.

– Ai, Gifty – minha tia disse.

– Que foi?

– *Ofɛre*.

– O que isso quer dizer? – perguntei. Eu já tinha chegado aos limites dos meus conhecimentos de twi, mas tia Joyce ou bem não conseguia ou bem se recusava a falar inglês além de duas frases por dia. Sempre que eu pedia para ela repetir alguma coisa em inglês, ela me dizia que eu não estava me esforçando o suficiente para entender, ou então salientava, ainda mais uma vez, todos os aspectos pelos quais ela achava que minha mãe não tinha me criado direito.

– Não sei em inglês. Sua mãe é que devia lhe ensinar essas coisas – ela disse.

Logo, essa era minha única opção. Mais tarde naquele dia, liguei para minha mãe, o que eu fazia uma vez por semana. Ela atendeu com uma animação falsa na voz, e eu tentei imaginar em que aposento da casa estava. Ela estaria de pijama ou em roupas adequadas? Tinha conseguido recuperar o emprego?

— Ela quer dizer que ele está tímido. Está envergonhado — explicou minha mãe.

— Ah, — eu disse. Nana poderia ter se importado com os sentimentos do Cara do *Chin Chin*, mas eu não me importava. Ele me era tão estranho quanto a língua que falava, tão estranho quanto todas as pessoas que passavam por mim em Kejetia. Eu me sentia mais próxima do homem de cabelo rastafári.

— Quando posso voltar para casa? — perguntei.

— Logo — disse ela, mas essa palavra tinha perdido todo o significado. Eu a tinha ouvido do meu pai e entendia que se tratava de uma palavra vazia, uma mentira que os pais contavam aos filhos para tranquilizá-los.

"Anedonia" é o termo psiquiátrico para designar a incapacidade de extrair prazer de coisas que normalmente dão prazer. É o sintoma característico do transtorno depressivo severo, mas também pode ser um sintoma de dependência química, esquizofrenia, doença de Parkinson. Aprendi a palavra numa sala de palestras na universidade e, de imediato, senti o choque do reconhecimento. A anedonia era a sensação de "nada", o que mantinha minha mãe na cama.

Em termos profissionais, tenho interesse pela anedonia porque tenho interesse no comportamento da busca da recompensa, mas em termos pessoais nunca a experimentei no grau de intensidade dos sujeitos nos casos que estudo. Ela é apenas um sintoma, o que quer dizer, naturalmente, que alguma outra coisa é a causa. Tenho interesse pela causa já que ela está relacionada a uma doença psiquiátrica, mas pesquiso somente um pedaço, uma parte da história.

Sei como minha família é vista na superfície. Sei como enxergam Nana quando se procura uma visão panorâmica: imigrante negro do sexo masculino, de uma residência de classe média baixa, com um único responsável. A atividade estressante de qualquer um desses fatores poderia ser suficiente para influenciar a anedonia. Se Nana estivesse vivo, se eu o inscrevesse num estudo, seria difícil isolar seu uso de drogas como a causa desse aspecto particular do seu sofrimento. Seria difícil até mesmo identificar a causa do consumo de drogas.

E é isso o que tantas pessoas almejam descobrir: a causa do consumo de drogas, a razão para alguém escolher a substância química para começar. A qualquer hora em que eu fale informalmente sobre meu trabalho, é inevitável que eu me depare com alguém que quer saber por que os dependentes se tornam dependentes. Essas pessoas usam palavras como "vontade" e "escolha" e acabam perguntando, "Você não acha que nisso tudo tem alguma coisa além do cérebro?". Elas encaram com ceticismo a retórica da dependência como doença, algo semelhante à hipertensão ou ao diabetes. E eu posso entender. O que elas, de fato, querem dizer é que podem ter usado drogas recreativas no ensino médio e na faculdade, mas é só olhar para elas agora. Veja como tiveram força de vontade, como conseguiram fazer boas escolhas. Essas pessoas querem palavras tranquilizadoras. Querem acreditar que foram amadas o suficiente, que criaram seus filhos tão bem que as coisas que eu pesquiso nunca, jamais, hão de tocar sua própria vida.

Entendo esse impulso. Eu também passei anos criando meu pequeno fosso de boas ações numa tentativa de proteger o castelo do meu eu. Não quero ser descartada como Nana foi um dia. Sei que é mais fácil dizer, *Parece que essa gente tem uma queda por drogas*, é mais fácil riscar todos os dependentes químicos, tachando-os de pessoas nocivas e sem força de vontade, do que examinar com atenção a natureza do seu sofrimento.

Eu também ajo assim, às vezes. Eu julgo. Ando por aí empertigada, me certificando de que todos saibam dos meus diplomas de Harvard e Stanford, como se essas coisas me blindassem. E quando faço isso, estou cedendo ao mesmo raciocínio preguiçoso e superficial, característico dos que consideram os dependentes químicos pessoas horríveis. É só que estou posicionada do outro lado do fosso. O que posso dizer com certeza é que não existe nenhum estudo de caso no mundo que poderia captar o animal inteiro que era meu irmão, que poderia mostrar como ele era inteligente, gentil e generoso, como ele queria melhorar, como ele queria viver. Esqueçam por um instante a impressão que ele provoca na superfície; e procurem vê-lo como ele era em toda a sua glória, em toda a sua beleza.

É verdade que, por anos antes de sua morte, eu olhava para seu rosto e pensava *Que pena, que desperdício*. Mas o desperdício era só meu, o desperdício era tudo o que eu deixava de perceber sempre que olhava para ele e só via sua dependência.

43

Querido Deus,
A Mamba-Negra teve que trabalhar hoje, e Buzz fez o jantar para nós. Ele perguntou como as coisas estavam na escola. E, quando eu contei que Lauren zombou de mim por eu usar roupas do Walmart, ele disse, "Não se preocupe. No inferno já tem um lugar marcado com o nome dela". E eu sei que não foi legal ele dizer isso, mas me consolou um pouco.

Querido Deus,
Feliz Natal! Ontem à noite, nós encenamos um auto de Natal na igreja, e eu fiz o papel de um cordeiro perdido. Não era um papel importante nem nada. Eu só tinha uma frase a dizer: "Vejam, o cordeiro de Deus." O resto do tempo eu só fiquei sentada no palco, sem dizer nada. Não foi nem um pouco especial; mas, quando chegou a hora de agradecer ao público, Buzz bateu palmas de pé.

44

Enquanto eu estava em Gana, minha mãe ia se curando em casa no Alabama. Sua anedonia estava tão grave quanto antes, mas o tempo passado na enfermaria psiquiátrica do hospital da UAB parecia ter aliviado alguns dos seus sintomas. Ela tinha parado de fazer terapia, mas pelo menos estava comparecendo à igreja de novo. Eu costumava ligar para o pastor John aos domingos, implorando por notícias de algum progresso, mas ele pouco podia me dizer além de como ela estava naquele dia, que roupa estava usando.

Naquele verão, eu sabia que minha mãe precisava se curar, mas não entendia do que ela precisava se curar. As únicas vezes em que ouvi pessoas falando sobre depressão foram quando estavam usando o termo como um sinônimo para tristeza. Por isso, nunca achei que fosse uma doença. "Gifty, estou doente", minha mãe tinha dito, e eu sabia que era verdade, mas o como e o porquê da doença eu não captava.

Quando aprendi na faculdade sobre depressão severa e anedonia, comecei a ter uma imagem mais nítida da minha mãe. Alguns anos depois da minha volta de Gana, pedi-lhe que me contasse sobre o tempo de internação no hospital psiquiátrico e sobre o verão que tinha passado sozinha.

— Por que você quer saber disso? — ela me perguntou.

— É para uma aula — menti.

Ela fez um ruído que parecia meio suspiro, meio rosnado. Nós vínhamos tentando algo de novo no nosso relacionamento. Tinha a ver com minha mãe não se esquivar das minhas perguntas; tinha a ver com ela me dizer a verdade. Ela odiava, mas agora eu tinha mais poder do que na minha infância, e ela compartilhava comigo coisas que nunca teria compartilhado antes.

— Eles queriam que eu conversasse com o médico, e me deram remédios para tomar.

— E você tomou?

— Sim, tomei enquanto estava no hospital e depois continuei a tomar enquanto você estava em Gana, mas eles não funcionavam, e então parei.

— Você disse para eles que o remédio não estava fazendo efeito? Você deveria dizer ao médico quando o remédio não funciona para eles poderem ajustar a dose. Nem sempre a medicação dá certo de início. É uma questão de descobrir a associação certa das drogas nas dosagens certas. Eles não lhe disseram isso?

— Eu não queria ficar falando com eles. Não queria dizer para eles que não estava funcionando porque não queria que me dessem choques.

Foi minha vez de dar um suspiro-rosnado.

— Mas eu melhorei, certo? — ela disse, e eu não pude questionar isso, não naquela ocasião.

O atendimento psiquiátrico avançou muito desde o tempo das lobotomias. Naquela época, nos primórdios desenfreados da neurologia e da psicocirurgia, lobos frontais de seres humanos eram desconectados com uma consideração não muito maior do que a demonstrada quando da realização de uma apendicectomia. Eram os tempos de períodos de ensaios sem muito rigor, em que cientistas faziam experiências diretamente em pacientes humanos, abrindo mão dos muitos anos de repetição do mesmo experimento em camundongos e ratos. Quando penso em como minha pesquisa consegue ser lenta e entediante, às vezes sinto uma nostalgia por aquele tempo que ficou para trás. Penso que, se ao menos eu pudesse injetar essa opsina embalada no vírus diretamente em pacientes humanos, eu poderia acender aquela luz azul, ver o que essa pesquisa realmente pode fazer. Mas a questão é que, não se consegue entregar a luz sem também entregar o vírus. E assim, embora os milhares e milhares de pacientes lobotomizados às vezes apresentassem melhoras relacionadas aos sintomas que um dia tinham manifestado, eles também, com a mesma frequência, podiam se tornar pouco mais do que sombras do eu que tinham sido, abandonados na terra arrasada da ciência nociva, precipitada, deixados sentados em poças da sua própria baba. A lembrança deles faz com que eu me sinta grata pelo meu trabalho, por todo o tempo que ele demora, por sua lentidão.

Os "choques" a que minha mãe se referiu também se aprimoraram muito desde que foram usados inicialmente nas décadas de 1940 e 1950. Todos nos lembramos da cena de *Um estranho no ninho,* em que a eletroconvulsoterapia era usada não como um tratamento para a doença mental, mas como uma espécie de controle da mente. Naquela época, aplicava-se a terapia a qualquer um, desde esquizofrênicos e depressivos que precisavam de atendimento de saúde mental até homossexuais e mulheres "histéricas", que não precisavam de tratamento nem o pediam, mas simplesmente viviam às margens do que a sociedade considerava "normal". É difícil descartar essa imagem de pessoas sendo forçadas a corrigir algo que nunca esteve errado. É difícil esquecer o aspecto primitivo do início dessa terapia, para defendê-la. Para muitos, como minha mãe, o "choque" desse tratamento, sua forma de induzir uma convulsão para tratar algo que é impossível de se ver, e muitas vezes difícil de se aceitar, parece ultrapassar o limite do razoável. Mas a verdade é que a eletroconvulsoterapia pode funcionar e funciona mesmo. Ela é com frequência apresentada como um último recurso, e com a mesma frequência é ministrada a pedido do próprio paciente numa última tentativa de sair se arrastando do túnel fundo e escuro.

O trabalho realizado por Katherine e por aqueles de nós que estão interessados em descobrir intervenções da bioengenharia e da neurociência para tratar doenças psiquiátricas está, sob muitos aspectos, relacionado a ir além do último recurso, da última tentativa. Quando voltasse a clinicar, Katherine haveria de se tornar uma psiquiatra que somente aceitava pacientes aos quais não restavam outras opções, pacientes com os quais nada tinha funcionado, nem mesmo a morte. Além da optogenética, o trabalho de Katherine em Stanford envolvia uma melhor estimulação do nervo vago, um tratamento para a epilepsia e a depressão resistente a tratamento, por meio do qual um dispositivo minúsculo é implantado sob a pele perto da clavícula, transmitindo impulsos elétricos ao nervo vago. É um carregador para a bateria descarregada do corpo de um paciente deprimido. O que é frustrante nessa tecnologia é que, como a ECP para a doença de Parkinson, ninguém sabe exatamente por que ela funciona, sabendo-se apenas que atua de modo imperfeito, usando eletricidade que não consegue distinguir uma célula de outra. Se pudéssemos entender melhor esses tratamentos, se pudéssemos propor intervenções que afetassem somente aqueles neurônios específicos que estão envolvidos em cada doença psiquiátrica em si, talvez conseguíssemos proporcionar resultados melhores.

Minha mãe saiu se arrastando daquele seu túnel escuro e profundo, mas talvez essa descrição seja imprecisa demais: a imagem de alguém se arrastando, poderosa demais para sintetizar o trabalho mudo e incansável de luta contra a depressão. Talvez seja mais correto dizer que a escuridão se dissipou, o túnel ficou menos fundo, de tal modo que era como se seus problemas estivessem de novo na superfície da Terra, não lá embaixo em seu núcleo de fogo.

Minha tia me levou à igreja uma última vez. O pastor não gostava de mim. Ele se magoou com minhas inúmeras recusas a subir no palco, a receber minha cura. Naquele dia ele pregou sobre a teimosia ser pouco mais do que o orgulho disfarçado. Olhou direto para mim quando disse que o orgulho do Ocidente estava em sua incapacidade de realmente acreditar.

— Ontem eu soube de um milagre, um milagre que me relembrou os milagres sobre os quais lemos neste livro santo. Nossa irmã na América não conseguia se levantar da cama, e agora ela se levantou. Glória a Deus — ele disse.

— Amém — respondeu a igreja.

— Nossa irmã na América precisou do Deus dos milagres, e o Deus dos milagres apareceu, amém?

— Amém!

— As pessoas do Ocidente poderiam olhar para ela e dizer que é simplesmente uma coincidência ela ter se levantado da cama, mas nós que acreditamos sabemos a verdade, amém?

— Amém!

— Quando Deus diz levantem-se, nós nos levantamos. — Ele passou os olhos pela congregação, em que muitos batiam palmas, concordavam em silêncio e erguiam as mãos em louvor, mas nossa reação não o satisfez. – Eu disse que quando Deus diz levantem-se, NÓS NOS LEVANTAMOS! – Ele bateu com o pé no chão, e a congregação entendeu a indireta. Em toda a minha volta, fiéis se levantaram, batendo com os pés, pulando e gritando. Continuei sentada no meu lugar, com o olhar fixo no pastor, que me observava com um ar de acusação. Eu não podia, eu não queria me mexer. Será que minha mãe tinha de fato se levantado? Como Lázaro, como Jesus? Eu não ousava acreditar.

No dia seguinte, tia Joyce e eu pegamos um *tro-tro* até Kotoka. Alguns homens se aproximaram para perguntar se poderiam levar minhas malas para mim. Tia Joyce repreendeu a todos eles.

– Nos deixem em paz. Não estão vendo que nós não queremos suas interrupções?

Quando eles se afastaram, ela me pegou nos braços e me balançou para cima e para baixo, como se estivesse me pesando. Ela me pôs de volta no chão e sorriu, satisfeita. Seu sorriso era radiante, seguro, orgulhoso. Ela era tão diferente da minha mãe, mas naquele momento, com seus braços me enlaçando, me segurando como era tão raro que minha mãe fizesse, sorrindo animada como minha mãe raramente sorria, eu soube que a mulher com quem eu tinha passado o verão refletia a mulher que minha mãe poderia ter sido. Minha mãe merecia ser feliz assim, sentir-se assim tão à vontade em seu corpo e no mundo.

– Você é uma criança maravilhosa – disse tia Joyce. – Continue a orar por sua mãe e a ser motivo de orgulho para todos nós.

Só algumas semanas antes, eu nem mesmo sabia da existência da minha tia; e aqui estava ela, sentindo orgulho de mim.

Embarquei no avião e dormi a maior parte do meu primeiro voo de volta, antes das baldeações, meio sonolenta, em Nova York e então em Atlanta. Minha mãe foi me buscar em Huntsville. Ela me ofereceu um sorriso, que eu aceitei, voraz. Eu queria não importava o que fosse que ela estivesse disposta a dar.

45

Quando a sra. Palmer, de quem minha mãe tinha cuidado por anos a fio, morreu depois de uma longa doença, eu cursava a quinta série. Ela estava com noventa e cinco anos, e eu ainda me lembro da visão que tive dela no caixão aberto. As centenas de rugas fundas no rosto, nas mãos, davam a impressão de que uma enorme quantidade de rios tinha um dia corrido, se entrecruzando e ziguezagueando, da sua testa até os dedos dos pés. Mas as águas tinham secado algum tempo antes, deixando apenas esses leitos e bacias vazias, riachos esgotados de seus rios. Vi minha mãe dar os pêsames à família da sra. Palmer, pessoas extremamente diferentes da rancorosa família Thomas. Eles davam abraços apertados em minha mãe, como se ela fosse parte da família. E pela primeira vez eu entendi que, para eles, ela era.

Quem ela era então, eu me perguntava, enquanto os filhos e netos da sra. Palmer abraçavam minha mãe. Minha mãe — que nunca nos tinha abraçado, nem mesmo quando éramos pequenos e lhe mostrávamos nossos arranhões e contusões, nossos gemidos de dor — aceitava o toque desses desconhecidos, que, naturalmente, não lhe eram desconhecidos. Ela passara uma proporção maior do seu tempo com a sra. Palmer do que jamais tinha passado conosco. Foi assim que reconheci, talvez pela primeira vez, que minha mãe não era minha.

Na maioria dos dias, eu acordava, dobrava a cama de volta para dentro do sofá e dava uma espiada na minha mãe antes de sair apressada para o laboratório. Eu tinha parado de tentar fazer com que se levantasse, de preparar as refeições que ela poderia apreciar, de exagerar nas atenções. Mas aí, um dia, fui dar uma olhada no quarto, e lá estava ela vestindo uma calça.
— Mãe?
— Você disse que ia me mostrar seu laboratório — disse ela, simplesmente, como se estivéssemos vivendo num mundo de lógica, em que o tempo se movimentava de modo ordenado, direto, em vez de estarmos neste mundo de zigue-zague, de cabeça para baixo. Eu tinha convidado minha mãe para vir ao laboratório comigo uma semana e meia antes, só tendo recebido um "quem sabe?", acompanhado de onze dias de silêncio total. Por que agora?
Decidi entrar no seu mundo.
Embora o dia estivesse nublado, minha mãe não parava de franzir os olhos e protegê-los com a mão enquanto seguíamos para o campus. Pensei que devia me lembrar de abrir as persianas do quarto com mais frequência mesmo que ela fizesse objeção, acrescentando "carência de vitamina D" à minha lista crescente de preocupações. O laboratório estava vazio, e eu me senti culpada pelo alívio de não precisar explicar minha mãe, sua aparência ligeiramente desarrumada, seus passos lentos e arrastados, aos meus colegas. Fora Katherine e Han, ninguém sequer sabia que ela estava morando comigo, muito menos que praticamente não tinha saído da cama havia semanas. Eu sabia

que minha relutância em lhes contar era mais profunda do que minha inclinação natural a ser reservada, mais profunda do que o constrangimento típico de apresentar membros da família a amigos. O fato era que eu trabalhava num laboratório cheio de gente que enxergaria minha mãe, enxergaria sua doença e entenderia coisas a respeito dela que o público em geral jamais poderia entender. Eu não queria que eles olhassem para ela e vissem um problema a solucionar. Queria que eles a vissem em sua melhor forma, mas isso significava que eu estava fazendo o que todos os outros faziam, tentando enfeitar a depressão, tentando escondê-la. Para quê? Para quem?

Se eu tivesse sabido que ela viria, teria organizado minha programação para ter alguma coisa legal para lhe mostrar, uma cirurgia ou uma sessão de treinamento. Em vez disso, eu lhe mostrei a câmara de testes comportamentais, agora vazia, os instrumentos no meu laboratório, sem uso.

– Onde estão os camundongos? – ela perguntou. Peguei os de Han porque estavam mais perto de mim. Estavam dormindo na caixa, de olhos fechados, enroscados, fofinhos.
– Posso pegar um?

– Eles podem ficar assustados. Por isso, é preciso ter cuidado, certo? – Ela concordou em silêncio, e eu peguei um e o entreguei. Segurou o camundongo com as duas mãos, passou o polegar pela cabeça dele, e um dos seus olhos se abriu e virou para trás como que para saber onde ela estava, antes de se fechar de novo. Minha mãe riu, e meu coração teve um sobressalto com o som.

– Você os machuca?

Eu nunca tinha explicado meu trabalho totalmente para minha mãe. Sempre que eu lhe contava alguma coisa a respeito, usava somente os termos mais científicos e técnicos. Nunca usei as palavras "dependência" ou "recaída". Eu dizia "busca de recompensa" e "controle". Não queria que ela pensasse em Nana, pensasse na dor.

— Tentamos agir do modo mais humanitário possível; e só usamos animais se não tivermos alternativa. Mas, às vezes, nós lhes causamos um pouco de desconforto, sim. — Ela baixou a cabeça e com cuidado colocou o camundongo de volta na caixa. E eu me perguntei no que ela estaria pensando.

No dia em que minha mãe chegou e descobriu que eu e Nana estávamos cuidando do filhote de passarinho, ela nos disse que ele não viveria porque nós tínhamos tocado nele. Ela o pegou nas mãos enquanto nós dois implorávamos que ela não o ferisse. Por fim, ela só deu de ombros e nos devolveu o filhote.

— Não existe coisa viva na terra de Deus que não venha um dia a sentir dor — disse ela em twi.

No estágio final da separação-individuação na teoria do desenvolvimento infantil de Mahler, o bebê começa a ter consciência de si mesmo; e, ao fazê-lo, começa a entender sua mãe como um indivíduo. Minha mãe andando pelo meu laboratório, observando coisas, demonstrando ternura para com um camundongo, quando raramente demonstrava ternura por qualquer ser vivo, tudo isso nas profundezas da sua depressão, enraizou ainda mais essa lição em mim. É claro, minha mãe é dona de si. É claro, ela contém multidões. Ela tem reações que me surpreendem, em parte simplesmente porque ela não é eu. Eu me esqueço disso e reaprendo mais uma vez porque essa é uma lição que não se fixa, que não tem como se fixar. Só a conheço na medida em que ela se define em comparação comigo, em seu papel como minha mãe. Por isso, quando a vejo como ela mesma, como quando assobiam para ela na rua, ocorre uma dissonância. Quando ela quer para mim coisas que eu mesma não quero para mim – Cristo, casamento, filhos – sinto raiva por ela não me entender, não me ver como dona de mim mesma, uma pessoa separada, mas essa raiva brota do fato de que eu também não a vejo como separada. Quero que ela saiba o que quero do mesmo jeito que eu sei, no íntimo, sem mediação. Quero que fique boa porque quero que fique boa, e isso não basta? No ano em que meu irmão morreu e minha mãe ficou acamada, meu primeiro pensamento foi que eu precisava que ela voltasse a ser minha, uma mãe como eu entendia a função. E, quando ela não se levantou, quando ficou ali deitada um dia atrás do outro, definhando, fui relembrada de que eu não a conhecia, não no todo, não por completo. Eu nunca a conheceria.

46

E, no entanto, eu às vezes olhava para ela e via aquilo, aquilo que está vivo e estremece em todos nós, em tudo. Ela segurava um camundongo, segurava minha mão ou sustentava meu olhar, e eu captava um vislumbre da própria essência dela. *Por favor, não vá embora*, eu pensava enquanto a levava para casa de volta do laboratório e ela ia de novo para a cama. *Não me deixe, ainda não.*

  Comecei a trabalhar à escrivaninha na sala de estar, deixando a porta do quarto aberta para poder ouvi-la se ela me chamasse. Ela nunca me chamava, e eu nunca trabalhava. Tornei-me especialista em pensar em trabalhar sem de fato fazer nada. *É isso o que eu escreveria se estivesse redigindo meu trabalho*, pensava, mas aí minha cabeça começava a vagar, aquele antigo hábito de quando eu queria orar, e em pouco tempo estava pensando em outras coisas – principalmente em praias. Eu realmente nunca tinha gostado de ir à praia, aquela atividade de ficar se tostando ao sol, girando num espeto invisível. Eu a associava a pessoas brancas, e além do mais não sabia nadar bem.

  Mas a família da minha mãe era de uma cidade litorânea. Comecei a escrever meu próprio conto de fadas, no qual minha mãe, a beldade de Abandze, que ia ficando cada vez mais sonolenta a cada ano que passava longe de casa até, por fim, tornar-se impossível despertá-la, é transportada em seu leito dourado por quatro homens fortes, lindos. Ela é carregada por toda a distância do meu apartamento na Califórnia até a costa de Gana, onde a deixam deitada na areia. E, quando a maré sobe, lambendo primeiro as solas dos seus pés, depois os tornozelos, as panturrilhas, os joelhos, ela aos poucos começa a despertar. Quando a água engole o leito dourado, roubando-a para o mar aberto, ela já voltou à vida. As criaturas do mar pegam pedaços do leito e formam com eles uma cauda de sereia. Elas a vestem com a cauda. E a ensinam a nadar com a cauda. Vivem ali com minha mãe para sempre. A Bela Adormecida, a Sereia de Abandze.

— A *inscape* ou paisagem interior — disse uma vez minha professora do curso sobre Gerard Manley Hopkins — é aquela coisa inefável que torna cada pessoa e objeto único e exclusivo. É a santidade de uma coisa. Como jesuíta, Hopkins acreditava...

— Você acha possível ler Hopkins sem abordar sua religião ou sua sexualidade? — disse um colega de turma, interrompendo-a.

Minha professora jogou o cabelo para trás e dirigiu o olhar penetrante para ele.

— Você acha?

— Quer dizer, o cara era tão reprimido pela igreja que queimou seus poemas. É um contrassenso exaltar seus ideais religiosos quando é tão óbvio que eles lhe causavam enorme sofrimento.

— A igreja nem sempre precisa ser repressora — disse outro colega. — Quer dizer, ela era uma boa forma de aprender sobre a moral, como ser um cidadão responsável e coisas desse tipo. No fundo, essa seria a única razão para eu levar meus filhos à igreja, para eles aprenderem a distinguir o certo do errado.

— Certo, mas é o jeito de aprender sobre o certo e o errado que causa tantos problemas — disse o primeiro aluno. — Eu sentia tanta culpa o tempo todo porque ninguém chegava a se sentar com você para dizer, "Essa missão de não ter culpa aos olhos de Deus, ou seja lá do que for, é impossível. Você vai querer fazer sexo, vai querer mentir, vai querer trapacear, mesmo que saiba que é errado", e aquele simples desejo de fazer alguma coisa errada era, para mim, arrasador.

Nossa professora fez que sim, com a cortina do seu cabelo louro que tantas vezes escondia seus olhos, se abrindo e se fechando com seus movimentos. Olhei para ela e me perguntei se ela algum dia o teria ouvido — aquele som de batidas no coração.

Nós distinguimos o certo do errado porque aprendemos a fazê-lo; de uma forma ou de outra, nós aprendemos. Às vezes, com nossos pais, que passam a maior parte da nossa tenra infância ensinando-nos a sobreviver, tirando nossas mãos de perto de bocas de fogão e tomadas elétricas, mantendo-nos longe de água sanitária. Outras vezes, temos de aprender sozinhos, tocando a boca do fogão e nos queimando, antes de sabermos por que existem coisas que não se pode tocar. Essas lições que aprendemos na prática são cruciais para nosso desenvolvimento, mas nem tudo pode ser aprendido desse jeito.

Muita gente bebe sem se tornar dependente do álcool, mas algumas pessoas tomam um único gole, um gatilho é acionado, e quem vai saber por quê? A única forma garantida de evitar a dependência é nunca experimentar drogas. Parece bastante simples, e os políticos e fanáticos que pregam a abstinência em todos os tipos de atividades querem que acreditemos que é mesmo bastante simples. Talvez fosse simples se não fôssemos humanos, o único animal no mundo conhecido que se dispõe a experimentar alguma coisa nova, divertida, sem sentido, perigosa, emocionante, estúpida, mesmo que possa morrer nessa tentativa.

O fato de eu estar pesquisando a dependência química numa universidade no grande estado da Califórnia resultava de milhares de pioneiros que tinham subido em suas carroças, enfrentando doenças, ferimentos, fome e a imensa e brutal vastidão da terra que se desenrolava em montanhas, rios e vales, tudo para chegar de um lado deste enorme país até o outro. Eles sabiam que havia riscos envolvidos, mas o potencial para o êxito, para o prazer, para alguma coisa apenas ligeiramente melhor, era suficiente para contrabalançar o custo. Basta que se observe uma criança entrar com a bicicleta direto num muro de tijolos, ou saltar do galho mais alto de um plátano, para saber que nós seres humanos somos inconsequentes com nosso próprio corpo, com nossa vida, por nenhum outro motivo que não seja o de querermos saber o que aconteceria, qual seria a sensação de passar de raspão pela morte, de correr direto até o limite da vida, o que, sob certos aspectos, significa viver plenamente.

No meu trabalho tento fazer perguntas que prevejam nossa inevitável imprudência e descobrir uma saída; mas, para fazer isso, preciso usar camundongos. Os camundongos não procuram o perigo, não do jeito que nós procuramos. Como tudo o mais neste planeta, eles são sujeitos aos caprichos dos humanos. Meus caprichos envolviam testes que poderiam permitir importantes avanços na nossa compreensão do cérebro. E meu desejo de compreendê-lo desbancava qualquer outro desejo que eu tivesse. Eu entendia que a mesma coisa que confere grandeza aos humanos – nossa imprudência, criatividade e curiosidade – também era a coisa que prejudicava a vida de tudo ao nosso redor. Porque nós éramos o animal afoito o suficiente para levar nossas embarcações ao mar, mesmo achando que a terra era plana e que nossas embarcações cairiam da borda, por isso, nós descobrimos novas terras, povos diferentes, a esfericidade. O custo dessa descoberta foi a destruição daquela nova terra, daqueles povos diferentes. Sem nós, os oceanos não estariam ficando ácidos; sapos, morcegos, abelhas e recifes não estariam em processo de extinção. Sem mim, o camundongo que manca não mancaria. Ele nunca teria sucumbido à dependência. Cresci com o ensinamento de que Deus nos deu o domínio sobre os animais, sem jamais terem me ensinado que eu mesma era um animal.

Quando o camundongo claudicante estava, por fim, pronto para a optogenética, eu o tirei da caixa e o anestesiei. Logo rasparia sua cabeça e injetaria o vírus que continha as opsinas. Com o tempo, se tudo corresse conforme planejado, o camundongo nunca mais acionaria a alavanca, perderia aquela imprudência que eu lhe tinha ensinado.

47

Querido Deus,
Hoje, Ashley e eu estávamos tentando ver quem conseguia prender a respiração debaixo d'água por mais tempo. Respirei fundo e me sentei no piso na parte rasa da piscina de Ashley enquanto ela cronometrava. Prendi a respiração tanto tempo que meu peito começou a doer, mas eu não queria perder porque Ashley sempre ganha em tudo, mas aí fui ficando meio tonta, sem noção, e achei que podia ir andando para a parte funda, só por um instante. Devo ter desmaiado porque a mãe de Ashley me puxou de dentro da piscina e começou a bater nas minhas costas até sair água pela minha boca, e ela não parava de dizer "Ficou maluca? Você poderia ter se matado!". Mas você não me deixaria morrer, deixaria, Deus?

48

Sempre fui lenta em abraçar a imprudência, temerosa do perigo e da morte. Passei anos evitando os copos vermelhos e as poncheiras nas raras festas da escola para as quais fui convidada. Foi só no meu segundo ano na faculdade que tomei minha primeira bebida alcoólica. Não por curiosidade, mas por desespero. Estava tão cansada de me sentir só. Queria simplesmente fazer amigos, algo que nunca tinha sido meu forte. Ashley, minha melhor amiga na infância, tinha se tornado minha amiga pela pura força de vontade e franqueza que só crianças pequenas demonstram.

— Quer ser minha amiga? — ela perguntou, batendo de leve no meu ombro no dia em que me encontrou brincando sozinha no playground da vizinhança. Respondi que sim. Nunca mais aconteceu com tão pouco esforço.

Para Nana, as amizades eram diferentes, mais fáceis. As equipes de esportes ajudavam, com aquela sua forma de identificar os grupos de garotos reunidos, dando-lhes nomes com os quais eles definissem sua união: os Tornados, os Falcões, os Tubarões. Um bando de predadores, à espreita. Nossa casa costumava ser invadida por jogadores de basquete. Nos dias em que minha mãe trabalhava no turno da noite, eu às vezes os encontrava na nossa sala de estar, cochilando depois da bebedeira, uma floresta de gigantes adormecidos.

As pessoas sempre tinham gostado de Nana; mas, depois que ele se tornou o melhor jogador de basquete da cidade, seu nível de popularidade chegou à estratosfera. No Publix, onde nós dois comprávamos os mantimentos para nossos jantares improvisados, os caixas costumavam dizer, "Vamos assistir ao jogo no sábado, Nana". Era estranho ouvir o nome do meu irmão ser pronunciado por tantos alabamienses, com seu sotaque carregado de ditongos arrastando as vogais até o nome parecer totalmente diferente. Quando eu ouvia seu nome dito por eles, quando o via através dos olhos deles, ele não parecia ser meu irmão de modo algum. Esse Nana, Naah-naah, o herói local, não era a mesma pessoa que morava na minha casa, que esquentava o leite antes de acrescentar o cereal, que tinha medo de aranhas, que molhava a cama até os doze anos de idade.

Ele era calado, mas se dava bem com as pessoas, se saía bem em festas. Sempre fui criança demais para sair com ele; e, nas noites em que as festas eram na nossa casa, eu ganhava vinte dólares de suborno para ficar no meu quarto. Eu não me importava. Crente como era, eu me sentava na cama, lia minha Bíblia e pedia a Deus que salvasse a alma deles da danação eterna que parecia inevitável. Quando tinha certeza de que tinham adormecido, eu atravessava a floresta pé ante pé, com medo de despertar um gigante. Se Nana estivesse acordado, às vezes exigia que eu devolvesse os vinte dólares, mas às vezes ele me preparava um sanduíche de manteiga de amendoim e geleia antes de me mandar voltar para o quarto. Ele enxotava todo mundo dali e passava o resto da madrugada limpando tudo feito louco até nossa mãe voltar do trabalho.

— Nana, o que é isso? — ela perguntava sempre, sempre, ao avistar a tampa de garrafa que tinha caído por trás do marco da janela, a mancha de cerveja no pano da pia.

— Brent veio aqui — ele dizia antes de me dar um olhar de *conta-pra-ela-e-você-morre*.

Nunca contei, mas houve ocasiões em que desejei ter contado. Como uma vez, não muito depois do acidente, quando a festa incluiu rostos que eu normalmente não via e demorou mais do que a duração normal. Os comprimidos de Oxicodona tinham começado a diminuir, e logo Nana iria contar a minha mãe que sua dor estava piorando em vez de melhorar. Em breve, o médico repetiria a prescrição, e nós veríamos aquele frasco e metade do frasco seguinte desaparecerem antes da decisão de suspender o medicamento. Minha mãe encontraria comprimidos no lustre. Mas naquela noite, antes que eu soubesse que havia motivo para medo, desci sorrateira pela escada e fiquei olhando meu irmão em pé na mesinha de centro, pondo mais peso no tornozelo lesionado do que deveria, e vi seus amigos, numa roda em volta dele, aplaudindo alguma coisa que eu não conseguia ver. E senti uma vontade desesperada de ter não importava o que fosse que ele tinha que fazia as pessoas quererem ficar em volta, que fazia com que quisessem aplaudir.

Quando tomei meu primeiro copo naquela festa no meio do segundo ano da faculdade, pensei, *Vai ver que é isso, vai ver que descobri o segredo.* Passei o resto daquela noite conversando, rindo, dançando, esperando pelo aplauso. Pude ver minhas colegas de dormitório, com as sobrancelhas erguidas, admiradas por eu ter saído da concha, surpresas por eu ser legal.

Eu também fiquei surpresa. Estava bebendo e não tinha sido transformada numa pilastra de sal.

— Você veio — disse Anne, me puxando para um abraço quando chegou à festa. Ela olhou de relance para o copo na minha mão, mas não disse nada.

— Na verdade, já estou aqui há um tempo — eu disse.

— Dá para ver.

Ela estava com dois amigos, mas em pouco tempo nós os perdemos de vista. Cada vez chegava mais gente. A sala foi ficando mais escura, mais úmida, a música mais alta. Eu estava com o mesmo drinque havia uma hora ou mais e, por fim, Anne o tirou das minhas mãos.

— Vem dançar comigo — ela disse. E, antes que eu pudesse dizer qualquer coisa, ela já estava em cima de uma mesa, com a mão estendida. Anne me puxou lá para cima, mais para perto. — Está gostando? — sussurrou berrando no meu ouvido.

— No fundo, não é minha praia — respondi. — Muito barulho, gente demais. — Ela fez que sim.

— Certo. Lugar tranquilo, sem muita gente. Entendi. Estou salvando tudo isso na minha pasta "Como conquistar Gifty".

— Uma pasta?

— Isso mesmo. Uma planilha completa. Você ia adorar.

Revirei os olhos para ela, e começaram a tocar uma música mais lenta. Anne me segurou pela cintura, e minha respiração se acelerou. No chão ao nosso lado, um grupo de rapazes começou a assoviar.

— Você gosta mais de mim quando estou bebendo? — perguntei a Anne, ansiosa para ouvir a resposta.

— Gosto mais de você quando você fica toda poética falando de Jesus — ela respondeu. — Gosto mais quando você está se sentindo santa. Faz com que eu me sinta santa também.

Joguei a cabeça para trás e dei uma risada.

✦ ✦ ✦

Dali a uma semana, nós duas pegamos emprestado um carro de um amigo de Anne, para podermos ir a Harvard Forest em Petersham. A viagem deveria ter demorado apenas uma hora e quinze, mas houve um acidente na autoestrada, e nós fomos nos arrastando por duas horas, só esperando que o trânsito fluísse. Quando, por fim, passamos pelos destroços, um monte de metal que nem mesmo parecia ter sido um carro, comecei a ter minhas dúvidas sobre os cogumelos que tinha concordado em experimentar.

— A questão é que você tem que experimentar — disse Anne. — Tipo assim, quem sabe o que é de verdade a euforia enquanto não a tiver sentido? Ela não passa de uma palavra.

Murmurei, sem me comprometer.

— Vai ser lindo — complementou. — Sério. É como uma experiência religiosa. Você vai gostar. Eu garanto.

No primeiro ano na faculdade, Anne tinha feito um seminário em que passou dois fins de semana explorando a floresta, de modo que ela a conhecia melhor do que a maioria. Ela me guiou para fora da trilha até encontrarmos uma clareira, cercada de árvores que me pareceram de uma altura improvável. Anos depois, quando cheguei à Califórnia e pus os olhos numa sequoia pela primeira vez, voltei a pensar nas árvores de Harvard Forest, sua altura semelhante à de um bebê em comparação com as gigantes que viviam do outro lado do país.

Mas naquele dia fiquei impressionada. Anne estendeu uma manta de piquenique e se deitou ali por um instante, só olhando para o alto. Tirou do bolso de trás um saquinho plástico amarfanhado e o sacudiu, aparando os cogumelos na palma da mão.

— Pronta? — ela perguntou, me entregando o meu. Fiz que sim, pus um grama na boca e esperei pelo efeito. Não sei quanto tempo demorou. O tempo ia se estirando diante de mim tão devagar que me parecia que uma hora se passava no intervalo entre piscadas dos olhos. Era como se meu corpo inteiro fosse feito de um fio enrolado apertado num carretel e que, enquanto eu estava ali sentada, ele se desenrolava, um centímetro atrás do outro, até eu ser uma poça na manta. Ao meu lado, Anne olhava para mim com uma benevolência tão maravilhosa. Peguei sua mão. Estávamos deitadas de costas, uma olhando para a outra, olhando para as árvores, enquanto as árvores olhavam para nós.

— Homens-árvores vivos — eu disse, e Anne concordou, calada, como se entendesse, e talvez entendesse mesmo.

Quando voltei, Anne já estava ali para me receber.

— E aí? — ela perguntou, olhando para mim com expectativa.

— Lembrei-me de uma história que meu pai costumava contar para meu irmão — eu disse. — Não pensava nela há anos.

— Qual é a história? — perguntou Anne, mas eu me recusei a falar. Eu não tinha mais nada a dar. Não queria lhe contar minhas histórias. Não podia imaginar viver do jeito que ela vivia, livre, como um fio desencapado pronto e disposto a tocar em tudo que tocasse. Não podia me imaginar disposta; e, mesmo depois daqueles poucos momentos roubados de transcendência psicodélica, momentos inofensivos, sem potencial de dependência e, sim, eufóricos, eu ainda não conseguia me imaginar livre.

Ao fim daquele semestre, Anne e eu já estávamos imersas numa amizade tão íntima que parecia romântica. Era romântica.

Tínhamos nos beijado e um pouco mais, mas eu não conseguia definir a situação, e Anne não se importava. À medida que se aproximava sua formatura, Anne passava a maior parte do tempo no meu quarto ou na biblioteca, debruçada sobre livros de preparação para o teste de admissão para escolas de medicina, com o cabelo crescendo esquisito, ainda com vestígios da permanente antiga, preso no alto num coque meio frouxo.

Eu a chamava de Anne Samurai quando queria irritá-la ou quando queria simplesmente que ela tirasse os olhos do trabalho e prestasse atenção em mim.

— Me conta alguma coisa que eu não saiba sobre você — disse ela, soltando o cabelo e enrolando mechas no dedo.

— Alguma coisa que você não saiba?

— Isso. Por favor, salve-me da chatice desses simulados. Acho que realmente posso morrer se fizer mais um. Dá para você imaginar? Morte por excesso de simulados durante o esforço para estudar medicina?

— Não tenho boas histórias — eu disse.

— Então me conta uma ruim — ela falou. Eu sabia o que ela estava fazendo. Estava tentando fazer com que eu lhe falasse de Nana, porque, enquanto eu sabia todas as histórias de Anne, ela só conhecia um punhado das minhas; e eu sempre tinha tido o cuidado de selecionar as felizes. Às vezes, ela tentava me fazer falar sobre ele, mas nunca de um modo direto, só naquele seu estilo astucioso que, para mim, era totalmente transparente. Ela me contava histórias sobre a irmã e depois ficava olhando para mim com expectativa, como se fosse minha obrigação retribuir. Uma história de irmã por uma história de irmão, mas eu me recusava. As histórias de Anne sobre a irmã, sobre as festas às quais tinham comparecido, as pessoas com quem tinham ido para a cama, não me pareciam uma troca justa pelas histórias que eu tinha a contar sobre

Nana. Minhas histórias de Nana não tinham finais felizes. Seus anos de farras, de sexo fácil, não terminaram com ele conseguindo um emprego no mundo financeiro em Nova York, como terminavam as histórias da irmã de Anne. E não era justo. Era isso que estava no cerne da minha relutância e do meu ressentimento. Algumas pessoas conseguem sair das suas histórias incólumes, vicejantes. Outras, não.

— Um dia pintei as unhas do meu irmão quando ele estava dormindo. E, quando acordou, ele tentou lavar o esmalte na pia. Não sabia que precisava de removedor de esmalte e ficou ali esfregando cada vez com mais força, e eu estava olhando para ele, rindo. Então, ele se virou e me deu um soco. Fiquei uma semana com o olho roxo. É esse o tipo de história que você quer ouvir?

Anne tirou os óculos, levantando-os para o cabelo. Ela fechou o livro de simulados

— Quero ouvir qualquer história que você queira contar.

— Você não é médica. Não vem querer ser minha terapeuta, porra nenhuma, Anne.

— Bem, quem sabe você não consulta um terapeuta?

Comecei a rir, uma risada cruel, uma risada que nunca tinha ouvido antes. Eu não sabia de onde ela vinha. E, quando escapou de mim, pensei, *Que mais está aqui dentro de mim? O quanto essa escuridão é escura? A que profundezas ela vai?*

— Ele morreu — eu disse. — Morreu. Morreu. Morreu. Foi isso. Que mais você quer saber?

49

Durante uma semana, quando eu estava no ensino médio, tive pesadelos que me faziam acordar com um suor frio. Não conseguia me lembrar do que acontecia neles, mas toda vez que acordava de um, empapada no meu próprio medo, eu pegava um caderno e tentava forçar o sonho a se expressar no papel. Quando isso não funcionou, comecei a evitar dormir.

Não podia contar à minha mãe o que estava acontecendo porque sabia que ela ia se preocupar, ficar rondando em torno de mim e orar, e eu não queria nada disso. Resolvi, então, dar-lhe boa-noite e seguir para meu quarto. Ficava escutando até ouvir parar o som dos seus pés se arrastando e, quando tinha certeza de que ela estava dormindo, eu descia de mansinho para ver televisão com o volume bem baixo.

Era uma dificuldade evitar o sono; e a televisão àquele volume não ajudava em nada. Eu adormecia na poltrona reclinável, e o pesadelo me acordava em pânico, sentada ereta. Comecei a orar com fervor. Pedia a Deus que parasse esses sonhos; e, se ele não quisesse parar os sonhos, eu pedia que pelo menos permitisse que eu me lembrasse deles. Não suportava a ideia de não saber do que eu sentia medo.

Depois de uma semana de preces não atendidas, fiz uma coisa que não fazia havia anos. Conversei com Nana. "Sinto falta de você", murmurei para o escuro da sala de estar, os roncos da minha mãe o único som que se ouvia. "As coisas estão difíceis por aqui", eu lhe disse. Também lhe perguntei todos os tipos de coisas, como "O que vamos assistir hoje na televisão?" ou "O que eu deveria comer?".

A única regra que me impus foi a de nunca dizer seu nome, porque eu tinha certeza de que dizê-lo tornaria real o que eu estava fazendo, me definiria como louca. Eu sabia que era com Nana que estava falando, mas também sabia que não era com ele de modo algum; e reconhecer isso, pronunciar seu nome e ver que ele não surgia diante de mim, meu irmão plenamente incorporado, plenamente vivo, destruiria o encantamento. Por isso, eu deixava seu nome de fora.

Uma noite, minha mãe me encontrou descansando na tal poltrona. Desviei os olhos da televisão, e lá estava ela em pé. Eu ficava pasma de ver como, às vezes, ela conseguia se movimentar em tamanho silêncio que era como se fosse desprovida de corpo.

— O que você está fazendo aqui embaixo? — ela perguntou. Nana tinha morrido quatro anos antes. Fazia três anos e meio que eu tinha passado meu verão em Gana, um mês de pesadelos. Naquela época, eu tinha prometido a mim mesma que nunca seria um fardo para minha mãe, que tudo o que ela receberia de mim seria bondade e paz, calma e respeito, mas mesmo assim respondi.

— Às vezes, converso com Nana quando não consigo dormir.

Ela se sentou no sofá, e eu fiquei olhando atenta para seu rosto, preocupada por ter falado demais, por ter descumprido nosso pequeno código de conduta, minha promessa pessoal.

— Ah, eu também falo com Nana — disse ela. — O tempo todo. O tempo todo.

Pude sentir meus olhos se enchendo de lágrimas.

— E ele responde? — perguntei.

Minha mãe fechou os olhos e se recostou no sofá, deixando as almofadas a envolverem.

— Sim, acho que sim.

Na véspera do exame para admissão à escola de medicina, por fim, contei a Anne que Nana tinha morrido de uma *overdose*.

— Ai, meu Deus, Gifty — ela disse. — Puta merda, que pena! Perdoa toda aquela besteira que eu disse.

Passamos o resto da noite aconchegadas na minha cama de solteiro de comprimento maior que o padrão. À medida que o silêncio e a escuridão tomaram conta da noite, ouvi Anne chorar. Seus soluços de corpo inteiro me pareceram exageradamente dramáticos naquela noite, e eu esperei que ela se acalmasse e adormecesse. Quando isso afinal aconteceu, fiquei ali possessa, me perguntando, *O que ela sabe? O que ela sabe sobre a dor, o túnel escuro e interminável da dor?* E senti meu corpo se enrijecer, senti meu coração se endurecer, e nunca mais falei com ela. Ela me mandou mensagens de texto no dia seguinte, depois que saiu do exame.

"Posso ir aí te ver? Levo uma caixa de sorvete, e a gente pode relaxar um pouco."

"Sinto muito por ontem à noite. Eu não devia ter feito você falar antes de estar pronta."

"Oi, Gifty, dá para entender que você está com raiva de mim, mas será que a gente pode conversar?"

As mensagens de texto chegaram com regularidade por duas semanas, e então silêncio. Anne se formou, o verão chegou, fui para casa no Alabama para trabalhar como garçonete e poder guardar algum dinheiro antes de precisar voltar para a faculdade. No ano seguinte, comecei tudo de novo, com uma amiga a menos. Mergulhei no meu trabalho. Fiz entrevistas em laboratórios de um lado a outro do país. Fazia anos que eu não orava, mas às vezes antes de dormir, quando sentia saudade de Anne, eu falava com Nana.

50

Minha mãe estava acordada e sentada na cama no dia em que eu de véspera tinha preparado o camundongo claudicante para a optogenética.

— Oi — eu disse. — Está com vontade de sair hoje? A gente pode ir tomar café em algum lugar? O que acha?

Ela me deu um sorrisinho.

— Só um pouco d'água e uma barra de granola, se você tiver.

— Claro. Tenho um monte. Vamos ver. — Corri até meu armário na cozinha e apanhei uma variedade. — Pode escolher.

Ela pegou a de manteiga-de-amendoim-com-gotas-de--chocolate, fazendo que sim. Tomou um golinho da água.

— Posso ficar em casa com você hoje, se quiser. Na verdade, não preciso me apresentar.

Era mentira. Se eu não me apresentasse, arruinaria o trabalho de uma semana ou mais e teria de começar tudo de novo, mas não queria perder essa oportunidade. Tinha a sensação de que minha mãe era minha marmota particular. Será que ela veria sua sombra? Será que o inverno tinha terminado?

— Vai trabalhar — disse ela. — Vai, sim.

Voltou para debaixo das cobertas, e eu fechei a porta, saindo apressada para meu carro, ao mesmo tempo entristecida e aliviada.

No laboratório, havia motivos para comemoração. Han tinha conseguido publicar seu primeiro trabalho na *Nature*. Ele era o primeiro autor daquele trabalho, e eu sabia que seu pós-doutorado se encerraria em breve. Já estava começando a sentir sua falta. Comprei um *cupcake* da loja no campus e o levei à mesa de Han, acendendo a vela solitária no centro e cantando uma versão improvisada de "Parabéns para você" com a letra alterada para "Parabéns, Han".

— Não precisava — disse ele, apagando a vela. As orelhas estavam vermelhas de novo, e gostei de ver aquele rubor familiar, percebendo pela primeira vez minha saudade por ele ter sumido. O preço de ter me aproximado mais de Han tinha sido o de manifestações mais raras desse traço estranho e encantador.

— Você está brincando? Posso precisar que você me contrate em breve.

— Diz a mulher com dois trabalhos na *Nature* e um na *Cell*. Só estou tentando não ficar para trás.

Ri da brincadeira e tratei de trabalhar. Eu tinha querido esse laboratório por causa da sua meticulosidade, por causa da exigência de que cada resultado fosse testado e testado de novo. Mas havia um ponto em que a confirmação se tornava procrastinação, e eu sabia que estava me aproximando desse ponto. Talvez já o tivesse ultrapassado. Han tinha razão. Eu era boa no meu trabalho. Boa no trabalho e ávida por ser melhor, por ser a melhor. Eu queria meu próprio laboratório numa universidade de ponta. Queria um perfil em *The New*

Yorker, convites para dar conferências e dinheiro. Embora o mundo acadêmico não fosse o caminho direto para ganhar toneladas de dinheiro, eu ainda sonhava com isso. Queria mergulhar numa pilha de dinheiro todas as manhãs, como o tio Patinhas do *DuckTales,* o programa de televisão a que Nana e eu assistíamos quando éramos pequenos e faltava dinheiro. E assim eu testava e testava mais uma vez.

Anne me chamava de maníaca por controle. Dizia isso num tom de provocação, carinhosa, mas eu sabia que ela falava sério e sabia que era verdade. Eu queria as coisas de um jeito exato. Queria contar minhas histórias do jeito que queria, na hora que escolhesse, impondo um tipo de ordem que, na realidade, não existia no momento. A última mensagem de texto que Anne me mandou dizia, "Eu te amo. Você sabe disso, certo?". Precisei de todas as minhas forças para não responder, e usei tudo o que tinha. Eu sentia prazer no meu autocontrole, um prazer doentio que parecia uma ressaca, como sobreviver a uma avalanche só para perder os membros por gangrena causada pelo frio. Essa repressão, esse controle a qualquer custo, faziam com que eu fosse péssima em muitas coisas, mas me faziam brilhar no trabalho.

Voltei ao meu experimento com o acionamento da alavanca. Eu estava usando tanto opsinas quando proteínas fluorescentes que me permitiam registrar a atividade do cérebro para eu poder ver que neurônios específicos do córtex pré-frontal estavam ativos durante os choques aos pés. As proteínas fluorescentes eram uma maravilha. Sempre que eu lançava uma luz azul na proteína, ela brilhava verde no neurônio que a expressava. A intensidade daquele verde mudava conforme o neurônio estivesse atuante ou inativo. Eu nunca me cansava desse processo, do seu aspecto sagrado, de lançar a luz e obter o retorno de luz. Na primeira vez que vi isso acontecer, quis chamar todo mundo no prédio para vir olhar. No meu laboratório, esse santuário, algo de divino. *Doce é a luz, e é um deleite para os olhos ver o sol.*

Agora eu já a vi tantas vezes que meus olhos se adaptaram. Não tenho como voltar àquele estado inicial de assombro. Por isso, trabalho, não para reconquistá-lo, mas para ultrapassá-lo.

— Ei, Gifty, quer jantar comigo um dia desses? Quer dizer, foi legal dividir aquele Ensure e tudo o mais, mas quem sabe a gente não come comida de verdade dessa vez?

Han estava de luvas e óculos de proteção. Estava olhando para mim, com afeto, esperançoso, com as orelhas num leve rubor.

Naquele instante desejei ter um brilho só meu, um cintilar fluorescente de um verde vivo, por baixo da pele do meu pulso que lampejasse como um aviso.

— Sou péssima em relacionamentos — eu disse.

— Certo, mas e em jantares? — ele perguntou. Eu ri.

— Melhor — respondi, mas essa também não era a pura verdade. Pensei nos jantares que Raymond oferecia, cinco anos antes, as desculpas que eu dava para me esquivar deles, as brigas que tínhamos.

— Você passa mais tempo com camundongos de laboratório do que com gente. Sabe que isso não é saudável, certo? — ele disse.

Eu não sabia como lhe explicar que passar tempo no meu laboratório ainda era uma forma que eu tinha de passar tempo com pessoas. Não *com* elas, precisamente, mas pensando nelas, com elas no nível da mente, o que me parecia mais íntimo do que qualquer jantar ou saída para beber. Não era saudável, mas, em termos abstratos, era a busca da saúde, e isso não tinha seu valor?

— Você se esconde por trás do trabalho. Não deixa ninguém entrar. Quando vou conhecer sua família?

As fissuras no nosso relacionamento tinham começado a aparecer. Uma: a de que eu era péssima em jantares. Outra: que eu trabalhava demais. A maior de todas: minha família.

Eu tinha dito a Raymond que era filha única. Preferia encarar isso como uma omissão prolongada em vez de uma mentira declarada. Ele perguntou se eu tinha irmãos, e eu disse que não. Continuei com a negativa por alguns meses, e então, quando começamos a brigar pelo motivo de "quando vou conhecer sua família", eu já não conseguia descobrir um jeito de mudar a história.

— Minha mãe não gosta de viajar — eu disse.

— Vamos visitá-la. O Alabama não é tão longe assim.

— Meu pai mora em Gana — disse eu.

— Nunca fui a Gana — ele respondeu. — Sempre quis conhecer nossa terra de origem. Vamos juntos.

Ele me irritava quando chamava a África de "nossa terra de origem". Eu ficava irritada por ele se sentir próximo o suficiente para achar isso. Ela era *minha* terra de origem, a terra da minha mãe, mas as únicas lembranças que eu tinha de lá eram desagradáveis: o calor, os mosquitos, os corpos apinhados em Kejetia naquele verão, quando só conseguia pensar no irmão que eu tinha perdido e na mãe que estava perdendo.

Não perdi minha mãe naquele verão, mas alguma coisa dentro dela foi embora e nunca mais voltou. Eu nem mesmo lhe contei que estava saindo com alguém. Nossos telefonemas, raros e curtos, eram tão concisos que parecia que falávamos em código.

— Como você está? — eu perguntava.

— Bem — ela dizia, o que queria dizer, *estou viva, e isso não basta?* Será que bastava?

Raymond vinha de uma família numerosa, três irmãs mais velhas, mãe e pai, tantos tios, tias e primos que não dava para contar. Ele conversava com pelo menos um deles todos os dias. Eu conhecia todos eles e dava um sorriso tímido quando elogiavam minha beleza, meu intelecto, quando diziam que eu era para casar.

— Não meta os pés pelas mãos — sussurrou a irmã mais velha de Raymond, alto o suficiente para eu ouvir, quando estávamos saindo da casa dos pais dele uma noite. Mas Raymond não era idiota. Ele sabia que havia coisas que eu não lhe contava; e no início ele se contentou em esperar até eu estar pronta para falar. Mas depois, mais ou menos com uns seis meses juntos, dava para eu sentir que meu prazo estava terminando.

— Vou me esforçar mais, nos jantares. Vou me esforçar — eu disse uma noite depois de uma briga que deixou a nós dois devastados, oscilando no limite da nossa vontade de ficar juntos. Ele passou a mão pela testa e fechou os olhos. Não conseguia olhar para mim.

— Não tem a ver com a porra dos jantares, Gifty — ele retrucou, baixinho. — Você quer mesmo estar comigo? Quer dizer, estar comigo de verdade?

Fiz que sim. Fui para trás dele e o abracei.

— Quem sabe no próximo verão nós não vamos juntos a Gana? — eu disse. Ele se virou para olhar para mim, todo desconfiado, mas também com esperança.

— No próximo verão?

— É — respondi. — Vou perguntar à minha mãe se ela quer ir também. — Se Raymond sabia que eu estava mentindo, ele me deixou mentir.

Minha mãe nunca voltou a Gana. Faz mais de três décadas que ela saiu de lá, carregando o bebê Nana. Depois da minha discussão com Raymond, liguei para ela e perguntei se algum dia ela chegou a pensar em voltar. Ela tinha uma poupança.

Poderia levar uma vida mais simples lá, não ter que trabalhar o tempo todo.

— Voltar para quê? — ela respondeu. — Minha vida é aqui.

E eu sabia o que ela queria dizer. Tudo o que tinha construído para nós e tudo o que tinha perdido estavam neste país. A maioria das suas lembranças de Nana eram no Alabama, na nossa casa na rua sem saída no alto de um morrinho. Mesmo que houvesse dor nos Estados Unidos, também tinha havido alegria: as marcas na parede junto da cozinha que mostravam que Nana cresceu sessenta centímetros em um ano, a cesta de basquete, enferrujada da chuva, da falta de uso. E eu, na Califórnia, minha própria ramificação dessa árvore da família, crescendo devagar, mas crescendo. Em Gana, só havia meu pai, o Cara do *Chin Chin*, com quem nenhuma de nós duas tinha falado havia anos.

Acho que este lugar não foi tudo o que minha mãe esperava naquele dia em que perguntou a Deus aonde deveria ir para dar o mundo ao seu filho. Apesar de não ter vadeado rios, nem atravessado montanhas, ela ainda assim fez o que tantos pioneiros tinham feito antes dela: uma viagem afoita, curiosa, rumo ao desconhecido, na esperança de encontrar alguma coisa só um pouquinho melhor. E, como eles, ela sofreu e perseverou, talvez na mesma medida. Sempre que eu olhava para ela, náufraga na ilha da minha cama espaçosa, era difícil que eu visse além do sofrimento. Era difícil eu não fazer um levantamento de tudo o que ela havia perdido: sua terra natal, seu marido, seu filho. As perdas simplesmente não paravam de se acumular. Era difícil que eu a visse ali, ouvisse sua respiração irregular, e pensasse em como tinha perseverado, mas era o que tinha feito. Só o fato de estar ali deitada na minha cama era um testemunho da sua perseverança, do fato de ela ter sobrevivido, mesmo quando não sabia ao certo se queria.

Eu costumava acreditar que Deus nunca nos dá mais do que podemos suportar, mas então meu irmão morreu, e minha mãe e eu ficamos com tanto peso a mais que ele nos esmagou.

    Levei muitos anos para me dar conta de que é difícil viver neste mundo. Não estou falando da mecânica da vida porque, para a maioria de nós, nosso coração vai bater, nossos pulmões vão absorver o oxigênio, sem que precisemos lhes dar nenhuma ordem. Para a maioria de nós, em termos mecânicos, físicos, é mais difícil morrer do que viver. Mas, mesmo assim, tentamos morrer. Dirigimos em excesso de velocidade por estradas sinuosas. Fazemos sexo com desconhecidos sem usar proteção, bebemos, consumimos drogas. Tentamos espremer um pouquinho mais de vida da nossa vida. É natural querer fazer isso. Mas estar vivo no mundo, todos os dias, à medida que recebemos cada vez mais e mais, à medida que a natureza daquilo que "podemos suportar" muda e nossos métodos para esse suportar mudam, também, isso é uma espécie de milagre.

51

Katherine andava me pedindo se poderia vir me visitar.
— Você não precisa me apresentar nem nada. Eu podia simplesmente tomar um café e depois ir embora. O que acha? Sempre que ela perguntava, eu fazia alguma objeção. Reconhecia esse velho padrão em mim mesma, minha necessidade de tratar a doença mental da minha mãe como um projeto do tipo faça-você-mesmo, como se tudo o que era necessário para ela melhorar fosse eu armada de uma pistola aplicadora de cola, eu com um livro de culinária ganense e um copão de água, eu com uma fatia de bolo de frutas. Não tinha funcionado naquela época e não estava funcionando agora. A certa altura, eu precisava pedir, precisava aceitar ajuda.

Fiz uma limpeza na casa antes de Katherine vir. Não estava suja, mas é difícil se livrar de velhos hábitos. Ela chegou trazendo um buquê de flores e uma travessa de cookies com gotas de chocolate. Dei-lhe um abraço, convidei-a a se sentar à minha minúscula mesa de jantar e comecei a fazer um café.

— Não dá para acreditar que nunca vim aqui antes — disse Katherine, olhando em volta. Eu morava ali havia quase quatro anos, mas não dava para perceber pela aparência do lugar.

Levava minha vida como alguém que está acostumado a ter de ir embora em questão de instantes. Raymond tinha chamado meu apartamento de "Cafofo de Proteção de Testemunhas". Nenhuma foto da família, absolutamente nenhuma foto. Nós sempre íamos à casa dele.

— Na verdade, eu quase nunca recebo visitas — eu disse. Consegui encontrar um par de canecas e as enchi. Sentei-me diante de Katherine, segurando a caneca para aquecer minhas mãos. Ela me observava, esperando que eu falasse, esperando que eu tomasse a iniciativa de algum jeito. Quis lhe lembrar que nada daquilo tinha sido minha ideia. — Ela está lá dentro — sussurrei, apontando para meu quarto.

— Certo, não vamos incomodá-la — disse Katherine. — Como você está?

Senti vontade de chorar, mas não chorei. Esse talento eu tinha herdado da minha mãe. Havia me tornado minha mãe sob tantos aspectos que me era difícil pensar em mim como uma pessoa distinta dela, difícil ver a porta fechada do meu quarto e não imaginar que, um dia, seria eu que estaria do outro lado. Eu, na cama, só que sozinha, sem um filho que cuidasse de mim. A puberdade tinha sido um choque tremendo. Antes, eu não era parecida com ninguém, o que quer dizer que eu era parecida comigo mesma, mas dali em diante comecei a ficar parecida com minha mãe, com meu corpo crescendo para encher o molde que sua forma deixara. Queria chorar, mas não conseguia, não me dispunha. Como minha mãe, eu tinha uma caixa trancada onde guardava todas as minhas lágrimas. Minha mãe só tinha aberto a dela no dia em que Nana morreu e, pouco tempo depois, ela a trancou de novo. Uma briga entre camundongos tinha aberto a minha, mas eu estava me esforçando para fechá-la de novo.

— Vamos indo — respondi, com um gesto positivo; e então procurei mudar de assunto. — Eu alguma vez lhe disse que escrevia num diário quando era pequena? Estive relendo desde que minha mãe chegou e também estou escrevendo nele de novo.

— Anda escrevendo que tipo de coisa?

— Observações, principalmente. Perguntas. A história de como chegamos aqui. É embaraçoso, mas antigamente eu me dirigia a Deus no diário. Fui criada em igreja evangélica. — Mostrei a palma das minhas mãos para ela num gesto teatral para acompanhar a palavra "evangélica". Quando percebi o que estava fazendo, larguei as mãos no colo como se estivessem pegando fogo, precisando ser apagadas.

— Eu não sabia.

— Mas é verdade. E é embaraçoso. Eu falava em línguas. E tudo o mais.

— Por que é embaraçoso? — perguntou Katherine. Fiz uma espécie de gesto abrangente com as mãos, como se estivesse dizendo, *Olhe para tudo isso,* com o que eu queria dizer, *Olhe para o meu mundo. Olhe para a ordem e o vazio deste apartamento. Olhe para meu trabalho. Tudo isso não é embaraçoso?* Katherine não entendeu meu gesto ou, se entendeu, não o aceitou. — Considero bonito e importante acreditar em alguma coisa, em qualquer coisa. É o que realmente penso.

Essa última parte ela disse em tom de defensiva porque eu estava revirando os olhos. Sempre fico irritada com a menor insinuação da espiritualidade falsa e deslumbrada de quem equipara a crença em Deus com a crença, digamos, em uma presença estranha numa sala. Na faculdade, certa vez, eu saí de uma apresentação de declamação à qual Anne me havia levado à força porque o poeta não parava de se referir a Deus como "ela", e essa necessidade de ser provocativo e abrangente me pareceu desgastada demais, fácil demais. Ela também ia de encontro aos próprios interesses de uma ortodoxia e de uma fé que pedem para que você se submeta, que aceite, que creia, não num espírito nebuloso, não no espírito kumbayá da Terra, mas no específico. Em Deus como ele foi escrito, e como ele era. "Qualquer coisa" não significava nada. Como eu já não podia acreditar no Deus específico, aquele cuja presença eu tinha sentido com tanta intensidade quando era criança, eu também nunca poderia simplesmente "acreditar em alguma coisa". Eu não sabia como pôr isso em palavras para Katherine e só fiquei ali sentada, olhando para a porta do meu quarto.

— Você ainda escreve para Deus? — Katherine perguntou.

Olhei para ela, me perguntando se ela estava preparando algum tipo de armadilha. Lembrei-me da minha negação com a palma das mãos. Zombavam tanto de mim por causa da minha religião quando eu estava na faculdade que eu tinha me habituado a zombar de mim mesma primeiro. Mas a voz de Katherine era desprovida de maldade, seu olhar era sério.

— Já não escrevo "Querido Deus", mas mesmo assim pode ser que sim.

Quando se tratava de Deus, eu não podia dar uma resposta direta. Não era capaz de dar uma resposta direta desde o dia da morte de Nana. Naquela ocasião, Deus me abandonou de modo tão extremo e tão completo que minha capacidade de acreditar nele foi abalada. E, no entanto... como explicar cada estremecimento? Como explicar aquela firme certeza que um dia tive da sua presença no meu coração?

No dia em que a sra. Pasternack disse, "Acho que somos feitos da poeira das estrelas e que Deus fez as estrelas", eu dei uma risada. Estava sentada nos fundos da sala, desenhando a esmo no meu bloco de espiral porque já estava adiantada em relação ao resto da turma. Já estava fazendo cursos de matemática na universidade para acumular créditos para a faculdade. E sonhava, sonhava em conseguir ir embora dali para o lugar mais distante possível.

— Tem alguma coisa que você gostaria de compartilhar com a turma, Gifty? — perguntou a sra. Pasternack. Eu me endireitei na carteira. Não estava acostumada a ser repreendida, a me meter em encrenca. Nunca tinha ficado de castigo e acreditava, aparentemente com razão, que minha reputação de aluna inteligente e dedicada me protegeria.

— É só que isso me parece um pouco conveniente demais — respondi.

— Conveniente?

— É.

Ela me deu um olhar esquisito e passou adiante. Voltei a me relaxar na carteira e retomei meus desenhos, chateada porque tinha querido uma discussão. Eu frequentava uma escola pública que se recusava a ensinar a evolução, numa cidade em que muitos não acreditavam nisso; e as palavras da sra. Pasternack, pela impressão que me causaram na época, eram uma forma de se esquivar, um jeito de dizer sem dizer.

Como entender o tempo anterior aos humanos? Como entender as cinco extinções anteriores, incluindo-se as que exterminaram os mamutes lanudos e os dinossauros? Como entender os dinossauros e o fato de compartilharmos com as árvores um quarto do nosso DNA? Quando Deus fez as estrelas, como e por quê? Essas eram perguntas cujas respostas eu sabia que jamais encontraria em Huntsville, mas a verdade é que eram perguntas cujas respostas eu nunca encontraria em parte alguma, não respostas que me satisfizessem.

★ ★ ★

— É bom estar com você — disse Katherine. Ela acabou de tomar seu café, a terceira xícara desde que chegou, e se levantou para ir. Eu a acompanhei à porta, e nós duas ficamos ali paradas no vão. Katherine pegou minha mão. — Você deve continuar a escrever. Para Deus, para quem quer que seja. Se faz com que se sinta melhor, você deve continuar. Não há motivo para parar.

Fiz que sim e agradeci. Acenei para ela quando entrou no carro e foi embora.

52

Nunca mais tinha voltado a acontecer. Depois que Katherine saiu, dei uma olhada na minha mãe. Nenhuma mudança. Alguns dias antes, eu tinha tido uma reunião com meu orientador para examinarmos a possibilidade de eu encerrar o doutorado no final do trimestre em vez de esperar outro ano ou mais.

— Quais são suas metas? O que você quer? — ele perguntou.

Olhei para ele e pensei, *Quanto tempo você tem para me ouvir? Quero dinheiro, uma casa com piscina, um parceiro que me ame e meu próprio laboratório com uma equipe constituída somente pelas mulheres mais fortes e brilhantes. Quero um cachorro, um prêmio Nobel e quero descobrir uma cura para a dependência química, para a depressão e para tudo o mais que nos aflige. Quero tudo e quero querer menos.*

— Não sei ao certo — respondi.

— Vou lhe dizer uma coisa. Termine a tese, entregue-a e então reavalie. Não há pressa. Se você começar o pós--doutorado agora, se começar no ano que vem ou no outro, no fundo, não faz uma diferença tão grande assim.

Meu laboratório estava um gelo. Estremeci, peguei meu casaco do encosto da cadeira e o vesti. Arregacei as mangas e comecei a limpar minha estação de trabalho, algo que deveria ter feito na última vez em que estive ali. Na última vez em que estive ali, eu, por fim, tinha terminado meu experimento, dado a resposta à pergunta. Tinha testado os resultados uma quantidade suficiente de vezes para ter a maior certeza possível de que podíamos fazer com que um animal, até mesmo aquele camundongo claudicante, por meio da alteração da sua atividade cerebral, se abstivesse de buscar a recompensa. Quando o observei pela última vez, todo equipado com o implante de fibra óptica e o cordão, tudo parecia igual. Lá estava a alavanca, o pequeno tubo de metal, o maná do Ensure. Lá estava o camundongo e seu jeito de andar mancando. Enviei a luz e assim, exatamente assim, ele parou de acionar a alavanca.

Saí da estação de trabalho, fui para o escritório e me sentei para escrever meu trabalho, pensando em todos os meus camundongos. Eu deveria estar enlevada por ter terminado, por estar escrevendo, com a esperança de uma nova publicação e mais uma graduação surgindo diante de mim; mas, em vez disso, eu tinha a sensação de ter perdido um ente querido.

As exigências da escrita científica são diferentes da exigências da escrita na área de humanas, diferentes de como escrevo no diário à noite. Meus trabalhos eram secos e diretos. Eles retratavam os fatos dos meus experimentos, mas não diziam nada sobre como tinha sido segurar um camundongo e sentir seu corpo inteiro pulsar contra a palma das minhas mãos enquanto ele respirava, enquanto seu coração batia. Eu queria dizer isso também. Queria dizer, cá está, o sopro da vida nele. Queria falar com alguém sobre a imensa onda de alívio que eu sentia cada vez que via um camundongo dependente se recusar a usar a alavanca. Aquele gesto, aquela recusa, era esse o sentido do trabalho, era ali que estava o êxito, mas não havia como dizer nada disso. Em vez disso, eu descrevia o passo a passo do processo, a ordem. A confiabilidade, a estabilidade do trabalho, o impulso de continuar a trabalhar com afinco, de continuar a tentar até conseguir descobrir uma solução, tudo isso era a casca do trabalho para mim, mas o cerne dele era aquela onda de alívio, aquele corpinho do camundongo claudicante vivo, ainda vivo, ainda.

O pastor John costumava dizer, "Estendam a mão", antes de pedir à congregação que orasse por um membro. Se você estivesse perto o suficiente da pessoa que precisava da oração, você tocaria a pessoa literalmente, poria sua mão sobre ela. Tocaria qualquer parte do corpo que lhe fosse acessível, a testa, um ombro, as costas; e esse toque, esse toque precioso, era tanto a oração como seu canal. Se você não estivesse suficientemente próximo para alcançar a pessoa, se seu braço estivesse apenas estendido, tocando no ar, ainda era possível sentir aquela coisa que muitas vezes ouvi chamarem de "energia", aquela coisa que eu chamava de Espírito Santo, que se movimentava pelo salão, através dos seus próprios dedos, na direção do corpo da pessoa necessitada. Na noite em que fui salva, fui tocada desse jeito. A mão do pastor John estava na minha testa, as mãos dos santos no meu corpo, as mãos dos congregantes estendidas. Salvação, redenção, era tão intencional quanto pele tocando pele, tão sagrado quanto. E eu nunca me esqueci.

Ser salva, como aprendi quando criança, era uma forma de dizer, Pecadora que sou, pecadora que sempre serei, cedo o controle da minha vida Àquele que sabe mais do que eu, Àquele que tudo sabe. Não se trata de um momento mágico de tornar-se sem pecado, sem culpa, mas uma forma de dizer, Caminha comigo.

Quando vi o camundongo claudicante se recusar a usar a alavanca, fui relembrada ainda mais uma vez do que significa renascer, renovar-se, ser salvo, que é apenas outro jeito de dizer, de precisar daquelas mãos estendidas dos seus próximos e da graça de Deus. Aquela graça redentora, aquela graça sublime, é uma mão e um toque, um implante de fibra óptica, uma alavanca e uma recusa, e é doce, como é doce.

53

Finalmente comecei a escrever minha tese com empenho. Eu passava períodos de doze horas indo do laboratório para o escritório, para o café do outro lado da rua que servia saladas e sanduíches medíocres. Quando chegava em casa à noite, caía no sofá, ainda vestida, e adormecia contando os carneiros de todas as coisas que precisava fazer no dia seguinte. E no dia seguinte, repetia tudo isso de novo.

Meu ritmo para escrever, quando eu estava imersa na atividade, incluía ouvir num volume ensurdecedor um mix de músicas que Raymond tinha me dado no nosso aniversário de seis meses. Talvez fosse um ato de masoquismo tocar a trilha sonora dos últimos dias de um relacionamento que não tinha durado muito tempo, mas as canções, dramáticas e no estilo dos *blues*, me davam a sensação de que meu trabalho estava em conversa com os artistas que as cantavam. Eu cantarolava acompanhando a música, digitando minhas anotações ou lendo as respostas da minha equipe; e, pela primeira vez desde que minha mãe tinha chegado para ficar comigo, eu sentia que estava fazendo alguma coisa certa. Eu escrevia, cantarolava e evitava qualquer um que me lembrasse o mundo de fora do meu escritório. Ou seja, Katherine. Ela vinha tentando que eu fosse almoçar com ela de novo desde o dia em que tinha ido me visitar, e eu tinha acabado por não ter mais desculpas a dar.

Fomos comer sushi na sexta-feira da minha primeira boa semana. Pedi um rolo em forma de lagarta; e, quando ele chegou, comi primeiro a cabeça, desconfiada do seu jeito de olhar para mim.

– Parece que você anda bem ocupada. Isso é ótimo – disse Katherine.

– É, estou mesmo feliz com tudo o que estou conseguindo fazer.

Fiquei olhando enquanto ela separava os hashis e os esfregava um no outro, soltando farpas minúsculas deles.

– E sua mãe? – Katherine perguntou.

Dei de ombros. Ataquei o torso da lagarta e passei os minutos seguintes tentando desviar a conversa para um terreno mais sólido: meu trabalho, como era importante, como eu estava me saindo bem. Katherine me elogiou, mas não com tanta exuberância ou com tanta convicção quanto eu tinha esperado.

– Você continua a escrever no seu diário também? – ela perguntou.

– Continuo – respondi. Depois que Nana morreu, eu tinha escondido todos os meus diários debaixo do colchão e só os tirei dali no verão anterior à minha ida para a faculdade. Naquele verão, eu os desencavei, com as molas do colchão rangendo e gemendo quando o ergui. Eu poderia ter considerado aqueles gemidos como um sinal de advertência, mas não o fiz. Em vez disso, comecei a ler tudo, passando por cada palavra registrada, percorrendo o que, na essência, era toda a minha vida consciente. Fiquei tão embaraçada com os primeiros registros que li todos eles, encolhendo-me e semicerrando os olhos na tentativa de me esconder do meu eu anterior. Quando cheguei aos anos da dependência de Nana, eu já estava destruída. Não tinha como ir adiante. Naquele instante, resolvi que construiria uma nova Gifty a partir do zero. Ela seria a pessoa que eu levaria comigo para Cambridge – confiante, equilibrada, inteligente. Ela seria forte e destemida. Abri uma página em branco e escrevi um novo registro, que começava com as seguintes palavras: *Vou descobrir um jeito de ser eu mesma, não importa o que isso signifique, e não vou falar o tempo todo em Nana e na minha mãe. Dá muita tristeza.*

Fui embora para a faculdade e continuei a escrever no diário. E, quando cheguei à pós-graduação, esse já era um hábito regular meu, tão vital e inconsciente quanto respirar. Eu sabia que Raymond vinha lendo meu diário havia semanas antes que a verdade se revelasse. Embora eu não fosse tão dedicada à limpeza quanto minha mãe, tinha herdado sua estranha capacidade de detectar quando algum objeto estava só um pouco fora do lugar. No dia em que encontrei meu diário no lado esquerdo da minha mesinha de cabeceira, em vez de no direito, pensei, *Pronto, é isso aí.*

— Você vai querer explicar isso, Gifty? — Raymond perguntou, agitando meu diário para lá e para cá.

— Explicar o quê? — retruquei; e pude ouvir na minha voz a adolescente, todas as outras Giftys que eu tinha prometido deixar para trás e que, em vez disso, tinham vindo junto comigo.

Raymond leu em voz alta.

— "Estou deixando Raymond achar que estou planejando nossa viagem para Gana, mas no fundo não fiz nada. Não sei como contar para ele."

— Bem, agora não preciso te contar — falei e vi que seus olhos iam se contraindo. Eu tinha escrito aquelas frases no dia em que descobri que ele andava lendo meu diário. Ele levou duas semanas para chegar ali.

— Por que você ia fazer uma coisa dessas? — Aquela sua voz, a voz que eu amava, a voz de um pastor sem púlpito, tão baixa que eu tinha a sensação de que vinha de dentro de mim, agora retumbava com fúria.

Comecei a rir, a mesma risada cruel e terrível que me causava medo de mim mesma. Ela me fazia pensar no som que alguém poderia emitir no ponto mais profundo de uma caverna, um som agudo, desesperado. A risada assustou Raymond também. Ele estremeceu como o filhote de passarinho. Lançou-me um olhar magoado, e reconheci naquele olhar minha janela, minha oportunidade, para consertar o que estava destruído entre nós e voltar a ser digna do seu afeto. Eu poderia ter rastejado, chorado, ter desviado sua atenção. Em vez disso, ri ainda mais.

— Você leu meu diário, mesmo? Como é que é, nós estamos na adolescência? Achou que eu estava te traindo?

— Não sei o que achar. Por que você não me diz o que pensar? Melhor ainda, me diga o que você está pensando porque a verdade é que eu não tenho como ler a porra dos seus pensamentos. Tudo isso, tudo isso... é como se nada que eu sei de você seja verdade.

O que eu estava pensando? Estava pensando que tinha destruído tudo, de novo. Estava pensando que nunca me livraria dos meus fantasmas, nunca, nunca. Eles estavam lá, em cada palavra que eu escrevia, em cada laboratório, em cada relacionamento.

— Você não bate bem, sabia? — disse Raymond, e eu não respondi. — Você é doida de pedra. — Ele jogou meu diário para o outro lado do quarto, e eu o vi se abrir com o movimento. Fiquei olhando enquanto Raymond pegava as chaves, a carteira, a jaqueta, uma peça pesada e desnecessária naquele sol da Península. Ele recolheu todo e qualquer vestígio de si mesmo e foi embora.

— Katherine, eu realmente sou grata pelo que você está fazendo, mas está tudo bem. Eu estou bem, e minha mãe, também.

Katherine comia depressa. Já tinha limpado o prato muito antes que eu chegasse aos últimos segmentos do meu rolo; e nós tínhamos passado os últimos minutos em silêncio enquanto eu mastigava devagar, conscienciosamente.

— Gifty, isso aqui não é um joguinho. Não tenho cartas escondidas. Não estou tentando tratar você, fazer psicanálise, nem mesmo fazer com que fale sobre Deus, sua família, ou qualquer outra coisa. Estou aqui exclusivamente como amiga. Uma amiga levando a outra para almoçar. Só isso.

Concordei em silêncio. Por baixo da mesa, belisquei a pele entre o polegar e o indicador. Como seria acreditar nela? O que seria necessário para isso?

54

Saí do almoço e resolvi me dar folga no resto da tarde. Minha mãe não tinha saído da casa ou mesmo da cama desde o dia em que fez a visita ao laboratório comigo. Mesmo assim, aquela saída me deu esperança de que ela estivesse melhorando. Talvez eu conseguisse convencê-la a fazer um passeio comigo até Half Moon Bay.

Voltei para meu apartamento dirigindo com o rádio desligado e os vidros abertos. Meu encontro marcado com Han seria naquele fim de semana, e aquilo estava me deixando nervosa, repassando repetidamente na minha cabeça as possíveis consequências. Se as coisas fossem mal, esse poderia ser o toque exato de que eu precisava para me convencer a terminar o doutorado e sair do laboratório, ao menos para evitar vê-lo todos os dias. Se tudo corresse bem, bem, quem ia saber?

Entrei no meu conjunto. Alguém tinha estacionado na minha vaga marcada, e eu estacionei na de outra pessoa, tornando-me parte do problema.

— Mãe — gritei ao entrar no apartamento. — O que acha de ir olhar o Oceano Pacífico?

Deixei minha bolsa na entrada. Tirei os sapatos. Não esperava uma resposta, e não me surpreendi por ser recebida pelo silêncio. Dei uma olhada no quarto, e ela não estava lá.

Quando criança, eu tinha uma sensação de confiança, uma segurança de que o que eu sentia era real e importante, que o mundo fazia sentido segundo a lógica divina. Eu amava Deus, meu irmão e minha mãe, nessa ordem. Quando perdi meu irmão, os outros dois sumiram. Deus desapareceu num instante, mas minha mãe se tornou uma miragem, uma imagem formada pela luz refletida. Eu não parava de ir na sua direção, mas ela nunca vinha na minha. Ela nunca estava lá. O dia em que cheguei em casa da escola e não a encontrei me pareceu o trigésimo nono dia no deserto, o trigésimo nono dia sem água. Achei que não conseguiria sobreviver a mais um.

"Nunca mais", minha mãe dissera, mas eu não acreditei. Sem querer nem planejar fazer isso, eu tinha passado dezessete anos à espera do quadragésimo dia. E ele tinha chegado.

— Mãe? — berrei. Era um apartamento pequeno. Do centro da sala de estar, dava para ver praticamente tudo o que havia para ver. Dava para ver que ela não estava lá. Corri para o banheiro, o único compartimento com a porta fechada, mas ela também não estava lá. — Mãe? — Saí correndo, desci a escada, atravessei os gramados imaculados, o estacionamento com todos os carros estacionados na vaga errada, as calçadas cintilando com carbureto de silício. — Mãe! — Parei junto de um hidrante e examinei o conjunto de um lado a outro. Eu nem mesmo sabia por onde começar. Peguei meu celular e liguei para Katherine. Ela deve ter percebido que alguma coisa tinha acontecido porque nem mesmo disse "alô".

— Gifty, você está bem?

— Não, não estou bem — falei e me perguntei quando foi a última vez que eu tinha dito isso. Será que eu algum dia tinha dito isso, mesmo para Deus? — Voltei para casa, e minha mãe sumiu. Dá para você me ajudar?

— Segura as pontas — disse ela. — Já estou indo.

Quando ela parou o carro, eu estava sentada no hidrante com a cabeça entre os joelhos, os olhos fixos no vermelho gritante, a cor de certo modo um espelho do que eu estava sentindo. Katherine pôs a mão no meu ombro, apertando-o um pouco, e eu me levantei.

— Ela não pode ter ido muito longe a pé — disse ela.

Enquanto Katherine dava voltas por ali, de início no meu pequeno conjunto de apartamentos, e depois fora dele, saindo para a rua principal que levava ao Safeway, ao campus, eu visualizava cada ponte, cada corpo de água.

— Ela conhece alguém por aqui? — Katherine perguntou. — Alguém para quem ela possa ter ligado?

Fiz que não. Ela não tinha uma igreja aqui; não tinha uma congregação que lhe desse apoio. Era só eu.

— Talvez a gente devesse chamar a polícia — sugeri. — Ela não ia querer isso, mas não sei que outra coisa fazer. Você sabe?

E então, à sombra de uma árvore, um pouco afastada da rua, lá estava ela. Tão pequena dentro do pijama, sem sutiã, o cabelo desgrenhado. Ela brigava comigo se eu saísse de casa sem brincos. Agora, isso.

Nem mesmo esperei que Katherine parasse direito. Simplesmente pulei do carro.

— Aonde você foi? — gritei, correndo até ela e a abraçando. Ela estava dura como uma tábua. — Onde você estava? — Eu a peguei pelos ombros e a sacudi com violência, tentando forçá-la a olhar para mim, mas ela se recusava.

Katherine nos levou de volta para o apartamento. Disse algumas palavras para minha mãe; mas, fora isso, fizemos o percurso em silêncio. Quando chegamos, ela pediu à minha mãe que esperasse do lado de fora do carro e segurou minha mão.

— Posso ficar se você quiser — ela disse, mas eu não aceitei. Ela se calou por um instante e chegou mais perto de mim. — Gifty, amanhã de manhã cedinho volto aqui. E vou te ajudar a resolver esse assunto, certo? Te prometo. Pode me ligar hoje a qualquer hora. É sério, a qualquer hora.

— Obrigada — eu disse.

Saí do carro e levei minha mãe de volta para o apartamento. Ali dentro, ela parecia pequena, desconcertada, inocente. Eu tinha sentido tanto medo e tanta raiva que nem me ocorreu ter pena dela, mas agora eu me compadecia. Puxei-a até o banheiro e comecei a encher a banheira. Tirei a blusa do pijama, verificando seus pulsos. Desatei o cordão da calça, e ela escorregou para o chão sozinha, uma poça de seda no piso do banheiro.

— Você tomou alguma coisa? — perguntei, pronta para forçá-la a abrir a boca, mas ainda bem que ela negou direto, num piscar de olhos. Quando a banheira estava cheia, fiz com que ela entrasse. Derramei água na sua cabeça e vi seus olhos se fecharem e se abrirem, em choque, com prazer. — Mamãe, eu te imploro — comecei a dizer em twi, mas não sabia twi o suficiente para completar a frase. De qualquer modo, eu não sabia ao certo como a teria terminado: eu te imploro que pare. Eu te imploro que acorde. Eu te imploro que viva.

Lavei e penteei seu cabelo. Ensaboei seu corpo inteiro, passando a esponja ao longo de cada dobra da pele. Quando cheguei às suas mãos, ela agarrou a minha. Puxou-a para junto do coração e a segurou ali.

— *Ebeyeyie* — disse ela. Vai dar tudo certo. Era o que dizia para Nana quando o lavava. Era verdade, na época, até deixar de ser. — Olhe para mim — pediu, pegando meu queixo e virando minha cabeça para ela. — Não tenha medo. Deus está comigo; você está me ouvindo? Deus está comigo aonde quer que eu vá.

Por fim, consegui levá-la para a cama. Fiquei sentada do lado de fora da porta do quarto por uma hora, escutando o som do seu ressonar. Sabia que eu não ia dormir. Sabia que devia ficar ali, de vigília, mas então comecei a ter a impressão de que não havia ar suficiente no meu apartamento para nós duas, e saí de mansinho, o que eu nunca tinha feito quando era adolescente na casa da minha mãe. Peguei a 101 e segui para o norte na direção de San Francisco, dirigindo com os vidros abertos, respirando sôfrega, com o vento açoitando meu rosto e deixando meus lábios rachados. Eu não parava de lambê-los. "Isso só piora as coisas", minha mãe sempre dizia. Ela estava certa, mas isso nunca tinha me impedido.

Eu não sabia aonde estava indo, só sabia que não queria estar por perto de camundongos, nem de humanos. Na verdade, eu não queria estar por perto nem de mim mesma; e, se tivesse conseguido descobrir um jeito de resolver isso, se tivesse descoberto um interruptor que desligasse todos os meus próprios pensamentos, sentimentos e repreensões severas, teria preferido esse método.

Quer te voltes para a direita, quer para a esquerda, teus ouvidos ouvirão uma voz atrás de ti, a dizer: "É este o caminho. Segue por ele."

Eu estava esperando por aquela voz, esperando pelo caminho, subindo e descendo as ruas estreitas de uma cidade de que nunca tinha gostado muito. Quase podia ouvir meu carro, bufando pela descarga enquanto subia aquelas longas ladeiras, e respirando aliviado, quando as descia a alta velocidade. E me encontrei em bairros com casas semelhantes a castelos em miniatura, os gramados vastos e vibrantes, de um verde tremeluzente; e me descobri em becos onde homens e mulheres detonados estavam sentados em escadas de alpendres e tinham convulsões nas calçadas, e me entristeci com aquilo tudo.

Quando éramos crianças, sem acompanhantes e sem supervisão, Nana e eu costumávamos entrar sorrateiros à noite na piscina cercada a alguns quarteirões da nossa casa. Nossos trajes de banho eram apertados demais, já com alguns anos de uso. Eles não tinham acompanhado nosso crescimento. Nana e eu tínhamos o maior prazer em dar nossos mergulhos protegidos pela escuridão. Durante anos, imploramos a nossos pais que permitissem nossa inscrição na piscina, mas durante os mesmos anos eles inventaram desculpas, explicando por que não podíamos.

Nana percebeu que tinha altura suficiente e braços compridos o bastante para passar por cima do portão e destrancá-lo para mim. Enquanto nossa mãe cumpria seu turno noturno, nós nos banhávamos na piscina.

— Você acha que Deus sabe que a gente tá aqui? — perguntei. Na verdade, nenhum de nós dois sabia nadar; e embora fôssemos invasores, não éramos idiotas. Sabíamos que nossa mãe nos mataria se morrêssemos. Ficávamos na parte rasa.

— É claro que Deus sabe que a gente tá aqui. Ele sabe tudo. Ele sabe onde cada pessoa está a cada segundo de cada dia.

— Então é provável que Deus fique zangado com a gente por entrar escondido na piscina, certo? A gente tá pecando.

Eu já sabia a resposta a essa pergunta, e Nana sabia que eu sabia. Naquela época, nós dois jamais deixávamos de ir à igreja aos domingos. Mesmo quando eu estava com uma conjuntivite contagiosa, minha mãe tinha me equipado com óculos de sol e me forçado a entrar no santuário para receber minha cura. De início, Nana não me respondeu. Imaginei que estivesse me ignorando; e eu estava acostumada a ser ignorada na escola, onde fazia perguntas demais, e em casa, onde fazia a mesma coisa.

— Não é tão grave — Nana acabou dizendo.

— O que não é tão grave?

— Quer dizer, esse pecado é gostoso, não é?

A lua faltando uns dias para a fase cheia parecia meio deslocada para mim. Eu estava ficando cansada e com frio.

— É, é um pecado gostoso.

Passei por lanchonetes e brechós. Vi crianças brincando em *playgrounds*, suas mães ou babás de olho nelas. Dirigi até anoitecer, e então parei no estacionamento dos fundos de uma sorveteria e desliguei o motor.

— Minha mãe vai melhorar — eu disse para o para-brisa, para o vento ou para Deus, não sei. — Vou terminar minha tese e meu doutorado. E daqui a anos todo esse trabalho terá tido algum valor, fará a diferença para alguém no mundo lá fora, e minha mãe estará viva para presenciar tudo isso, certo?

O estacionamento estava vazio e escuro a não ser por um par de postes de iluminação com sua luz fraca e preguiçosa. Liguei o carro de novo e fiquei ali sentada mais um minuto, visualizando a fantasia de como meu apartamento estaria quando eu chegasse. Minha mãe sentada ereta no sofá, uma panela de arroz *jollof* quentinha no fogão.

— Por favor, por favor — eu disse e esperei mais um instante por algum tipo de resposta, algum sinal, algum assombro ínfimo, alguma coisa, antes de sair dali e começar a longa viagem de volta para casa.

Da nossa casa em Nova Jersey, Han e eu ouvimos os sinos da igreja soarem todos os domingos.

"Estão te chamando", Han às vezes diz, em tom de piada. Reviro os olhos para ele, mas no fundo não me incomodo com as piadas, não me incomodo com os sinos. De vez em quando, ou quando me dá vontade, sigo um percurso mais longo no caminho de volta para casa ao sair do laboratório que eu lidero em Princeton, só para poder dar uma paradinha nessa igreja. Não tenho a menor noção do episcopalismo, mas ninguém parece se importar quando me veem sentada no último banco, com os olhos fixos na imagem de Cristo na cruz.

Han já esteve ali comigo umas duas vezes, mas ele fica inquieto. Olha de soslaio de Cristo para mim, de um jeito que me leva a entender que ele está fazendo uma contagem regressiva dos segundos até eu estar pronta para ir embora. Já lhe disse muitas vezes que ele não precisa vir junto, mas é o que ele quer. Han sabe de tudo o que há para saber sobre mim, minha família, meu passado. Estava comigo quando minha mãe finalmente faleceu, na casa da minha infância, em sua própria cama, com sua própria cuidadora ao lado para nos ajudar até o fim. Han me entende, entende todo o meu trabalho, minhas obsessões, tão profundamente quanto se fossem dele mesmo, mas não entende essa parte. Nunca ouviu a batida; e, por isso, nunca vai saber o que é sentir falta daquele som, tentar escutá-lo.

Geralmente, sou a única pessoa por ali, com exceção de Bob, o encarregado da manutenção, que fica sentado no escritório esperando que o culto noturno tenha início ou simplesmente esperando a hora de fechar.

"Gifty, como estão indo os experimentos?", ele sempre pergunta com uma pequena piscada de olho. Parece ser uma dessas pessoas que ouvem a palavra "cientista" e a associa a "ficção científica". E suas piscadas de olho são para me garantir que ele não vai contar a ninguém que estive tentando descobrir como clonar um alienígena. Ele e Han se dão bem.

Bem que eu gostaria de estar tentando descobrir um jeito de clonar um alienígena, mas meus objetivos de trabalho são muito mais modestos: neurônios, proteínas e mamíferos. Já não me interesso por outros mundos ou por outros planos espirituais. Já vi o suficiente num camundongo para entender a transcendência, a santidade, a redenção. Em pessoas, já vi ainda mais. Do último banco, o rosto de Cristo é o retrato do êxtase. Fixo o olhar nele, e ele muda, passa de irritado para dolorido, para exultante. Alguns dias, fico ali sentada horas a fio; alguns dias, não mais que minutos, mas nunca abaixo a cabeça. Nunca oro, nunca espero ouvir a voz de Deus. Só olho. Fico ali sentada num silêncio abençoado e me lembro. Tento criar uma ordem, fazer sentido, extrair significado dessa confusão toda. Sempre acendo duas velas antes de ir embora.

Agradecimentos

Este romance é, sob muitos aspectos, uma interação entre meu trabalho e meus interesses e os da minha brilhante amiga, Christina Kim, pesquisadora em pós-doutorado no Ting Lab na Universidade de Stanford. A pesquisa e o projeto da tese de Gifty tiveram como modelo o trabalho de doutorado de Tina no Deisseroth Lab, em Stanford, particularmente o que forneceu a base para o artigo do qual foi coautora, "Molecular and Circuit-Dynamical Identification of TopDown Neural Mechanisms for Restraint of Reward Seeking", [Identificação molecular e de dinâmica de circuitos de mecanismos neuronais descendentes para o controle da busca de recompensa], publicado na revista *Cell,* em 2017. A experiência de escrever este livro, que incluiu de tudo, desde visitas ao laboratório de Tina a saborosas discussões de questões grandes e pequenas, é algo que vou guardar com carinho para sempre. Obrigada, Tina, pelo trabalho que você realiza e pelo dom da sua amizade.

Sou grata à Fundação Ucross, à Academia Americana em Berlim e à Universidade de Würzburg por bolsas que permitiram que eu me dedicasse totalmente a escrever este livro. Obrigada à revista *Guernica* por ter acolhido meu conto "Inscape" [Paisagem interior]. Este livro aproveita muitos dos personagens e questões daquele conto, remodelando-os e reformulando-os para propor novas perguntas.

Obrigada, Eric Simonoff, Tracy Fisher e todos da WME por sua permanente confiança no meu trabalho e na minha carreira. Estou nas mãos dos melhores. Obrigada, Jordan Pavlin, editora extraordinária. Que alegria é trabalhar com você, conhecer você. Obrigada também a todos na Knopf por criarem um lar para meu trabalho. Sou também grata a Mary Mount da Viking UK, Tiffany Gassouk da Calmann--Lévy, e a todos os maravilhosos editores e casas editoras que promoveram meu trabalho no exterior.

Obrigada a Josefine Kals por ser a melhor agente de publicidade do mundo. Tenho a sorte de poder contar com você.

Obrigada à minha família e à família de Matt bem como a todos os amigos que me apoiaram nestes últimos anos. Obrigada a Christina Gonzalez Ho, leitora de confiança e amiga querida. Minha gratidão por seu tempo e seu cuidado. Obrigada a Clare Jones por seus comentários sobre este livro e por nossa valiosa correspondência em geral.

Por fim, um obrigada especial a você, Matt, por ler meu trabalho, por todos os anos de amor, lealdade e generosidade infinita. A vida com você foi e é preciosa e abençoada.

Impressão e Acabamento:
GRÁFICA E EDITORA CRUZADO